장편소설

박경리

은하

다산
책방

차
례

일러두기

• 의성어, 의태어, 방언 등은 작가의 의도에 따라 원문을 따랐다.

1. 귀향

버스 정류장에서 김은옥金恩玉하고 헤어진 최인희崔仁姬는 서늘한 그늘을 지워주고 있는 오월의 가로수 밑을 천천히 걸어간다.

주홍빛 반소매 스웨터에 얄미울 지경으로 잘 어울리는, 그 날씬한 모습은 지나가는 청년들의 시선을 끌기에 충분한 것이었다.

인희는 노트가 든 얇삭한 책가방을 보기 좋게 팔에 끼고 썩 멋있는 걸음걸이로 걸어가는 것이었으나 파리한 얼굴은 어딘지 모르게 애상적哀傷的이고 외골수로 생겨먹었다.

때마침 불어오는 바람에 폭넓은 스커트가 나부낀다. 인희는 한 손으로 나부끼는 스커트 자락을 누르면서 또박또박 걸어간다.

인희가 신설동 구석지기에 있는 하숙으로 돌아갔을 때 그의 하숙방 책상 위에는 편지 한 장이 마치 나뭇잎처럼 놓여 있었다. 인희는 힐끗 한번 쳐다보고는 시시하다는 듯 눈길을 돌려버린다. 누구로부터 온 것인지 아예 알 필요도 없다는 표정이다.

그러니까 이 년 전 송건수末建樹가 미국으로 떠난 이래 외국 서신이 아니면 우선 흥미부터 잃어버리는 습성이 어느덧 생겨버린 것이다. 더욱이 요즘 인희는 송건수의 편지를 기다리기에 그만 지치고 말았다. 만 팔 개월 동안 송건수는 단 한 장의 편지도 보내주지 않았다. 인희는 그 이유를 여러모로 생각해 보았으나 결국 그의 마음이 이미 식어버린 것이라고 단정할 수밖에 없었다. 그래도 인희는 한 가닥의 희망을 버리지 못하고 회답이 없는 편지를 이따금 띄우곤 했다.

그런 사정이 있으므로 인희는 기다리지도 않는 국내우편들을 냉대하게 되고 짜증 비슷한 기분까지 느끼게 된 것이다.

인희는 스웨터와 스커트를 벗는다. 단단하고 미끈한 피부가 맞은편 거울에 비친다. 긴 머리와 커다란 눈이 검기 때문에 그런지 살빛이 푸른 기가 돌도록 희게 보인다. 완숙한 실과처럼 향기로운 육체가 방 안의 공기를 뭉뭉하게 만든다.

한복으로 갈아입은 인희는 수건과 벗어놓은 양말, 손수건을 들고 마당으로 나간다. 그는 수돗가에 가서 대야에 물을 받아 세수를 한다.

"학생은 참 부지런하셔. 밖에 나갔다 오면 언제나 꼭 잊지 않고 세수를 하는구먼요."

자다 일어난 것처럼 눈이 부숭부숭한 식모는 흐트러진 머리를 쓸어 넘기며 말을 걸었다.

"세수를 하지 않고 그냥 있음 기분이 나쁜걸요."

인희는 그렇게 말대꾸를 하고 상냥스럽게 웃어준다.

식모는 보드라운 인희의 목덜미를 부러운 듯 가만히 서서 바라본다.

아직 삼십이 못 된 이 식모는 언제 봐도 얼굴에 개기름이 번지레 흐르고 있었다. 그리고 얼굴빛은 거무튀튀하고 몸집이 굵다. 시집간 첫날부터 소박을 맞았다는 이 여자는 그간 이 집에서 저 집으로 전전하며 식모살이의 신세를 면치 못하고 있는 것이다. 식모 역시 같은 여자인지라 인희의 아름다운 살결을 보고 있노라면 은근히 샘이 나기도 하고 자신의 용모가 비관스럽기도 했다.

인희는 얼굴을 닦고 난 뒤 수돗가에 쪼그리고 앉아서 손수건과 양말을 빨기 시작한다.

식모는 부엌으로 들어가다 말고,

"아참, 내가 잊었네."

하고 인희를 돌아보았다.

비누가 묻은 손을 멈추며 인희는 고개를 들고 식모를 쳐다본다.

"저 아까 누가 찾아왔던데요."

인희는 의아하게 식모를 쳐다본다.

"남자분이던데요."

식모는 인희 얼굴에 나타나는 반응을 살핀다.

"남자분?"

인희는 짐작이 가지 않는다는 듯 흐릿한 표정으로 반문했다.

"네. 아주 젊은 남자분이었어요. 그리구 참 참 잘생겼던데요. 얼굴이 희고 키가 후리후리하구…… 모자를 쓰고 있더군요."

식모는 매우 큰 호기심을 갖는지 햇볕을 받아 호수처럼 흔들리고 있는 인희의 크다란 눈을 재미스럽게 들여다보며 말하였다.

"누굴까? 생각이 안 나는데…… 나를 찾아온 사람 혹 여자라면 몰라도……."

인희는 암만해도 얼굴이 희고 키가 후리후리하고 모자를 쓰고 있었다는 그 남자가 누구인지 알 수 없었다.

"학생을 잘 아는 분인가 보던데요?"

"뭐라고 말을 합디까?"

"그냥 계시냐구 묻더군요. 그래 아직 학교에서 돌아오지 않았다고 했더니 그럼 내일 저녁때 다시 오겠다고 하면서 나가잖아요. 그래서 학생이 돌아오면 성함을 여쭙겠다 하니까 그분 말이 만나 뵈면 안다고 하더군요."

"음…… 이상하군요. 난 도무지 생각이 나지 않는데……."

"내일 저녁에 다시 온다니까 그때 알게 되겠죠. 뭐……."

식모는 인희의 얼굴에 전연 반응이 나타나지 않는 것을 보자 다소 맥이 풀리는 모양으로 혼잣말처럼 중얼거리며 부엌으로 들어간다.

인희도 다 빨아버린 양말이랑 손수건을 빨랫줄에 걸쳐놓고 방으로 들어갔다.

아침마다 소제를 잊지 않으므로 방 안은 깨끗이 정돈되어 있었다. 다만 자그마한 경대 위에 놓인 유리컵 속의 카네이션이 후줄그레 시들어 있었다.

인희는 후− 하며 숨을 내어 뿜는다. 점심을 굶었기 때문인지 전신이 나른하고 힘이 빠지는 것 같았다. 차가운 방바닥 위에 다리를 쭉 뻗는다.

아무리 생각해 보아도 자기를 찾아올 만한 사람이 없었다. 더욱이 젊은 남성이 자기를 찾아올 리 만무했다. 지금 있는 하숙집을 아는 사람이라곤 김은옥뿐이었기 때문이다.

'누구일까? 젊은 남성이라 했겠다? 얼굴이 희고 키가 크고 모자를 썼더라구? ……흠 시골서 선보러 왔나? 하지만 그럴 리는 없어. 우리 아버진 그렇게 상식 부족인 족속은 아니거든. 기집애 혼자 있는 하숙에 남자를 찾아가게 하지는 않지.'

인희는 그렇게 혼자 중얼거렸으나 왜 그런지 자꾸 불안한 생각이 들었다.

'만나보면 안다고 했다지?'

순간 인희의 머리에는 송건수의 모습이 풀쑥 솟아났다. 그가 왔을지도 모른다는 생각에서였다.

그러나 그런 희망적인 생각은 일시적인 것에 지나지 못했다. 인희의 마음은 다시 냉랭하게 식어지고 형용할 수 없는 비애가 마음의 저변底邊에 착 깔린다.

그가 왔을 리도 만무하지만 식모가 말한 것처럼 건수는 얼굴빛이 희지도 않았고 키가 크지도 않았다.

인희는 밀려드는 절망감을 밀쳐버리듯 내버려둔 책상 위의 편지를 집었다.

인희는 고개를 떨군 채 한참 동안 노오란 편지 피봉을 쳐다보고 있었다. 그로서는 너무나 뜻밖의 편지였기 때문이다. 그것은 시골에 있는 아버지로부터 온 편지였다. 아버지로부터 온 편지라면 조금도 뜻밖의 일이 아니련만 인희에게 있어서는 좀 사정이 달랐다. 왜 그러냐 하면 인희가 서울 K대학에 입학하여 벌써 삼 년이 넘는 객지 생활을 해왔건만 아직 한 번도 아버지로부터 편지를 받아본 일이 없었다. 그렇다고 해서 부녀간의 사이가 남달리 서먹하거나 무슨 특별한 이유가 있었던 때문도 아니다. 남과 조금도 다름없이 인희와 아버지 최진구崔辰九 씨는 다정한 부녀간이었다. 편지를 하지 않는 것은 다만 최진구 씨의 편지를 하기 싫어하는 버릇 때문이다. 따라서 인희도 편지를 하지 않는다. 인희가 편지를 하지 않는 데는 다른 또 하나의 이유가 있다. 젊은 계모 장연실張蓮實이 묘하게 신경을 쓰는 때문이다.

그러나 매달 지체 없이 편지는 없을망정 송금수표가 든 봉투를 배달부가 꼬박꼬박 갖다주기 마련이다. 인희는 그것을 받아버리면 그만인 것이다.

그러한 지금까지의 습관으로 하여 인희는 편지 내용을 보기 전에 벌써 불안이 앞서는 것이었다.

인희는 피봉을 쫙 찢었다.

사연은 간단했다. 급히 의논할 일이 있으니 편지를 받는 대로 곧 내려오라는 짤막한 글이 씌어져 있을 뿐이다.

'무슨 일일까? 급히 의논할 일이라는 것은?'

인희는 묘한 기분이 들었다. 젊은 남성이 찾아왔다는 것도 그렇거니와 뜻밖에 날라온 아버지의 편지도 역시 그러했다.

"오늘은 참 이상한 날이야."

인희는 무릎 위에 편지를 놓은 채 멍청하니 창밖을 바라본다. 손바닥만 한 하늘이 파아랬다. 화창한 오월의 날씨 그 파아란 하늘이 인희의 시야에서 아득하게 멀어진다. 머릿속이 바싹바싹하게 말라 들어가는 착각이 든다.

송건수가 편지를 끊어버린 이후 인희는 때때로 이렇게 머릿속이 말라버리는 것 같은 착각에 사로잡히는 것이다.

정말 송건수가 자기를 배반했다면 자기의 존재는 대체 무엇이 되겠는가. 무의미한 것이다. 그의 마음이 만일 변했다면 자기도 깨끗이 과거를 버려야 하지 않는가. 그러나 건수가 한국을 떠날 때 표시한 불안과 불신은 너무나 심각한 것이 아니었던가. 그는 몇 번이나 되풀이만 했었다. 나를 꼭 기다려야 한다고 또 그는 말했었다. 나는 인희 씨를 다른 사람한테 빼앗길 것만 같아 즐거워야 할 미국 유학에 도무지 신명이 나지 않는다고—.

인희는 자리에 누워버렸다. 멀뚱멀뚱 천장을 바라보고 있노라니 더욱 자기 자신이 무의미한 것만 같았다.

사실 그 당시 그들의 연애에 있어서 능동적인 편은 송건수였다. 그는 열렬하게 인희를 원하였고 자기 것으로 만들려고 갖은 수단을 다 썼던 것이다. 그러나 그때만 해도 아직 나이 어렸던 인희는 극히 소극적이었고 일종의 두려움으로써 그런 연애에 빠진 것이다.

"이놈의 강아지가 또 똥을 쌌구나. 아이 내사 귀찮아 못 살겠다. 이놈의 강아지 저리 썩 못 가아!"

뜰에서 들려오는 식모의 목소리다.

인희는 후딱 일어났다. 아버지의 편지와 젊은 남성, 이 두 가지 사실이 서로 연관을 갖는 것 같기도 하고 그렇지 않은 것 같기도 했다.

다음 날 오후 인희는 은옥과 같이 교문을 나섰다.

아버지의 편지대로 한다면 고향으로 돌아갈 준비를 했어야 했다. 그러나 인희는 왜 그런지 망설여졌기 때문에 가장 친한 은옥에게도 그런 말을 하는 것이 주저되었던 것이다.

날씨는 여전히 맑게 개어 멀리 바라다보이는 시가 위에 나른한 아지랑이가 끼어 있고 교정에 듬성듬성 서 있는 느티나무, 라일락, 은행나무에도 햇볕이 눈부시게 쏟아져 있었다. 원기 왕

성한 남학생들의 걸음걸이마저 졸리는 듯 느릿느릿하다.

'하여튼 저녁때 그 청년이 찾아온댔으니까 만나봐야지.'

인희는 혼자 중얼거렸다. 중얼거리면서도 마음은 한결같이 석연치 못했다.

날씬하고 가뿐한 인희의 몸매와 달리 나지막한 키에 팽팽하게 살이 찐 은옥은 둥그스름한 얼굴이었다. 은옥은 웬일인지 힘이 탁 풀린 얼굴로 인희의 보조를 따라 걷고 있었다. 혈색이 좋은 얼굴에 귀여운 입매가 오늘따라 굳게 다물려진 채 말이 없다.

자기 일에만 골몰하고 있던 인희도 은옥의 우울증을 이내 눈치챈다. 언제나 종다리처럼 명랑하게 지껄이던 은옥이었기에 그의 침묵은 뚜렷한 우울을 표시한 것이 되고 말았다.

"너 무슨 일이 있었댔나?"

인희가 묻자 은옥은 고개를 끄덕인다.

"무슨 일?"

인희가 재차 다잡아 물었을 때,

"미스터 리가 왔잖아."

"이정식 씨 말이니?"

"물론 이정식 씨지."

"이정식 씨가 왔다면 기쁜 일이지 뭐가 그리 우울해?"

"말도 말어. 난 괴로워 못 살겠다. 그만 죽어버릴까 부다."

인희는 어제 하숙으로 젊은 남성이 자기를 찾아온 생각을 했다. 그러고 보면 은옥에게도 젊은 남성이 찾아간 셈이다. 뭔지 그런 우연의 일치가 신기롭게 느껴진다. 그러나 은옥은 그렇게 서로 깊이 사랑하던 사람 군대에 나간 후 사흘이 멀다고 편지 질을 하며 조바심을 일으키던 이정식이 찾아왔는데 왜 괴롭단 말인가? 죽고 싶단 말인가? 혹 무슨 그들 사이에 파탄이라도 생겼을까? 인희는 적잖게 걱정이 되어 은옥의 눈치를 살피다가,

"싸움했니?"

조심스럽게 물어본다.

"싸움이라도 했음 차라리 좋게? 기가 막혀서 말도 못 하겠어."

그렇게 말을 하며 땅 위에다 눈을 까는 은옥의 양미간이 바짝 모여들면서 음영을 지어준다. 밤새 고민을 했는지 눈꺼풀이 엷어진 것 같았다.

"아이 똑똑하게 말을 해. 답답해 죽겠구나."

인희는 참다못해 역정을 낸다.

"아 정말 난 어떻게 했음 좋을까? 아무리 생각해도 무슨 꿈을 꾸고 있는 것만 같아."

은옥은 여전히 이유를 설명하지 않고 땅이 꺼지게 한숨이다.

"남이 알아들을 수도 없는 독백만 하고 있어. 애도…… 마치 열병에라도 걸린 환자같구나. 그래 이정식 씨는 휴가받고 왔대?"

인희는 역정을 누르고 이야기의 실마리를 끄집어내려 든다.

"휴가? 도망을 해왔단다."

인희는 걸음을 멈춘다.

은옥의 말은 인희에게 적잖은 충격을 주었다.

"흠, 그러니 내가 기가 막히지. 어떻게 했음 좋을지 나도 모르겠다. 정말 꿈을 꾸고 있는 것만 같애."

은옥은 몹시 어려운 고백이 끝난 듯 말을 내던지듯 뇌었다.

이정식李貞植은 같은 K대학 철학과에 다니던 청년이었다.

그는 지난가을에 논산훈련소에 입소하여 훈련을 마친 후 강원도 어디에 배치되었다는 것인데 몇 달이 못 되어 도망쳐 나온 것이다. 그는 원래부터 사람됨이 차분하지 못하며 성미가 급하고 일면 덜렁이었다. 그런 위인인 데다가 철학을 한답시고 머리를 깎나 옷을 갈아입나 아무튼 괴짜를 부리고 다녔다.

그러나 본심은 선량하고 좀 철이 덜 들은 느낌이 있었으나 순진한 사람이었다.

은옥이 그를 좋아한 것은 좀 철이 덜 들은 듯하면서도 소년처럼 순진한 점이 있었기 때문이다. 정식이 역시 은옥의 누나처럼 단정하고 얼굴은 그다지 미인은 아니었어도 상냥한 그 말씨와 너그러운 마음씨에 신뢰감을 가졌고 그것이 차츰 애정으로 진전된 것이다. 사실 정식은 은옥보다 한 살 위였지만 언제나 서로 만나면 한 사람은 누나처럼 따뜻한 애정으로 감싸주고 한 사람은 동생처럼 응석을 부렸던 것이다.

말없이 따라 걷고 있던 인희는 정식의 엉뚱스러운 행동을 생각했다. 인희로서는 어이없는 일이 아닐 수 없었다. 은옥이 우울해하는 것도 당연한 일이었다.

서로 사랑하고 결혼까지 약속을 했으면 좀 차분히 기다리고 있을 일이지 군대에서 도망쳐 나오다니 정말 안 된다고 인희는 생각했지만 그러한 비난을 입 밖에 내지는 않았다. 아무리 잘못이 있더라도 은옥 앞에서 그의 애인을 면박한다면 은옥이 결코 좋아하지 않으리라는 생각에서였다.

"그럼 왜 군대에서 도망을 했대?"

"상관한테 두들겨 맞고 화가 나서 도망쳐 온 거래. 원래 털털이가 돼서 무슨 잘못을 저질렀겠지."

"어마? 그럼 잡히면 큰 벌을 받겠구나."

"누가 아니래, 그러니까 기가 막힌다는 거지."

"군대에선 으레 잘못하면 얻어맞는다는데 좀 참아볼 일이지."

"원체 성미가 급하지 않니?"

"그럼 어떻건담?"

"내가 알어? 자기가 저질렀으니까 자신이 감당하겠지."

은옥은 냉정한 말과는 달리 표정이 어두웠다.

"그래 지금은 어디 있니?"

"하숙방에."

"너 하숙방에?"

"응. 그인 어젯밤에 내 하숙방에서 잤어."

순간 은옥의 귀뿌리가 새빨갛게 탄다.

인희는 정말 어처구니가 없었다. 그는 걸음을 딱 멈추고 은옥의 얼굴을 유심히 쳐다본다.

은옥은 얼굴이 벌게진 채,

"글쎄 아무리 타이르고 달래고 해도 막무가내인 거야. 제발 지금이라도 군대에 돌아가면 벌이 좀 가벼워질 테니 돌아가라고 애원하다시피 했지만 떡 뻗치고 서서 꼼짝도 안 하는걸. 인희 좀 생각해 보아. 내 입장이 어떻겠는가. 그인 말하는 거야. 남한테 매 맞아가면서까진 살 수 없다고. 자긴 남하고 다르다는 거지. 다르긴 뭐가 달라? 다 철없는 짓이지."

인희는 철이 없다는 은옥의 말에 두말할 것도 없이 동감이지만 아직 학생의 몸으로 그 철없는 사람과 한 방에서 밤을 밝혔다는 사실은 철이 없다는 유類가 아니라 생각했다.

은옥은 자기가 한 짓에 정당성을 주기 위해선지 말을 계속했다.

"그인 마치 자기 자신을 초현실적인 인간으로 인정하고 있단 말이야. '라스콜리니코프'가 전당포 노파를 죽인 이유가 타당했던 것처럼 군법을 어긴 자기의 행위는 정당했다고 주장하는 거야. 과대망상증에 걸린 거지 뭐니? 어떻게 사람이 모두 다 자기 하고 싶은 대로 하고 산단 말이냐? 그런데 그인 자기 하고 싶은 대로 누구의 구속도 받지 않고 살겠대. 이제부터 숨어서 살아야 하는 조건을 까마득히 잊고 모순이면 이만저만인가?"

은옥의 변설辯舌은 상당히 신랄하고 당당하기까지 했다. 아마 『죄와 벌』의 '라스콜리니코프' 이야기는 정식의 상투적인 지식을 잠시 채용한 듯하다. 왜냐하면 은옥이 본시 소설 같은 것에 취미가 없는 까닭이다.

은옥은 인희에 비해서 확실히 실질적인 사람이다. 그런 사람인데 어찌 하필이면 무능력한 이정식을 사랑하게 되었으랴 싶지만 자기의 성격이 실질적인 데서 도리어 무모하게 계산이 없는 이정식의 순진성에 끌렸는지도 모른다.

은옥은 열중되어 이정식을 비난하고 있었으나 실상 그 말은 모호한 것이었으며 자기가 마음 약하게 그를 받아들인 그리고 처녀로서 부끄러운 그 행위를 감싸버리려는 노력에 지나지 못했다.

"참 너도 딱하다. 어쩌자구 이정식 씨를 너의 방에다 재웠니? 시골서 어머님이 아시면 기절을 하시겠다."

인희는 아무래도 께름직한 마음을 털어놓지 않을 수 없었다.

은옥의 얼굴이 다시 벌겋게 물들어 버린다.

인희는 그러한 은옥의 얼굴을 계속하여 쳐다보기가 안 되었다.

"나도 모르겠어. 왜 그렇게 했는지. 하지만 별수 없었어. 어떡허니? 아무리 애원을 해도 군대에는 돌아가지 않겠다 하고 밤은 깊어가는데 돈 한 푼 없는 사람을 길거리에 내쫓을 수는 없고 시골의 그의 집에 간다면 붙들려 간다고 펄펄 뛰고—."

"그럼 우선 친구 집에라도 가라지."

"싫다는 거야. 도망병이 돼가지고 친구들한테 동정은 안 받겠다잖아?"

"그럼 너한테?"

인희는 좀 가시 돋친 질문을 했다.

"그야 나를 믿고 하는 것이지."

은옥은 이정식을 지금까지 통렬히 비난해 왔건만 일단 인희 입에서 이정식에 대한 악감 표시의 기색을 보자 완연히 이정식을 두둔하는 자세를 취한다.

"평상시 같았음 나도 그일 쫓아냈을 거야. 어떤 사정이 있어도 말이야. 그렇지만 그인 지금 곤경에 빠져 나를 믿고 왔는데 어떻게 그리 야박하게 쫓아내겠니? 그것이 내 약점이지. 그인 그 약점을 이용했는지도 몰라. 사실 난 그일 쫓아내지 못했거든. 결국 그이와 같이 일을 당하자는 기분이 되고 말았어. 그러고 보니 그이가 가엾고 측은해지더군. 얼마나 괴로웠기에 도망을 해왔을까 싶은 생각도 들고—."

은옥의 얘기는 어느새 용두사미龍頭蛇尾의 격이 된 셈이다.

인희는 어리둥절했다.

그리고 자기의 얼굴이 간지러워지는 것을 느낀다.

"그럼 앞으로 어떡해?"

인희는 침묵이 어색해서 입을 떼었다.

"나도 모르겠어. 하루 종일 생각했지만. 그걸 생각하느라고 강의고 뭐고 다 귀에 안 들렸어. 그러나 아무런 해결책도 없구나. 그인 동무 집에도 안 가겠다 하고 시골집으로 내려가면 잡힌다면서 꼭 내 옆에만 있겠다는 거야.”

은옥은 한숨을 쉬면서 말을 했으나 어딘지 모르게 한 가닥의 즐거움이 얼섞인 것도 같았다. 이정식의 무모한 정열이 그에게 괴로움을 준 동시 기쁨도 준 것 같았다.

인희는 마음속으로 은옥이 평생 이정식 같은 남자로 인해 고생을 하게 마련이라 생각하며 남의 일 같지 않게 걱정이 되는 것이었다.

“아침에 나올 때 빵을 사들여 놓고 왔는데 먹기나 했는지.”

은옥은 정식이가 행여 배라도 곯고 있을까 봐 걱정이다.

인희는 자기도 모르게 깊은 애정을 품은 은옥의 얼굴을 외면했다.

지금까지 자기는 곤경에 빠진 그들을 걱정하고 위태로운 불장난 같아 불안하게 여겼건만 오히려 걱정과 동정을 받아야 할 사람은 그들이 아니고 자기 자신이 아닌가 그런 생각이 피뜩 들었다.

하늘에는 흰 구름이 둥둥 어디론지 떠내려가고 있다. 인희는 갑자기 고독해지는 자신을 느낀다.

어떠한 장애물이 앞을 가로막고 있다 할지라도 서로가 깊이 사랑하고 있다는 일만은 아름다운 일이다. 그리고 살아가는 보람이며 축복받을 일이다. 사랑이 중절中絕된 현재의 자기, 자기야말로 무의미하고 가련한 존재가 아닌가, 그들을 동정하고 걱정할 자격이 과연 자기에게 있단 말인가, 동정과 연민의 대상은 바로 자기 자신이 아니었던가.

인희는 자기의 그림자를 밟으며 마음속으로 뇌어보았다. 뜨거운 눈물이 울칵 쏟아졌다.

인희는 눈동자 속에 물이 도로 흘러 들어가게 고개를 쳐들고 하늘을 보았다. 눈부셨던 햇빛이 눈물 속에 오색찬란한 무지개가 되고 그것이 가늘게 진동되더니 차츰 눈앞이 어두워져 가는 것이었다.

은옥과 인희는 자기들도 모르게 정류장을 몇 개나 지나치고 있었다.

"어마! 여기가 어디냐?"

두 사람은 사방을 두리번거렸다. 라일락이 그 짙은 향기를 주변에 내어 뿜던 교정의 내리막길은 아니었다. 시끄러운 도시의 소음이 사방에서 일시에 모여드는 것 같았다.

"이 애 우리가 퍽 많이 걸었구나. 자아 저기 가서 버슬 타자."

흐트러진 마음을 수습한 사람은 은옥이었다. 그는 언제나처럼 민첩하게 인희의 손을 잡아끌고 정류장을 향하여 걸음을 빨리한다.

"은옥아? 우리 한 정거장만 더 걸어가자."

"왜?"

"그만…… 걷고 싶다."

"그럼 그래라."

은옥은 선선히 응했다.

인희는 걸어가자고 했으나 별로 할 말이 없었던지 고개를 떨 군 채 잠자코 걷고 있었다.

모두 바삐 걸어가는데 인희는 마치 무인지경無人之境을 가듯 생각에 잠겨 걷고 있다.

"은옥아?"

"응?"

"넌 참 행복하다."

말을 해놓고 보니 속되기 이를 데 없었다. 인희의 입가에는 자조의 빛이 번졌다.

"인희! 너 날 놀리는구나. 내가 한 짓이 마땅치가 않아 그 러지?"

은옥은 진심으로 그렇게 생각하는 모양으로 얼굴에 노기까지 띄우며 어성을 높였다.

"아니야. 결단코 넌 오해하고 있어. 처음엔 너에게 동정했지 만…… 널 행복한 사람이라 말한 건 진실이다."

인희는 길게 숨을 내어 쉰다. 은옥은 어리둥절한 표정으로 인 희의 옆얼굴을 쳐다본다.

평시부터, 혈색이 그다지 좋지 않은 인희의 낯빛이 더욱 창백 하게 보였다.

은옥은 인희가 헛말이나 비꼼의 말을 한 것이 아님을 깨달는다.

"열중한다는 것은 역시 황홀한 일일 거야. 나는 열중해 보지도 못하고 황홀한 순간도 없이 이렇게 외톨이가 되지 않았니? 난 요즘 내가 무엇인가를 모르게끔 되어버렸어. 어찌하여 편지한 장도 주지 못하는 그 사람을 생각해야 하는지. 난 정말 진작이런 일을 정리했어야 옳았는지도 몰라. 그러나 난 지금 망망해. 내가 어떻게 그를 잊어버려야 하며 새로운 앞날을 생각해야 한다는 일이 차라리 무슨 결정적인 동기라도 있어서 나를 어디메고 끌고 가주었으면 싶어."

"잠깐 동안 편지가 끊어졌다고 그렇게 절망할 필요가 있을까? 서로 멀리 떨어져 있으니까 자연히 이해하기 어려운 사정도 생길 거고…… 너그럽게 기다려보는 거야."

은옥은 말로만은 인희를 위로했으나 마음으로 그렇지가 않았다. 사흘이 멀다고 서로 편지를 주고받던 이정식과 자기의 사이를 생각하면 송건수가 팔 개월 동안이나 소식을 끊었다는 것은 용서할 수 없는 배신 행위가 아닐 수 없다. 자기만 같아도 그런 애인을 용서하지 않을 것이란 생각은 거의 지배적인 것이었다.

그러나 입으로만은 인희를 위로하고 그의 절망감을 깨우쳐주지 않을 수 없다. 이렇게 항용 남의 일이란 수월한 법이다.

인희와 은옥의 입장은 완전히 뒤바뀌고 있었다. 동정을 받던 사람이 동정을 하게끔 되었으니 그야말로 주객이 전도된 셈이다.

"공연히 지나친 기우를 가져서는 못써. 사람 일이란 어디 그렇게 공식에 박힌 것처럼 순조로울 수 있니? 비도 내리고 바람도 불고 그것이 인생이지 뭐."

인희는 쑥스레하니 웃는다. 은옥의 속되기 짝이 없는 웅변조가 서글픔 속에서도 한 가닥의 웃음을 자아내게 했던 것이다.

"그렇지만 설마 무슨 일이 있을라구? 그렇게 열렬하게 인희 뒤를 쫓아다니던 송건수 씨가 말이야. 인희처럼 예쁜 여자가 어디 그리 흔하다구."

은옥의 말은 물론 건성이다. 단순한 은옥이 자신보다 인희가 더 잘 알고 있는, 말하자면 은옥의 우정에서 비롯된 허위의 몸짓인 것이다.

그것을 뻔히 알고 있는 인희가 은옥의 말로 하여 위로를 받았을 리는 없다.

이들은 다음 정류장에서 버스를 탔다. 빽빽한 사람 속을 헤쳐 들어가서 창가에 설 자리를 마련한 은옥이 인희의 손목을 잡아 끌었다.

두 사람은 말없이 차창 밖에 눈을 보낸다.

인희와 나란히 서서 차창 밖을 내다보고 있던 은옥은 차츰 이상야릇한 기분을 느꼈다. 그것은 일종의 승리감 같은 것인 양 싶었다.

괴로웠던 어젯밤 그리고 앞으로 닥쳐올 어려운 일들 그러나 괴로움이나 어려움을 다 합쳐도 그 비중을 뛰어넘는 것은 사랑의 즐거움이다. 부자연스러운 이런 사랑의 행각에 부수될 무거운 부채를 염려함보다 순간의 환희를 더 값비싸게 생각하는 그들의 행동, 은옥은 그들 자신의 쾌락을 위하여 괴로움쯤은 마땅히 지불되어야 할 부채라 생각했는지도 모른다.

사람이란 참 묘한 것이다. 남의 불행이나 슬픔을 볼 때 일종의 위안을 느낀다. 동병상련同病相憐이란 말이 있듯이 같은 불행자가 있으면 마음이 든든해지는 모양이고 자기가 처해 있는 불행과 비교해 보는 때문이리라. 그래서 자기의 불행이나 어려움을 견디어보자는 힘이 되기도 하는 모양이다.

지금 은옥은 인희의 불행과 비교하여 자기의 우월을 자각하고 일종의 승리감을 맛보고 있는 것이다.

'미국에만 가면 대순가? 서로의 애정이 제일이지.'

은옥은 무능력한 이정식을 옹호하듯 마음속으로 중얼거렸다.

한때는 인희를 부러워하던 은옥이다. 그러나 모든 면에서 은옥은 자신이 인희를 당해낼 수 없음을 잘 알고 있었다. 그렇다고 해서 인희를 미워하리만치 질투를 느꼈던 것은 아니다. 다 자기 푼수대로 사람은 살게 마련이라는 신조가 있었기 때문이다. 실리적인 은옥에게는 지극히 타당하고 건강한 생각임에 틀림이 없다.

송건수가 인희의 뒤를 쫓아다닐 때만 해도 은옥은 아무 특정도 없는 자기를 반겨주는 남성이 없었고 쫓아다니는 남학생 한 사람 없었건만 지금은 어엿한 이정식이 있고 이정식은 한사코 자기 곁에서 떠나려 하지 않는데 인희로 말하자면 거의 버림을 받은 여자가 아닌가.

그러나 은옥은 그러한 승리감을 향락할 만치 잔인한 사람은 아니었다. 은옥은 인희를 좋아했다. 인희가 불행해지기를 결코 바라지는 않는다. 아니 오히려 인희의 일이라면 친구로서 발 벗고 나설 만한 용의가 얼마든지 있었다. 그러나 송건수는 지금 멀리 미국 땅에 가 있으니 쫓아가서 단판을 지을 수도 충고를 할 수도 없는 노릇이다.

'참 남자의 마음이란 알 수 없다. 그렇게 죽자고 인희 뒤를 쫓아다니던 송건수가 불과 일 년을 못 넘기고 마음이 변하다니. 남녀의 애정이란 역시 오래 떨어져 있으면 자연히 마음도 식어져 버리는 것일까?'

은옥은 자기에게로 도망쳐 온 이정식의 무모한 짓이 오히려 대견하게 느껴지기도 했다.

생각이 이정식에게 미치니 갑자기 걱정이 된다.

'지금쯤 어떻게 하고 있을까? 하숙집 주인이 싫은 소리나 하지 않았는지. 방을 따로 얻어가지고 하숙비로 둘이서 자취를 하는 편이 낫지 않을까?'

은옥의 생각은 점점 갈수록 대담해진다.

"은옥아, 나 내린다. 내일 또 만나."

인희의 목소리에 깜짝 놀란 은옥이 사방을 두리번거리니 어느새 버스는 신설동까지 와 있었다.

버스가 움직였을 때 가로수 밑에 빨간 스웨터를 입은 인희가 걸어가고 있었다.

인희가 하숙으로 돌아갔을 때 부엌에서 식모가 수선스럽게 쫓아 나왔다.

식모 발길에 밟힌 강아지가 캐갱! 캐갱! 소리를 지른다. 안방에 주인 마누라가 식모의 경망스러운 행동을 나무라듯 중얼거리는 소리가 들려온다.

"학생! 어제 그 양반이 또 왔었어요."

인희는 멍하니 식모를 쳐다본다. 마치 처음 듣는 일처럼.

"아이, 어제 말했잖아요. 키가 큰 젊은 남자 말이에요."

"아, 그러세요?"

인희는 남의 일처럼 무관심하게 말한다.

인희의 머리는 극도로 혼란되어 있었다. 교문을 나설 때만 해도 다시 찾아오겠다던 알지 못할 청년과 시골서 온 아버지의 편지를 생각하고 있었다. 그러나 인희는 은옥과 같이 오는 동안 그 일들을 까마득히 잊고 있었던 것이다. 하숙집 대문을 들어섰을 때도 인희는 그 생각을 하지 않았다.

"그래, 돌아갔군요."

인희는 책가방을 마루 끝에 놓으면서 힘없이 말하였다.

"네. 막 지금 왔었는데, 내가 곧 학생이 돌아올 테니까 좀 기다려보시라고 했죠. 그랬더니 잠깐 다른 곳에 다녀오겠다 합디다. 어디 나가지 말고 기다리세요.”

인희는 언제나 학교에서 돌아오면 별로 밖에 나가는 일이 없다. 그런데도 식모는 그 미지의 청년이 자기의 애인이라도 되는 것처럼 수선을 피우며 지나친 관심을 표시한다.

인희는 아무 말도 하지 않고 방으로 들어갔다.

방으로 들어간 인희는 언제나 하는 것처럼 창문을 열어놓고 옷을 갈아입었다. 그리고 밖에 나가서 세수를 했다.

식모는 무엇인지 말을 하고 싶은 듯 주척거렸으나 인희의 낯빛이 좋지 않은 것을 보고 참는 모양이다.

인희는 한 번도 식모를 거들떠보지도 않고 자기 할 짓만 하고 방으로 들어가 버린다.

어느새 사방에 황혼이 깃들기 시작하였다.

방에 앉아서 머릿속에 잘 새겨지지도 않는 책을 손에 들고 있었던 인희는 창을 바라본다. 다른 때보다 해가 빨리 지는 것 같기 때문이다.

일몰日沒에 따르는 여광의 다사로움도 없이 하늘은 일시에 잿빛으로 확 변한다. 그러더니 장독대 옆에 한 그루 서 있는 석류나무 위에 푸뚝푸뚝 빗방울이 떨어진다. 그렇게 화창했던 날씨가 거짓말처럼 둔중한 어둠 속에 묻혀 들어간다.

“이크, 비가 오시네. 거 빨래 어서 걷어요!”

마누라가 쇠된 소리를 지른다.

식모가 왔다 갔다 하는 동안 방 안에는 전등불이 켜지고 장독대 위의 항아리를 두들기는 빗소리가 맑게 들려오기 시작한다.

그렇게 애착이 가는 고향도 아니지만 인희는 빗소리를 들을 때 고향을 생각하고 외로운 아버지 생각을 한다.

식모가 저녁상을 들여왔다.

한 끼도 빠진 일이 없는 콩나물이 오늘 저녁상에도 여전히 놓여 있었다.

모래알처럼 깔깔한 밥알을 몇 술 들었을 때 밖에서 대문 열리는 소리가 나더니 식모의 급한 발소리와 함께 "학생! 아랫방 학생!" 식모의 부르는 소리다.

인희는 숟갈을 밥상 위에 놓고 귀를 기울였다. 그 젊은 남자가 찾아왔음이 분명했다.

식모는 방문을 열고 얼굴을 디밀며,

"저…… 손님 오셨어요."

식모는 한층 목소리를 낮추면서,

"바로 그분이에요. 어서 나와보세요."

인희는 밥상을 밀어내고 일어서서 마루로 나간다.

한 청년이 비 맞은 옷을 털면서 인희를 쳐다보았다. 식모의 말대로 썩 잘생긴 얼굴이다. 깨끗하고 어디의 귀한 집 자식이란 인상이었다. 그러나 인희는 한 번도 본 일이 없는 사람이라 생각했다.

인희의 의아한 얼굴을 대한 청년은 별로 서두르지 않고 침착한 어조로 말을 한다.

"면식도 없이 실례가 된 것 같습니다. 그러나 전할 말씀이 있어서 어제 왔더니 안 계시더군요."

전할 말이 있다는 청년의 말에 비로소 인희는 입을 열었다.

"좀 앉으시죠."

방으로 안내할 생각은 하지 않고 마루를 가리키며 앉기를 권한다.

"그렇게 간단한 용건이 아닌데……."

청년은 사방을 둘러보고 호기심에 찬 식모의 얼굴에다 시선을 멈춘 채 거북하게 말하였다.

"어디서 오셨죠?"

인희는 전할 말이란 무엇인지 궁금하여 우선 그렇게 물었다.

"며칠 전에 미국서 돌아왔습니다. 송 군하고 같이 있었죠."

인희의 얼굴이 파아랗게 변한다. 그러더니 눈에 빛이 돌아오기 시작한다. 지금까지 거의 무관심하게 보이던 그의 태도가 일순간에 격변한 것이다.

"음…… 그러세요? 저 그럼 방으로 좀 들어가실까요?"

인희는 얼른 방으로 들어가서 밥상을 마루에 내어놓고 분주히 서둔다. 그것을 본 청년이,

"저, 별로 지장이 없으시다면 이 근방의 다방에나 나가실까요?"

역시 처녀의 방에 올라가 앉기 거북했는지 혹은 이야기의 성

질이 특수했던지 청년은 나갈 것을 제안했다.

인희는 방을 쓸다 말고,

"그러는 게 좋겠군요. 잠깐만⋯⋯."

인희는 재빠르게 레인코트를 걸치더니 우산을 들고 나온다.

"아, 선생님 비를 맞으셨네요."

인희는 처음으로 청년이 우산도 없이 비를 맞고 온 것을 깨닫는다. 하긴 조금 전만 해도 날씨가 맑았으니 청년이 우산 준비를 못 한 것이 당연했다.

빗줄기는 아까보다 굵게 마당을 두들기고 있었다.

방으로 도로 들어간 인희는 비닐 보자기를 갖고 나와 머리를 뭉쳐 올리고 그것을 쓰더니 우산을 청년한테 넘겨주면서,

"좀 작지만 선생님이 쓰세요."

청년은 잠자코 우산을 받아서 펴 든다. 여자용이 돼서 좀 우스꽝스럽기는 했다.

그들이 골목을 빠져나와 로터리 건너편에 있는 다방으로 향하는 동안 청년은 한마디의 말도 없었다.

인희는 청년의 침묵이 불안했다. 전할 말이라는 것이 희소식이 아닌 것만 같아 가슴이 뛰었다.

깊숙이 눌러쓴 모자 밑의 청년의 눈이 우울한 것 같기도 하고 신중한 것 같기도 했다.

"우산 밑으로 들어서세요."

머리에 쓴 비닐 보자기로부터 빗방울이 뚝뚝 떨어지는 것을

본 청년이 처음으로 말을 하였다.

"괜찮습니다."

인희는 사양했다. 체면을 차려서 그런 것이 아니었다. 좁은 우산 속에 들어가면 상대방이 비를 맞겠다는 생각에서였다.

청년도 그 이상 권하지는 않았다.

또다시 침묵이 계속되었다. 인희는 마음속으로 그이가 어떻게 하고 있느냐고 몇 번이나 되었으나 차마 입 밖에 그 말이 나오지는 않았다. 성급하게 물어보는 것이 천덕스럽게 느껴지기도 했지만 어쩐지 대답이 무서운 것 같기도 했다.

인희는 가슴이 답답했다. 송건수가 행여 오지나 않을까 생각했지만 미국에서 누가 소식을 가져왔으리라고는 꿈에도 생각지 않았던 것이다.

겨우 다방으로 찾아들어 갔을 때 다방에서는 전축에서 졸린 듯 샹송이 나직이 흘러나오고 있었다. 변두리가 되어 그런지 혹은 비가 오기 때문에 그런지 다방에는 거의 자리가 텅 비어 손님이라곤 별로 없었다.

한구석에 자리를 잡은 청년은 모자를 벗어 빈 의자 위에 놓고 호주머니 속에서 담배를 꺼내더니 담뱃갑 속에서 담배 한 가치를 뽑아 인희한테 내어 민다.

"담배 안 태우세요?"

"아, 아니에요."

인희는 당황하여 손을 내저었다. 청년은 처음으로 빙그레 웃는다. 웃으니 그 얼굴이 소년처럼 앳되게 보였다. 청년은 인희한테 권하던 담배를 자기 입에 갖다 물더니 라이터를 켠다. 찌푸린 미간에 음영이 확 모여든다.

주문한 차가 왔을 때 청년은 담뱃재를 떨었다.

"자기소개부터 해야겠군요. 전 강진호라 부릅니다."

하고 고개를 꾸벅 숙였다. 굵고 잔잔한 목소리였다.

"전 최인……."

"아, 잘 알고 있습니다. 최인희 씨."

강진호康進浩는 가만히 인희의 얼굴을 쳐다본다.

인희의 얼굴은 파아란 형광등 아래 떠 있는 한 떨기 백련白蓮처럼 소청하고 그윽하다.

강진호는 약간 고개를 수그린 채 커피를 젓고 있는 오뇌에 찬 인희의 얼굴에서 눈을 돌리지 않고 그대로 쳐다본 채 담배 연기만 내어 뿜는다.

아무 말도 하지 않고 있는 인희의 입매가 진호에게는 더 애뜻하게 가슴에 왔다.

"미국에 있을 때 송 군과 저는 한때 기거를 같이했습니다. 송 군은 늘 인희 씨 얘길 했죠. 그리고 인희 씨 사진도 보여주고…… 그래 그런지 이렇게 대하고 보니 도무지 초면 같지가 않군요."

"송건수 씨는 저 얘길 선생님한테 하셨어요?"

"네. 항상."

"뭐라구 말했을까?"

"사랑한다고…… 아름다운 여성이라고 말하더군요."

"그동안 무슨 일이라도 생겼어요? 통 소식이 없어 걱정을 했어요. 혹시 몸이라도 불편하신지."

"몸이 병들은 것이 아니라 마음이 병들었죠."

"마음이 병들었다뇨?"

"송 군은, 송 군은 결혼을 했습니다."

강진호는 쓴 약을 뱉듯 말을 하였다.

"네? 결혼을 했다고요!"

인희가 소리친다.

"네, 제가 미국을 떠나오기 바로 직전에 보스턴에 있는 어느 교회에서 결혼식을 마쳤습니다."

인희는 양손으로 얼굴을 감싼다. 그의 부드러운 어깨가 심히 흔들리고 있었다.

"너무 상심 마세요. 송 군의 괴로움도 컸습니다."

강진호는 담배를 하나 더 꺼내어 불을 붙인다.

"결혼을 했음 했지 그런 소식 전하려고 선생님을 저한테 보내셨어요?"

인희는 울부짖었다.

"송 군은 처음 인희 씨한테 편지를 쓰려고 했습니다. 그러나 아무래도 쓸 수 없었던 모양입니다. 그래서 송 군은 여기서 본대로 가서 말을 해달라고 부탁을 하더군요."

"일단 결혼을 한 이상 그들의 소식을 제가 들어야 할 의무는 없습니다."

인희는 거의 흥분상태에서 벗어나지 못하고 울음 섞인 목소리로 강진호를 면박하더니 자리를 차고 일어설 기세를 보인다.

"진정하세요. 인희 씨, 인희 씨의 입장을 동정하고 이해합니다만……."

"선생님의 동정을 받을 만치 전 가엾은 여자가 아니에요."

인희의 입에서 날카로운 말이 튀어나왔다.

"제가 말을 잘못했다면 용서를 빌겠습니다. 그러나 송 군의 결혼이 단순한 것이었다면 저도 인희 씨를 찾아오지 않았을 거고 송 군 역시 저에게 가서 본 대로 얘기하라는 부탁도 하지 않았을 것입니다."

다방의 창밖에서는 빗소리 속에 자동차가 질주하는 소리가 얼섞여 들려오고 이따금 빽빽거리는 클랙슨 소리도 들려온다.

완전한 절망 속에 빠진 인희는 흥분할 기세마저 꺾였는지 창밖으로 얼굴을 돌리고 눈물을 흘린다.

"이미 이렇게 되리라는 것은 각오하고 있었어요."

인희는 나지막하게 중얼거린다.

"그렇지만 이런 소식을 전하려고 일부러 절 찾아오신 건 잔인한 일이에요."

"인희 씬 절 오해하고 계십니다. 물론 오늘이 초면이니 그렇게도 생각되시겠지만. 아까도 말씀드린 대로 송 군의 결혼이 단순하게 서로 사랑해 가지고 이루어진 것이 아니기 때문에……."

강진호는 어떻게 그 사정을 말로 표현해서 좋을지 몰라 일단 말을 끊는다.

"결혼을 한 이상 구차스럽게 그 내막까지 말씀하실 필요 없습니다."

인희는 결연히 말한다.

"말할 필요가 있습니다. 송 군도 그렇게 원했지만 저 역시 말을 할 필요를 느꼈기에 이곳으로 인희 씨를 찾은 것입니다."

"무슨 까닭으로 말할 필요를 느끼셨습니까?"

"인희 씨 마음에 조금이라도 상처를 덜 주기 위하여."

"동정을 하시는군요."

"동정이란 어휘를 사용치 않겠습니다. 성의라고 생각해 주십시오."

"선생님이 저에게 성의를 베푸실 까닭이 없어요."

인희는 끝내 송건수의 결혼이란 기정사실 이외 아무것도 듣지 않겠다는 태도를 고집하였다.

진호는 인희의 자포에 찬 얼굴을 한동안 말없이 쳐다보고 있다가,

"성의를 베풀 까닭이 없다면 그만이겠으나 전 인희 씨를 오래 전부터 알고 있었어요. 그리고 친우의 애인으로서 마음속으로 아껴왔으니까 저의 성의를 거절 마시고 용납하여 주십시오. 그리고 송 군의 괴로운 심정을 이해하시고 그를 용서해 주십시오.

송 군은 인희 씨를 사랑하면서 앞으로도 잊지 못하리라 생각됩니다만 그런 심정을 안고 인희 씰 배반한 것입니다. 그것이 다 인간이면 저지를 수 있는 일시적인 실수라 약했던 탓이죠."

인희는 입을 다물고 진호를 외면한 채 어두운 창밖을 내다보고 있었다. 진호의 말을 듣고 있는지 듣지 않고 있는지 알 수 없는 표정이었다.

"그러니까 송 군이 인희 씨한테 편지를 끊었던 약 팔 개월 전의 일이군요. 외국에 가보시지 않은 분은 잘 이해가 되지 않겠지만 송 군은 그때 심한 홈시크에 걸려 있었습니다. 저는 송 군보다 훨씬 먼저 갔었기 때문에 그 점만은 극복된 셈이지요. 송 군은 그때 몹시 고독감을 느꼈고 감상적이었습니다. 그러던 것이 그만 어느 여자 친구를 사귀게 되었죠. 그 여자는 중국 여성으로서 송 군과 한 클래스에서 경제과를 전공하고 있었는데 그 여자는 벌써부터 송 군을 좋아했습니다. 송 군이 처음 그 여자를 사귈 때는 상대가 외국인이라는 것, 그러나 같은 동양인이라는 것 그 두 가지 점이 중요했던 거예요. 외국인이라면 결혼 상대가 되지 않을 테니 위험할 것이 없다는 점이요, 같은 동양인이니 항용 열등감을 느껴야 하는 백인들보다 친밀할 수 있다는 점입니다. 송 군은 그렇게 계산해 본 거예요. 말하자면 순전히 친구로서 사귀겠다는 생각이었죠. 그러나 그것이 오산이었어요. 본래부터 송 군을 좋아하던 미스 양은 결국 송 군을 유혹하고 말았어요. 그때부터 송 군의 고민이 시작된 것입니다. 송 군은 그 여잘 사랑하지 않았거든요. 그러나 불행하게도 여자는 임신을 하고 끝내 결혼을 거부하는 송 군을 협박하던 끝에 자살극까지 연출하니 송 군은 그야말로 궁지에 빠지고 신경쇠약이 되고 귀국 소동까지 일으켰죠. 그러나 결국 일종의 자포자기의 기분으로 그 중국 여자와 결혼을 하고 말았습니다."

인희는 아까와 변함이 없는 자세로 마치 굳어버린 돌처럼 움직이지 않았다.

"송 군은 이렇다 할 만한 얘기를 하지 않았지만 제가 옆에서 시종 그의 고민을 바라보고 있었기에 다만 본 대로 얘기하라고만 하더군요. 그는 이런 말을 했어요. 나는 내 실수 때문에 일생을 회오와 고통을 짊어지고 보내야겠지만 인희 씨는 아무 잘못도 없으니까 자기와 같은 못난 인간은 잊어버리고 행복하라는 것이었어요."

진호는 인희의 얼굴로부터 눈을 돌리며 담배를 비벼 끈다.

"송 군은 인희 씨의 성격이 외골수이기에 이곳 소식을 들으면 심한 충격을 받을 것이니 제발 나를 미워하는 한이 있어도 자신의 생애를 소중히 여겨 경망한 짓은 해서는 안 된다는 말을 거듭하더군요."

송건수의 말을 전하는 진호의 표정은 그 말이 송건수의 말인 동시에 강진호의 말이기도 한 것이었다.

인희는 자리에서 일어섰다. 굳어진 그대로의 얼굴인 채 테이블 위에는 마시지도 않았던 차가 횅뎅그레하니 식어 있었다.

찻값을 치르고 밤거리로 쫓아 나온 진호는 벌써 전찻길을 건너고 있는 인희의 뒷모습을 향하여 불안한 듯 걸음을 빨리 한다.

인희는 머리에 쓴 비닐 보자기가 어깨 위에 미끄러져 내려 있는 것도 모르고 그대로 찬 비를 맞으며 걷고 있었다.

인희 옆으로 바싹 다가선 진호는 자그마한 우산을 그에게 받쳐준다.

진호의 따뜻한 입김이 인희의 얼굴에 스쳐온다.

인희는 구태여 피하지 않았다. 피하지 않았다기보다 자기 바로 옆에 한 남성이 우산을 받쳐주며 같이 걷고 있다는 일을 생각지 않았던 것 같았다.

하숙집 대문 앞에까지 왔을 때 인희는 돌아서면서,

"우산 그대로 받치고 가세요."

진호는 그 말대답은 하지 않고,

"인희 씨 자신의 생애를 소중히 여기라는 송 군의 말 잊지 마십시오. 송 군은 인희 씨가 행복하기를 바라고 있습니다."

인희는 깊숙한 눈으로 바라보는 진호의 얼굴을 응시하다가,

"차라리 잘되었어요. 전 지금부터 그 팔 개월 동안의 고통으로부터 벗어나는 것이니까요."

그렇게 말하고는 대문 안으로 쫓아 들어가는 것이었다.

진호는 우산을 받쳐 들고 서 있었다. 얼마 동안을 서 있었는지 인희의 방 창문에 불빛이 비쳐 나오자 진호는 발길을 돌

린다.

인희는 방으로 들어가자 마치 무엇에 쫓기는 사람처럼 짐을 챙기기 시작하였다.

내일 아침 차로 시골에 내려갈 작정인 것이다. 시골로 내려간다 하여도 아주 영원히 가버리는 것도 아닐 텐데 어쩐 일인지 인희는 트렁크 고리짝을 다 끄집어내어 옷은 물론이거니와 자질구레한 소지품까지 챙겨 넣는 것이었다.

저녁 설거지를 다 마치고 한가해진 식모가 궁금했던지 아까처럼 방문을 열고 얼굴을 쑥 디밀다가 방 안 가득히 널려 있는 트렁크 고리짝을 보자 깜짝 놀란다.

"아니, 어디 가시오?"

"네, 시골로 좀 내려갔다 오려구요."

얼굴도 들지 않고 말하는 인희의 입술이 파르르 떨린다.

"아주 내려가세요?"

인희는 의아하게 고개를 쳐들고 식모를 낯선 사람이기나 한 듯 지그시 쳐다본다.

"뭐라고 하셨죠?"

인희는 혼잣말처럼 중얼거린다.

"아주 내려가느냐구요."

"아, 아니에요. 잠깐만 다녀오겠어요."

인희는 도로 머리를 떨군 채 트렁크 속에 옷을 집어넣는다.

"그럼 왜 옷이랑 짐을 모조리 챙기세요?"

인희는 다시 고개를 들어 식모의 얼굴을 멍하니 쳐다보다가 방 안에 널려 있는 물건들을 바라본다. 그러고 보니 인희 자신도 알 수가 없었다. 왜 자기가 모조리 물건들을 꺼내어 챙겨 넣고 있는지 모를 일이었다.

"결혼하세요?"

식모는 체통도 없이 자꾸만 말을 시킨다.

그때 비로소 인희의 얼굴에 차가운 웃음이 돌아왔다.

"데려가 주는 사람이 있으면 결혼하겠어요."

인희는 다음 날 아침 대강 꾸려놓은 짐을 방구석에 싸 올려놓고 방 한 가운데 우두커니 서서 그것을 내려다본다.

아주 내려가느냐고 묻던 식모의 말이 생각났다. 짐을 이렇게 꾸려놓고도 아주 내려간다는 생각을 해본 일은 없다. 그러나 막연한 예감이 있었다. 이번에 내려가면 못 올라오리라는 예감이다. 다시 서울로 오거나 혹은 못 오게 되는 것도 인희 자신의 의사에 달렸건만 인희는 어쩐지 이제는 자기의 의사를 상실한 사람같이 자신이 느껴지는 것이었다.

인희는 조반도 먹는 둥 마는 둥 하고 간단히 쪽지 하나를 써서 식모에게 주었다.

"혹 여대생이 찾아오면 주세요."

"또 올라오세요?"

"그럼요."

"그런데 왜 짐을 꾸려놓으셨소?"

"가지고 가는 게 아니에요."

"그럼 왜 꾸려놓으셨소?"

식모의 물음은 지나치게 집요했다.

"글쎄……."

인희는 애매하게 대답하고 시계를 보며 일어섰다.

인희가 고향인 D시에 도착한 것은 오후 한 시쯤이었다.

정거장에 내려선 인희는 눈에 익은 D시의 거리를 멀거니 바라보았다. 그러나 아무런 감회도 없었다. 지난 봄춘기 방학 때 다녀간 때문이기도 했지만 지금의 인희 심정으론 그런 고향의 눈 익은 풍경에 유감有感하리만치 여유가 있을 수 없었다.

인희의 눈에는 시가에 들어앉은 건물들이 잿빛 일색으로 뒤덮여 버린 것 같았고 마음에는 패배의 궂은비가 주럭주럭 내리는 것만 같았다.

인희는 트렁크가 주체스럽기도 했지만 거리에서 아는 사람이라도 만날까 봐 그게 싫어서 택시를 하나 잡아탔다.

시가를 지나 한적한 주택가로 자동차는 들어갔다. 삼십여 간이 됨직한 묵은 기와집 앞에 자동차를 멎게 한 인희는 트렁크를 들고 내려섰다.

대문 옆 사랑채의 뜰에서 석류나무가 담장 밖으로 쏟아져 나와 있었다.

인희가 탄 자동차가 막 움직이려 할 때 대문이 와라락 열리더니 삼십 남짓한 젊은 여자가 한 사람 나왔다.

"응, 이제 오니?"

여자는 인희를 보자 쓱 한번 살피더니 미끄러져 나가는 자동차에 눈을 던진다.

그 눈에는 확실히 책망하는 표정이 있었다.

'지까짓 게 뭐가 잘났다고 넘어지면 코가 닿을 곳을 걸어오지 못하고 자동차로 뻐긴담.'

계모 장연실의 심보를 알고 있는 인희는 오히려 도도하게 고개를 쳐들고 슬쩍 연실을 흘겨본다. 연실은 마치 백조白鳥처럼 흰 봄 나일론 치마저고리를 입고 아직은 철 이른 분홍빛 양산까지 들고 있었다. 얼굴은 미인 축에 들고 옷을 입은 맵씨도 곱다. 그러나 어딘지 가정주부답지 못한 이상한 교태가 언동에 배어 있는 것 같았다. 그도 그럴 것이 그의 전신은 그리 향기롭지 못했다. 요정의 접대부에서 다방 마담으로 그리고 여러 남성을 거친 후 최진구 씨의 후취로 들어앉은 것이다.

"어디 나가세요?"

인희는 연실과 신경전을 할 흥미조차 없다는 듯 담담한 목소리로 묻는다.

"좀 만날 사람이 있어서…… 그럼 들어가 봐요."

인희는 멀어져 가는 젊은 계모의 뒷모습을 한동안 우두커니 서서 바라본다.

백조처럼 산뜻하게 단장하고 연분홍 파라솔을 살짝 펴 들며 걸어가는 연실의 뒷모습은 수목들이 우거진 조용한 주택가를 배경으로 하여 볼만한 한 폭의 그림이다. 오십을 넘은 아버지의 초췌한 모습을 볼 때 인희는 저절로 한숨이 새어 나온다.

인희는 문득 아버지의 고독감이 인희의 고독 속에 겹쳐지는 것을 느낀다. 아버지와 딸이 다 같이 애정에 배반을 당하고 있다는 생각에서였다. 하긴 아버지의 경우를 인희는 애정이라 생각지 않는다. 애정이기보다 그것은 애욕의 형태라고 보는 것이다.

인희의 어머니 윤 씨尹氏가 살아 있을 때부터 최진구 씨와 관계를 맺고 있던 연실을 윤 씨가 심화 끝에 돌아가자 이내 그 자리에 들어앉게 되었으나 결코 충실한 실내의 구실을 못 하는 여자였던 것이다.

인희는 집으로 들어갔다.

집 안은 쓸쓸했다. 어머니가 돌아간 후에는 늘 그런 기분으로 집에 들어서는 것이었지만 오늘따라 그런 싸늘한 집 안의 분위기는 더 한층 강하게 가슴에 왔다.

벌써 오래전부터 집안은 황폐 일로로 달리고 있었다. 아버지의 사업도 신통치 않은 모양이었으나 일면 집안 꼴이야 뭐가 되든 말든 몸치장과 놀기에 바빠 싸돌아다니는 연실의 온당찮은 생활 태도는 집안의 황폐에 박차를 가하는 것이었다. 그러나 오늘 느낀 집 안의 분위기는 일종의 절망감까지 자아내게 했다. 그것은 인희 자신이 짊어지고 온 괴로운 패배감에서 오는 것이었는지도 몰랐다.

인희가 트렁크를 마루 끝에 놓고 마루에 퍽 주저앉자 계집아이가 쪼르르 부엌에서 달려 나왔다.

"아, 오셨구먼요."

하고 반색을 한다.

"할멈은?"

순이란 계집애는 무엇인지 주저주저하고 대답을 않는다.

"할멈은 어디 갔니?"

인희는 다잡아 묻는다. 순이는 고개를 푹 수그리며,

"나갔어요."

"나갔다고? 어디를 나갔단 말이니?"

"아주 나갔어요."

"왜?"

"아주머니하고 싸움했어요."

인희는 그 말에 대강 짐작이 갔다. 그래서 그 이상 묻지 않고,

"이 트렁크 내 방에 갖다 놔."

순이가 트렁크를 들고 사랑채에 있는 인희 방으로 내려간다.

바람이 이는 모양인지 뒤뜰에 있는 수목들이 우스스 운다.

바람이 지나간 집 안은 다시 괴괴한 고요 속에 묻혀버린다. 전차 소리도 자동차의 클랙슨 소리도 들려오지 않는 이곳은 마치 절간처럼 한적하다. 어머니가 살아 있을 무렵에는 아버지의 사업관계로 손님들의 출입이 잦았고 일 보는 사람들도 많아서

언제나 집 안은 활기를 띠었고 화기和氣가 돌았던 것이다.

인희는 여행에서 묻은 먼지를 털 생각도 잊고 마루에 우두커니 앉아서 집안 꼴 되어가는 것을 바라본다.

뜰 아래는 아무렇게나 장작개비가 굴러 있었고 어머니가 사랑하던 목련 나무도 잔등을 꺾인 채 새싹이 돋아날 염도 내지 않고 있었다.

인희는 가엾은 할멈을 생각했다. 왜 할멈이 쫓겨났는지 짐작하고도 남음이 있었다. 연실하고 싸운 원인은 두말할 것도 없이 자기 때문이라는 것도 잘 알 수 있었다.

'자알한다. 잘해. 어머니를 심화 끝에 돌아가시게 하더니 이제 이십여 년을 하루같이 알뜰하게 이 집의 살림을 살아준 할멈을 쫓아내고…… 아마 이번엔 내 차롄가 봐.'

인희는 푹 한숨을 내어 쉰다.

하늘에 구름이 가고 매 한 마리가 빙 돌고 있다. 서울서 볼 수 없는 풍경이다.

'그러고 나면 아버지도 잡아먹힐 거고 결국 이 집은 망하는 거야. 아마 무서운 건 사람의 인연 맺어서는 안 될 사람들의 악인연이다.'

지난봄의 일이었다. 인희가 방학으로 집에 돌아왔을 때의 일이었다. 할멈이 울면서 인희에게 하는 말이,

"글쎄 아가씨 세상에 이런 법이 어디 있겠어요? 아무리 배운 것 없이 천하게 놀아먹던 여자기로서니 그럴 수가 있겠습니까.

아가씨 혼숫감에다 감히 손을 대다니 기 찰 노릇이지……."

"혼숫감에 손을 댔다구요?"

"네, 그러니 말입니다. 돌아가신 마나님이 아가씨가 열 살 나던 해부터 장만하기 시작한 그걸 그게 어떤 거라구 그 몹쓸 계집이…… 이 집을 이렇게 망쳐놓고…… 생각만 해두 치가 떨려서 견딜 수가 있어야죠."

인희는 잠자코 훌쩍 우는 할멈을 바라보았다. 그러나 그의 마음은 노여움에 떨렸다. 혼숫감이라 귀중했기 때문이 아니다. 그것은 어머니에 대한 애정에서였다.

"노여워하지 마세요. 할멈, 그까짓 구식천 있어도 소용없어요. 요즘은 새로운 천들이 많이 나오니까 괜찮아요."

인희는 말로나마 그렇게 할멈을 달래놓고 저녁이 되자 안방으로 건너가 연실과 마주 앉았다.

연실은 인희의 표정이 심상찮은 것을 보자 약간 찔끔한 눈치였으나 이내 배짱을 내미는 기색을 보인다.

인희는 연실을 어머니라 부르지 않으므로 그렇게 마주 앉아 이야기를 꺼내기가 거북했다. 그를 보고 어떻게 불러야 할지 적당한 말이 발견되지 않았던 것이다.

"저 할 말이 좀 있어서요."

"무슨 말인데요?"

어디 할 말이 있으면 해보라는 듯한 태도다.

"돌아가신 어머니가 저에게 남겨주시고 간 물건에 어느 누구도 손을 대는 것을 원치 않는다는 말을 해두겠습니다."

다소 흥분이 된 인희는 딱딱한 말투로 말을 내뱉었다.

"어느 누구도 손을 대지 않게 내가 지켜주지."

연실은 한술 더 뜨고 조롱에 찬 웃음을 웃는다.

인희는 가슴에 무엇이 울컥 치밀었다.

"잿밥을 탐내는 까마귀가 바로 당신 아니요!"

인희는 날카롭게 울부짖었다.

연실의 얼굴에서도 핏기가 싸악 가셔졌다.

"그래 내가 까마귀면 넌 뭐야? 사람한테 착 감겨드는 뱀인가?"

회상에 감겼던 인희는 마루 위에서 몸을 부르르 떨었다. 그때 연실이 비수처럼 심장에다 꽂아준 그 말은 평생 잊을 수 없는 일이었다.

2. 허혼許婚

인희는 순이가 치워놓은 자기 방으로 들어갔다.

오래 비워둔 때문에 퀴퀴한 곰팡냄새가 코를 푹 찌른다. 어머니가 살아 계셨다면 이렇게 방을 묵혀두지는 않았을 것이란 생각이 들었다. 전에는 그렇지도 않았건만 이번 귀향은 그 어느 때보다 인희에게 절망감을 주었고 눈에 띄는 모든 것이 회고懷古의 슬픔을 자아낸다.

이 사랑방만 하더라도 전엔 아버지가 사용했었는데 연실이 집에 들어오고부터 아버지는 안채로 옮겨가고 인희가 사랑채로 쫓겨온 것이다.

인희는 방문을 꼭 닫아부치고 뒷창 옆에 가 선다.

싱싱하게 물이 오른 석류나무의 파아란 잎새를 바라본다. 푸른 하늘이 어려 나뭇잎은 더욱 선명한 초록빛으로 감각된다.

인희는 온통 푸르름 속에 싸여 있는 듯 보이는 반뜻반뜻한 유리창에 앞이마를 붙이고 눈물을 흘린다. 눈물이 푸르게 물들어 어디론지 무한히 흘러가는 것 같은 착각이 든다.

인희는 견딜 수 없었던지 방바닥에 푹 엎드려 흐느끼기 시작한다. 마치 이렇게 엎드려 울기 위하여 멀리 서울에서 이곳까지 내려온 것 같기도 하다.

지금까지 불행한 가정환경에 대하여 비교적 초월한 듯한 태도를 취하여 온 것도 따지고 보면 송건수의 애정이 있었기 때문인지도 몰랐다.

그러나 한줄기의 희망을 걸고 있었던 송건수는 이제 영영 타인이 되고 만 것이다. 인연의 줄을 맺어볼 길 없는 먼 곳의 사람이 되고 만 것이다.

그의 말로는 인희를 영원히 사랑할 것이며 행복되기를 빌겠노라 했지만 인희 아닌 다른 여자와 몸이 얽혀진 지금 수만 리 떨어진 곳에서의 그의 영혼이 무슨 뜻을 가지랴. 하물며 자식을 낳고 세월이 가노라면 그의 머릿속에는 한갓 퇴색한 추억으로밖에 더 남겠는가. 행복을 진심으로 빌겠다는 말만 하더라도 애정에 배반을 당한 여자에게 진정 행복이 있을 수 있겠는가.

인희는 참말로 자기의 돌아갈 길이 없음을 깨닫는다.

패잔병처럼 짐을 싸들고 고향에 돌아온들 누구 한 사람 따뜻하게 맞아주는 이 없고 그래도 이날까지 변함없는 성의로써 시중을 들어주던 할멈마저 이 쑥대밭같이 헝클어진 집에서 떠나고 말았으니 그 한 가지 사실만으로도 인희가 참고 견디었던 울음을 터뜨리는 데 충분한 동기가 되었던 것이다.

인희는 얼굴을 받친 양손을 악물고 소리를 죽이며 통곡한다.

퀴퀴한 곰팡냄새가 풍겨오는 밤 책상 위에 놓인 윤 씨의 사진이 인희의 울고 있는 모습을 조용히 내려다보고 있었다.

언제 왔는지 순이가 방문을 열고 우두커니 서 있었다. 그도 인희의 우는 모습에 놀란 모양이다.

인희의 뽀오얀 목덜미가 심히 흔들리고 마셔 들이는 듯한 울음소리, 순이도 까닭 모르게 눈물이 울칵 쏟아져 앞치마를 잡아끌어 눈자위를 누른다.

"아가씨 우시지 마세요."

인희는 눈물에 젖은 얼굴을 들고 순이를 쳐다본다. 그는 겨우 순이 얼굴을 인식한 듯 부스스 일어나 앉으며 손수건으로 얼굴을 닦는다.

"너 뭣하러 왔니?"

코먹은 소리였다.

"아저씨가 오시래요."

순이는 인희를 내려오게 한 이유를 알고 있었는지 아저씨가 오시래요, 하곤 고개를 푹 수그린다.

"아버지 들어오셨니?"

"네, 막 지금 오셨어요."

"그래? 그럼 간다고 말씀드려."

인희는 눈물 자국이 나지 않게 얼굴을 닦고 엷게 분을 바른다. 그러나 눈등이 부어 있었고 눈알은 새빨갛게 충혈이 되어 있었다. 누가 보아도 운 표적이 역력했다.

인희는 아버지에게 자기가 울었다는 것을 알리고 싶지 않았다. 그러나 할 수 없었다.

인희는 안방으로 건너갔다.

최진구 씨는 담배를 피우고 앉아 있었다. 집에 들어온 즉시로 인희를 부른 모양으로 양복을 입은 채 앉아 있었다.

지난봄에 봤을 때보다 더 늙티가 나고 얼굴에는 피로한 빛이 떠돌고 있었다.

"일찍 들어오셨군요."

인희는 되도록 아버지로부터 얼굴을 피하면서 코먹은 소리로 말하였다. 최진구 씨는 가만히 담뱃재를 떨구며,

"집사람이 회사에 들렀더군."

최진구 씨는 결코 딸 앞에서 연실을 어머니다 하지 않는다. 나이도 나이려니와 연실의 전신이 향기롭지 못했기 때문에 딸 앞에서 너 어머니라 강요하기 낯간지러웠고 떳떳하지 못했던 것이다.

"벌써 회사에 들렀어요?"

인희도 인칭을 빼어버리고 말했다.

"나오면서 너를 만났기에 기별을 하러 왔다는 거야."

'흥! 내가 온 것은 그에게도 이익이 되는 일인가? 잽싸게도

아버지한테 달려간 걸 보니…….'

인희는 마음속으로 중얼거렸다.

"게 좀 앉거라."

인희는 부시시 무릎을 꺾고 앉았다. 그러나 최진구 씨는 좀처럼 말을 꺼내지 않았다. 말하기가 거북한 눈치였다.

"무슨 말씀이세요?"

"음…… 내 편지 받았지?"

최진구 씨는 딴전을 편다.

"네, 받았어요. 그래서 내려왔어요. 무슨 일이라도 생겼어요?"

인희는 최진구 씨의 말을 재촉한다.

"음…… 실은 너 혼인 문젠데…… 너도 이제 시집갈 나이도 됐으니……."

인희는 자기가 생각했던 말을 들을 때 이상하게도 자포적인 기분이 휩싸여 왔다. 전 같으면 학교는 어떡허느냐고 펄펄 뛰었겠는데 입을 다문 채 말이 없다.

최진구 씨는 힐끗 눈을 치뜨고 인희의 기색을 살핀다. 인희의 반대 표시보다 침묵을 지키는 모습이 최진구 씨에게 더 불안감을 주었던지 신경질적으로 재떨이에 담뱃재를 떨면서,

"정 너가 싫다면 할 수 없지만……."

미리 떤다. 어떻게 보면 최진구 씨 자신이 인희의 결혼 문제를 달갑게 생각하고 있지 않는 것 같기도 했다.

인희는 아버지의 얼굴을 슬프게 바라본다. 옛날에는 아버지가 이렇게 비루할 지경으로 약해 보이지는 않았다. 사람이 변하면 이렇게도 변할 수 있을까?

딸의 혼담이라면 아버지로서 얼마든지 떳떳하게 말할 수 있는 문제다.

"말씀이나 하셔요."

인희는 아버지에 대한 동정에서 말씨를 부드럽게 했다.

최진구 씨는 의외로 굽혀 들어온 딸의 태도에 안도감을 느끼는 표정이나 이내 얼굴은 흐려지는 것이었다.

"나도 실은 너한테 이 결혼을 권하고 싶지 않는 것이 솔직한 고백이다. 아직 한 번도 집안 형편을 너에게 말한 일이 없었으나 오늘은 먼저 집안 형편부터 얘기해야겠다."

최진구 씨는 일단 말을 끊고 인희로부터 얼굴을 돌린다.

인희는 자기 혼담에 앞서 집안 형편 이야기를 꺼내는 아버지의 의도가 나변에 있는지 이내 알아차렸다.

말하자면 이 결혼은 하나의 상거래商去來에 지나지 못한 것이다. 인희는 자기 자신이 벌써 하나의 상품으로 진열되고 혹은 제물祭物로 바쳐진 것을 깨닫는다. 그러나 이상하게도 마음은 냉정했다. 냉정했다기보다 자기 자신에 대한 아무런 의욕을 느끼지 못하고 있다는 것이 더 가까운 해석이었던지도 모른다.

"……그간 내 사업은 실패에 실패를 거듭하고 이제는 꼼짝할 수 없는 지경에 이르렀다. 이대로면 결국 나는 파산할 수밖에 없다. 그간 이성태 씨로부터 적잖은 융자를 받았건만 아직도 수습이 용의하지 않다."

"그럼 아버진 부채까지 졌단 말씀이세요."

인희는 부채까지 졌다는 말에는 놀라지 않을 수 없다.

본시 금광金鑛이란 사업은 흥망무상한 것이라 들어왔지만 해방 후부터 시작한 최진구 씨의 광산업은 일확천금의 호조好調는 아니었다 할지라도 확실한 기반 위에서 발전해 왔던 것이다.

그러니 인희가 놀라는 것도 무리는 아니었다. 사업이 부진하다 해도 파산이나 부채까지 생각할 수 없었던 것이다.

"……사람의 일이란 알 수 없다. 내가 일을 확장한 것이 잘못이야. 그러나 그걸 뉘보구 원망하겠니. 다 내가 저지른 일이지."

최진구 씨는 비단 사업에 대한 실패뿐만이 아닌 가정 문제도 포함시켜 한탄하는 것이었다.

자신과 투지를 잃은 최진구 씨의 얼굴에는 창에서 비쳐오는 사양斜陽과 더불어 그의 인생에 있어서의 내리막길의 표상이 역력하다.

"저의 혼인과 아버지의 사업과 관련이 있나요?"

"관련이 있다면 확실히 있지만 그런 관계는 무의식적으로나마 만들어버린 애비를 너는 원망하겠지?"

인희는 얼굴을 번쩍 쳐들었다.

"아버지! 그럼 저의 결혼은 아니, 인신매매는 그럼 결정적이란 말씀이세요!"

울부짖는다.

"아, 아니다. 아니구말구. 너가 돈이 싫다면야 아버지가 파산을 하는 한이 있어도 그걸 강요할 사람은 없다. 낸들 너를 두고, 하나밖에 없는 너를 두고 천하에 내 사위를 잘난 놈이 어디 있으랴 싶었단다. 인물이 남만 못한가 성품이 남만 못한가 어디 줄 곳이 없어 재취냐 말이다."

최진구 씨의 눈에는 눈물이 핑 돌았다.

인희도 재취再娶라는 말에 얼굴빛이 달라진다.

"안 되고말고 내가 환장을 했지, 잘못 생각했지. 어림도 없는 소리지. 어떤 딸자식이라구……."

최진구 씨는 혼잣말처럼 중얼중얼거린다.

평소에 말이 적은 최진구 씨는 극도로 달한 정신적 혼란 때문에 그런지 말이 많았을 뿐만 아니라 거의 영탄조永歎調다.

"아버지."

인희는 나직이 최진구 씨를 불렀다.

최진구 씨는 겁에 질린 사람처럼 인희를 보았다.

인희는 아버지를 불렀으나 말을 잇지 못하고 고개를 숙인다. 부녀는 서로 마주 앉은 채 한동안 침묵을 지켰다. 인희는 아버지가 불쌍했다. 어쩌다가 장연실 같은 독부毒婦를 만나 아버지의 꼴이 저 모양이 되었으며 딸자식 앞에서도 저렇게 기를 펴지 못하는가 싶었던 것이다. 딸을 사랑하면서도 발을 뺄 수 없게 된 애욕의 세계 속의 자기의 모습을 부끄러워하고 두려워하고 있는 것이다.

"아버지."

인희는 다시 불렀다. 이번에도 최진구 씨는 대답이 없었다.

"아버지 저 시집가겠어요."

"시집을 가겠다구?"

최진구 씨는 펄쩍 뛰었다. 시집을 보내기 위하여 서울에서 공부하고 있는 인희를 불러 내렸고 또 그 말을 하기 위하여 지금 마주 앉아 있건만 최진구 씨는 그런 사실들을 잊어버린 사람처럼 안절부절못하는 것이었다.

"안 된다. 너를 재취로 보낼 수는 없다."

"재취면 어때요. 잘살고 못살고는 다 운명이죠."

인희는 운명이란 말을 하면서 서글프게 웃었다. 그리고 서울서 내려올 때 하숙집 식모에게 데려가는 사람만 있으면 시집가겠노라고 한 말이 생각나기도 했다. 사실 인희는 자기 앞날에 대하여 희망도 기대도 갖고 있지 않았다. 반드시 아버지에 대한 동정만으로 시집가겠다고 한 것은 아니다. 그는 운명이라는 말을 했는데 그 운명에 대한 일종의 자포적인 맹종盲從이었는지도 몰랐다.

"안 된다. 후취라도 유만부득이지. 고등학교 다니는 딸이 있는 작자에게 내가 아무리 그자한테 융자를 받았기로서니 내 딸이 어떤 딸이라구……."

최진구 씨의 얼굴은 고통에 일그러진다.

"그럼 아버지 그인 아버지의 채권자란 말씀이에요?"

"그, 그렇다."

최진구 씨는 목구멍에 걸린 말을 토하듯 하며 인희를 외면한다.

"그럼 부자겠군요."

인희는 자조自嘲의 빛을 띠우며 물었다.

"돈푼이나 있는 사람이지. 내가 이 지경으로 망한 대신 그는 마구 흥하는 판이지."

"그럼 그분도 금광을 하시는 분예요?"

최진구 씨는 고개를 끄덕이며 담배를 꺼낸다.

"아버지는 그분한테 졌군요. 그분은 아버지 사업의 경쟁자였죠?"

"말하자면 그렇지만."

태연하게 말하려 하는 모양이었으나 담뱃불을 붙이는 손이 발발 떨리고 있었다.

"그분은 저를 아신대요?"

"아니까 그런 조건을 내걸었지."

"저하고 결혼한다면 아버지 사업을 도와주겠다는 건가요?"

"그런 말을 하더군."

최진구 씨의 목소리는 약했다.

최진구 씨는 사실 갈피를 못 잡고 있었다.

업에 대한 애착과 딸에 대한 애정이 같은 비중比重으로 가슴을 눌렀기 때문이다. 그것뿐만 아니라 연실의 압력이 더욱 가중해 오는 것이었다.

밖에 나갔던 연실이가 아무래도 궁금했던지 이내 돌아왔다.

그는 부엌에 있는 순이에게 무슨 말을 물어보는 것 같았다. 그러더니 마루를 굴리며 안방 앞에까지 와가지고 서슴없이 방문을 홱 열어젖힌다.

"어마! 아직 이야긴 안 끝났수?"

일부러 놀란 척하며 최진구 씨를 바라본다. 최진구 씨는 얼떨떨해하며 연실의 얼굴을 슬그머니 피한다.

연실은 치마를 훌렁 벗어가지고 옷걸이에 걸고 집에서 입는 초록 치마를 두르면서 방바닥에 퍽 주저앉는다.

원체 본대 없는 여자이기는 하지만 인희가 면구스러워 아버지의 얼굴을 볼 수가 없었다.

항상 남편 앞에서 조심스럽게 처신하던 어머니를 생각하면 이건 도대체 어디서 굴러먹은 장돌뱅인가 싶어 기가 막힌다. 그러나 연실은 여전히 아름답고 사내를 뇌살惱殺시키는 무서운 힘을 가지고 있다.

연실은 버선을 벗어 방구석에 횟딱 집어던지며,

"어떻게 되셨수?"

최진구 씨를 날카롭게 쏘아본다. 최진구 씨는 눈 둘 곳이 없어 갈팡질팡하다가,

"글쎄……."

"글쎄라니요?"

연실은 숨도 못 쉬게 다잡는다.

"글쎄…… 나이두 많구 좀 생각해 봐야지."

최진구 씨는 방금 딸 앞에서 안 된다고 펄펄 뛰었는데 그 기세가 어디로 갔는지 마치 고양이 앞에 쥐처럼 풀이 죽는다.

연실의 눈이 한번 번득인다. 입가에 찬웃음이 감돈다.

"나이 많다구요? 당신은 나이 젊다 말이요? 나이 젊어서 내가 붙어사는구려."

인희는 심한 모욕감을 느꼈다. 그는 고개를 번쩍 쳐들고 연실을 쳐다보았으나 연실은 인희의 날카로운 눈빛을 마치 봄바람처럼 가볍게 물리치고 한다는 말이,

"나이고 개뿔이고 가릴 처지가 됐수? 요즘 계집애들은 부모가 시키지 않아도 돈만 많은 사람이면 오케이하는데. 가서 호강만 하면 제일이지. 할아버지뻘 되는 사내한테도 얼씨구 좋다고 따라다니는 판국인데 그런 데데한 소리 그만 집어치워요."

"이거 말이면 다 하는 줄 알어? 왜 이 야단이야."

최진구 씨는 땅에 떨어진 자기의 위엄을 되살려 볼 양으로 말을 해보는 것이었으나 그의 표정은 심히 불안해 보였다.

인희는 언제부터 아버지가 저 꼴이 되었나 싶어 눈시울이 뜨거워졌다. 장연실의 악의에 찬 말보다도 아버지의 비참한 모습이 더 분하다.

그러나 연실이 자기한테 직접 말을 걸어오지 않는 한 인희도

말을 하지 않으리라 생각했다.

"내 말이 어째서 그르우? 내 말이 글렀어요? 요즘 세상엔 사내 한 사람에 계집애가 몇 트럭이나 된다는데 아 글쎄 그분이 어떻다고 그러세요? 재취 자리긴 하지만 돈 있겠다 얼굴 잘생겼겠다 명년엔 국회에 출마하겠다는 사람인데 어디가 모자라서 그러는 거요."

최진구 씨는 연실을 외면하고 앉았다가,

"인희야, 넌 그럼 내려가거라. 아버지가 선처할 테니."

창피한 생각이 들었던지 최진구 씨는 말했다.

인희는 잠자코 사랑방으로 내려왔다.

'흥! 밤새껏 아버지를 들볶겠지. 보나마나 아버지는 내일 아침이면 날 시집가라 하겠지. 될 대로 되어라. 무슨 뾰족한 수가 있을라구. 상대가 누구라도 내겐 다 마찬가지야.'

인희는 그날 밤 곤하게 잠이 들었다. 간밤에 잠을 이루지 못하고 기차에 시달려 온 때문이기도 했지만 일종의 체념諦念이 그를 잠자게 했던 것이다.

인희는 괴로운 잠결에 사나이를 보았다. 처음엔 그 사나이는 송건수였다. 인희는 목이 터지게 그를 불렀다. 그러나 건수는 힐긋 인희를 한번 쳐다보더니 무거운 나막신을 끌고 산모퉁으로 돌아가는 것이 아닌가. 인희는 한마디라도 왜 당신이 나를 배반했느냐고 물어보고 싶어 그의 뒤를 쫓아갔으나 그의 뒷모습은 간데없었다. 그러나 뜻밖에도 강진호가 불쑥 나타나더니

인희의 가는 길을 막았다. 그는 양팔을 벌리면서,

"인희 씨 가지 마세요. 거긴 길이 막혔어요. 가면 낭떠러지뿐입니다."

그 목소리가 쟁쟁하게 귀에 울리는데 인희는 눈을 번쩍 떴다.

아침이었다. 햇빛이 깊숙이 방 안을 비춰주고 있었다.

"아아."

인희는 너무나 생생한 꿈이라 가슴이 뻐근했다.

'어째 그런 꿈을 꾸었을까? 역시 그 얘기를 들은 때문인가?'

인희는 머리를 두 손으로 부여안고 베개 위에 이마를 놓았다.

뭐가 어떻게 되어가는지 분간할 수 없었다. 머릿속에 백사장 거센 물결이 자꾸만 쳐들어 온다.

"인희 여지껏 자냐?"

방문 앞에 선 아버지의 목소리다.

인희는 자리에서 벌떡 일어나 이불을 개고 옷을 갈아입는다. 그러는 동안 최진구 씨는 방문 앞에 우두커니 서 있었다.

장지문에 비치는 최진구 씨의 그림자가 마음에 배어들도록 외롭게 보였다. 인희는 방문을 열고,

"아버지 왜 그러세요?"

"방에 좀 들어가도 좋으냐?"

"네, 들어오세요."

최진구 씨는 방에 들어오자 마치 남의 집에 온 것처럼 무릎을 모으며 앉는다.

"회사에는 안 나가세요?"

"응. 천천히 나가지."

잠시 말이 끊어진다.

"인희야."

"네."

"너 어제 말한 것 진심이냐?"

"결혼하겠다는 것 말씀이죠?"

"음."

"네, 진심이에요."

"어째서 그런 생각을 하게 됐니? 애비가 불쌍해 그랬냐?"

"……."

"내 사업을 위해 희생할 생각이냐?"

"아니에요."

"그럼?"

"세상이 별것 아니라고 생각했을 뿐예요. 제가 결혼하기 싫었음 서울서 내려오지도 않았을 거예요."

"그걸 어떻게 알구?"

"그야 결혼 문제 아니면 제게 내려오라 할 이유가 없거든요."

최진구 씨는 길게 한숨을 쉰다.

밤새껏 연실에게 들볶여 그랬던지 눈자위에 잔주름이 더 늘어난 것 같다.

"사실은 널 서울서 불러 내리려고 했을 때 나는 강제적으로라도 너를 시집보내려고 생각했었다. 그만치 집안 사정이 절박했다. 그러나 막상 너를 보니 내가 애비로서 못할 죄를 짓는 것 같아 어젯밤에는 그렇게 말을 했다만…… 세상에 별사람이 없느니라. 잘살고 못사는 것도 다 너 팔자니…… 이런 못난 애빌 만난 것도 너 어미가 일찍 죽은 것도 다 너 복이 없어서 그런 걸로 알고…….”

최진구 씨는 인희에 대하여 면목이 없는지 무릎을 짚은 한 팔을 그저 몇 번이고 쓸기만 한다.

“아버지가 책임지실 필요는 없어요. 제가 가고 싶어 가는 걸요. 어차피 전 누구에게든지 떠맡겨 버려야 하는 몸이니까요.”

최진구 씨는 인희의 말이 하나의 반항인 줄 알고 기가 푹 죽는다.

“아버지 빨리 나가보세요. 너무 상심 마시고.”

인희가 도리어 아버지를 위로할 지경이 되고 말았다.

최진구 씨가 회사에 나간 뒤 연실은 인희가 결혼을 응낙한 것이 기뻤던지 인희가 있는 사랑으로 내려와 슬그머니 눈치를 살핀다.

‘내 결혼이 이 여자에게 도대체 무슨 이익을 주게 되는 것일까?’

인희는 연실의 얼굴을 고의적으로 쳐다보았다. 연실은 인희의 눈을 피하지도 않고 이상스럽게 웃으며 하는 말이,

“아무리 그래도 맞선을 한 번 봐야 할 게 아닌가?”

"……."

"사람이야 나이 좀 많아 그렇지 아주 멋있는 신사야. 나도 우리 집 늙은이가 없으면 반하겠든데……."

연실은 최진구 씨를 서슴없이 늙은이라 하며 실로 모욕적인 언사를 농한다. 자기가 다 반할 만한 사람인데 너에게야 과분한 자리지. 듣기에 따라서 그렇게도 해석될 수 있는 말이었다.

"저녁에라도 연락을 해서 내일쯤 맞선을 한번 보도록 하지."

인희는 하도 기가 막혀서 우두커니 앉아 연실의 얼굴을 바라볼 뿐이다.

구구에 가시가 돋치고 지나치게 자신의 우월감을 표시하기 위해 기도한 연실의 행동은 인희의 말 없는 무표정에 격퇴되었다.

연실이 나간 뒤 인희는 옷을 갈아입고 나섰다. 쫓겨난 할멈을 찾아갈 생각에서였다.

그는 순이를 불렀다.

"너 할멈이 어디 갔는지 알어?"

"네. 할머닌 조카사위 집에 갔어요."

"김 서방 집에?"

"네."

인희는 전에 집에 잘 드나들던 할멈의 조카사위를 알고 있었다. 인품이 온순하고 의리가 깊은 사람인 줄 알고 있다. 그러나 그는 가난하고 또 할멈의 조카딸은 벌써 죽고 없으니 걱정이었다.

그가 재혼을 했는지 알 수 없는 일이지만 아무튼 자식들이 서넛 있었다는 것을 기억하고 있다.

인희는 거리에 나와서 김 서방 집의 어미 없는 자식들을 위해 과자를 샀다. 그리고 할멈의 저고릿감을 한 감 끊어가지고 비탈길을 올라 김 서방 집을 찾아갔다.

김 서방 집은 옛날 그대로 느티나무가 우거진 옆에 낮은 초가집이었다.

인희가 집에 들어섰을 때 집 안에서 콧물을 닦으며 너댓 살 먹은 사내아이가 쫓아 나왔다.

"아가? 할머니 계시냐?"

아이는 눈을 꿈벅꿈벅하며 인희를 쳐다본다.

"할머니 안 계시냐?"

아이는 휙 돌아서더니 부엌으로 뛰어가면서,

"할머이! 할머이! 저기……."

"왜 또 야단이고 점심때는 아직 멀었다니까……."

그렇게 말하면서 부엌으로부터 나오던 할멈이 인희를 보자 깜짝 놀라 어쩔 줄을 모른다. 그는 인희의 손을 덥석 잡고,

"아가씨! 아이구."

할멈은 쪼락쪼락 주름진 얼굴에 눈물을 흘리며 말도 제대로 못 한다.

인희도 호주머니 속에서 손수건을 꺼내어 얼굴을 닦는다.

두 사람은 한참 동안 그렇게 서로 마주 잡고 실컷 울었다. 먼저 눈물을 거둔 인희는 낮고 벌레가 먹은 마루에 가서 앉는다.

그새 어디서 왔는지 아이 한 놈이 더 있었다. 할멈을 부르던 아이의 형인 모양이다. 그들은 뒷짐을 지고 이상하다는 듯 인희를 바라보고 서 있었다.

"아가? 과자 줄게, 응?"

인희는 들고 온 과자를 내밀었다.

아이들은 침을 꿀꺽 삼키며 할멈의 얼굴을 힐끗 쳐다본다.

"그렇게 많이 주면 안 됩니다. 한꺼번에 다 먹어버려요."

할멈은 인희한테서 과자 봉지를 받아가지고 몇 개만 아이들에게 주고 나머지는 감추어버린다.

할멈은 과자 부스러기가 떨어진 마루를 손으로 쓸면서,

"어떻게 이리 내려오셨수?"

"글쎄……."

인희의 대답은 시원치 않았다.

"말을 듣기에 아가씨를 시집보낸다고 하던데요?"

"……."

"아가씨 속아서는 안 돼요. 그 여우 같은 계집한테 속아서는 안 돼요. 신셀 망칩니다. 아가씨를 데려간다는 그 작자는 소문이 나빠요. 기생첩도 있고 오입쟁이래요."

"할멈, 그런 말 하지 말아요."

인희는 발끝을 내려다보며 우울하게 말한다.

"그럼 아가씬 그 작자한테 시집을 가실 작정이에요?"

할멈의 얼굴이 불안스럽게 일그러진다.

"안 됩니다. 우리 아가씨가 그런 데 시집을 가다니요? 어머님이 아시면…… 안 됩니다. 그런 후취댁으로 가다니 말이 됩니까? 아까워요. 어떻게 어떻게 어머님이 소중히 기르셨다고요. 그 여우 같은 년이 독사 같은 년이 아버님의 마음을 몽땅 긁어내어 사람을 망쳐놨으니…… 그래도 모자라서 아가씨까지 망쳐버리려고 아이구."

"할멈 흥분하지 말아요. 아버지의 사업이 실패하고 빚만 잔뜩 짊어졌다니 어쩔 수 있수?"

"다 소용없세다. 누구 좋은 일 시키려구 그년 수중에 가산이 몽땅 넘어갔는데 밑 없는 항아리에 물 붓기지."

할멈은 분에 못 이겨 안절부절이다.

"할멈 우리 그 얘기는 그만두어요. 할멈이 어떻게 사는지 그 말이나 해주어요."

할멈은 땅이 꺼지게 한숨을 쉰다.

눈에 눈물이 글썬 돌더니 또 울기 시작한다.

"팔자가 기박한 내가 무슨 복을 바라겠소만 김 서방이 불쌍해서…… 가난은 나라도 못 당한다지만."

인희는 애통해하는 할멈을 가까스로 달래어놓고 자리에서 일어섰다.

할멈은 옷고름으로 눈물을 닦으며 사립문 밖에까지 따라 나온다. 아이 둘이 할멈의 치맛자락에 매달리며 인희가 든 핸드백을 힐끔힐끔 쳐다본다. 인희는 그러지 말라고 말리는 할멈의 손을 뿌리치고 오백 환짜리 지폐를 두 장 꺼내어 아이들 손에 쥐여주면서,

"그럼 잘 있어요. 난 또 찾아올게."

"아가씨 제발 마음을 고쳐먹으세요. 그 계집 꼬임에 넘어가지 말고…… 사람은 다 제 짝이 있는데 그런 놈팡이한테 출가를 하다니요. 아가씨는 서울 가서서 아버님 믿지 말고 아가씨가 짝을 찾아야 합니다."

할멈은 당부를 거듭하는 것이었다. 그러나 인희는 아무런 대답도 하지 않고 돌아선다.

돌아오는 길에서 인희는 가엾은 할멈 생각을 했다. 늘그막에 자식도 없이 조카사위 집에 부쳐서 살아야 하는 할멈의 정상이 마음을 아프게 하였다.

'어떻게 도와줄 수는 없을까?'

인희는 어린 것들이 과자를 보자 눈을 희번득거리던 생각이 났다. 어미 없이 자라는 아이들이 이를 데 없이 불쌍했다.

'어머니는 나같이 어른이 다 된 사람에게도 끝없이 그리운 사람인데 하물며 그 어린것들에게 얼마나 어머니가 그리울 것인가?'

인희는 집에 돌아온 후에도 그의 머릿속에는 할멈과 또렷하게 자기를 쳐다보던 어린것들의 모습이 가득 차 있었다.

그에게는 바로 눈앞에 닥쳐온 결혼 문제도, 그렇게 마음에 멍을 들인 송건수의 배반도 연실의 기실 방자한 태도도 하등의 관심거리가 아니었다. 다만 할멈을 좀 도와주어야겠다는 생각뿐이었다. 그것이 가장 시급하고 중대한 문제인 것만 같았다.

그러나 이러한 인희의 심정은 의식적인 자기 망각忘却이었는지도 모른다. 그는 자기 자신을 생각하고 싶지 않았던 것이다. 자기가 짊어진 과거도 앞으로 닥쳐올 일에도 애착이나 희망을 갖고 싶지도 않았던 것이다.

인희는 오늘도 무슨 볼일이 있어 나갔는지 집에 붙어 있지 않는 연실을 잠깐 생각하다가 펜을 들었다. 서울에 있는 은옥에게 편지를 쓸 생각에서였다.

극변한 자기의 신변도 신변이려니와 이정식이 군대에서 도망쳐 나온 후의 소식이 궁금했다. 은옥의 하는 짓이 마땅치 않았지만 기왕 일은 저지르고 말았으니 무사하게나 끝이 났으면 싶었던 것이다.

인희는 그곳의 소식을 알려달라는 말로 편지를 끝내려 했으나 마지막에 어쩌면 자기는 서울로 다시 못 올라갈는지도 모른다는 말을 덧붙였다.

편지를 접어 봉투에다 넣어가지고 한참 동안이나 흰 봉투를 내려다보았다. 봉투 위에 송건수의 얼굴이 어른거린다.

전에 송건수한테 편지를 쓸 때마다 인희는 송건수의 얼굴을 그려보곤 했던 것이다.

흰 편지봉투는 잊으려고 했던 송건수의 환상을 불러일으켰고 밀어버렸던 괴로움이 다시 마음의 밑바닥에 쫙 깔려졌다.

'못난이 이런 미련을 갖다니? 미련을 천만번 가져본들 다시 돌아올 사람은 아니다. 못난이 다시는 생각지 말자.'

인희는 흰 봉투에 주소를 쓰기 시작했다. 그때였다.

대문 여는 소리가 와르륵 들려왔다.

"순아!"

연실의 쇠된 목소리가 고요한 집 안에 쨍하고 울렸다. 순이가 안에서 뛰어나가는 모양이다.

"아이구 뭘 이렇게 사오세요?"

순이의 놀라는 목소리다.

"잔말 말고 어서 받아. 무거워 죽겠는데 뭘 하는 거야."

연실은 뜻밖에도 찬거리를 잔뜩 사가지고 돌아온 것이다.

"아주머니 뭘 하시게 이렇게 많이 사오셨어요?"

순이가 하도 이상하여 짐을 받으며 묻는다.

"손님 오신다. 저녁에, 그리고 넌 빨리 가서 윤 서방네 아주머닐 좀 오시라고 해."

"손님이요?"

순이는 손님이 온다는 게 더 이상스러워 물었다.

"어서 시키는 일이나 해. 네가 건방지게 무슨 참견이냐."

연실의 앙칼진 소리에 순이는 주춤하더니 부엌으로 가서 찬거리를 내려놓고 밖으로 쫓아 나간다.

인희는 방 안에서 혼자 쓴웃음을 웃고 있었다.

그러자 연실이 시큰거리며 인희 방문을 열었다.

"어떻게 할 작정으로 이러구 있을까? 저녁에 신랑감이 오기로 되어 있는데……."

"신랑감요?"

인희는 하도 가소로워 푹 입을 막고 웃는다. 웃는데 눈물이 울칵 쏟아진다.

"그래도 맞선이나 봐야 할 게 아니야? 나중에 후회가 되지 않게. 아버지가 연락을 해놨으니 올 거야. 뭐 쑥스럽게 다방이고 요리점이고 떠벌릴 것 없이 집에서 치르는 것이 자연스럴 것 같아 한 일인데 인희는 불만인가?"

연실은 눈을 희번득거리면서 인희의 얼굴을 쳐다본다.

"아아뇨. 아버지가 하셨음 어련하겠어요?"

"아버지가 한 게 아니야. 내가 그렇게 하게 생각을 낸 게지."

"그래요? 감사합니다."

연실도 인희의 비꼼의 말을 알아차렸는지,

"이거 내일 아침엔 해가 서쪽에서 뜨겠군. 인희한테서 감사하다는 말을 다 들었으니."

연실도 말에다 충분한 악의를 포함시켜 응수했다.

연실이 거칠게 방문을 닫고 나간 뒤 인희는 자꾸만 혼자서 웃었다. 왜 자꾸만 우스웠는지 모를 일이었다. 이대로 계속해서 웃다가는 결국 미쳐버릴 것만 같았다. 창가에 우거진 석류나무는 예나 다름없이 지금도 푸르르고 햇빛은 변함없이 다사롭건만 인간살이라는 게 어쩌면 이다지도 어둡고 질척질척한 것인지.

'값싸게도 팔려가는구나. 인희를 이렇게 헐값으로 팔아버리는 것을 어머니는 아실 것인가. 건수 씨는, 건수 씨는 알지 못할 거야.'

인희는 마음속으로 중얼거렸다. 그러고는 스스로 놀라는 것이었다.

인희는 진호에게 한 말이 생각났다.

'차라리 잘되었어요. 전 지금부터 그 팔 개월 동안의 고통에서 벗어나는 것이니까요.'

고통에서 벗어나기는커녕 더 무거운 고통이 지금 자기를 억누르고 있다는 생각이 들었다.

밖에서는 윤 서방넨가 김 서방넨가 인희로서는 전혀 알지 못하는 아낙이 한 사람 와서 야단법석이었다. 음식 솜씨가 얼마나 좋은지 알 수 없는 노릇이지만 입방아를 저렇게 쉴 새 없이 찧고서 언제 음식을 만드는가 싶었다.

그 아낙의 말솜씨는 여간이 아니었다. 모두가 다 연실의 마음을 흡족하게 해주는 말이었다. 주로 연실의 용모에 대한 찬사였고 그 밖에는 다른 사람을 헐뜯는 험담이었다. 그러한 말솜씨를 보아 그 아낙은 이 집 저 집으로 굴러다니며 능란한 처세술을 해득한 모양이다.

거의 저녁때가 다 될 무렵 연실은 또다시 인희가 있는 사랑으로 돌아와서 문을 열었다.

"왜 이러구들 있을까? 다 누구 일인데 이러고 있어? 좀 나와 보아요. 음식이 어찌 되었는가 두루 살펴보구 대학생이니 눈도 다르고 구미도 다를 것 아닌가?"

인희는 얼굴 위에 책을 덮고 누운 채 아무런 대답도 하지 않았다. 분명히 잠이 들어버린 것은 아니다. 그러나 인희는 차라리 잠이 들어 영원히 깨어나지 말았으면 싶었다.

연실은 누운 채 움직이지 않고 있는 인희의 모습에서 불안감을 느꼈는지 나긋나긋하게 흰 손을 쑥 밀어내어 인희의 몸을 흔든다.

"좀 일어나요. 저녁이 다 됐는데."

인희는 부시시 일어나 앉으며 그러나 연실에게 등을 보인 채,

"무슨 일이라도 있었어요?"

인희는 일부러 딴전을 폈다.

"무슨 일이라니? 지금부터 누가 오는데 늑장을 부리고 있을까?"

연실의 목소리는 전에 없이 달래는 투였다.

"신랑감이 온다고 그러세요?"

인희는 여전히 등을 보인 채 연실을 조롱한다.

그런 말을 해놓고도 인희는 자기 자신이 우습게 생각되었다. 야무지게 다물었던 마음이 갑자기 풀리어지니 자기 자신을 내

던지는 기분도 기분이려니와 말씨나 동작까지도 그냥 아무렇게나 내던져지는 것이 되고 말았다.

연실은 인희의 등을 매섭게 노려보다가 저녁에 나타날 손님을 위하여 악의적인 말을 꿀꺽 삼켜버린다.

"물론이지, 손님 땜에 그러는 거지."

감정을 누르느라고 말씨마저 어색했다.

'빌어먹을 년, 낯짝이 찌그러졌기에 돌아앉아서 말을 하는가? 아니꼽게시리 지가 거만을 피우면 얼마나 피우겠다고 두고 봐야지.'

연실은 마음속으로 중얼거리며 방문을 닫으려고 하다가,

"어서 화장이나 해요. 그리고 옷도 갈아입구."

"늙은 신랑감이 열등감을 느끼게요?"

"뭐? 열등감?"

"네. 열등감을 느끼게 하는 것은 손님에 대한 예의가 아니죠."

사실 인희는 공연한 트집을 잡고 있었는지도 모른다. 딴 때 같으면 연실의 말을 묵살해 버리면 그만이다.

"그렇게 일일이 모를 세워 말할 것 없잖아? 싫으면 그만두는 거지 누가 덜미를 잡고 시집가라 했나? 아무리 내가 계모기로서니 대학까지 다닌 유식한 여성이라면 예의도 알아야지. 사람이 와서 말을 하는데 그래 얼굴이 찌그러져서 돌아앉아 대답을 하나? 뭐 시집간 첫날밤이라 돌아앉아 말을 하나?"

인희는 독기 어린 연실을 돌아보며 말이 없었다.

인희는 무지스러운 연실을 상대했던 일을 후회한 것이다. 이 여자를 상대한 자기가 갑자기 싫어지기도 했다.

연실은 방문을 거칠게 닫아버리고 안으로 들어가 버린다.

그러나 연실은 저녁에 올 손님에 대한 준비를 그만두지는 않았던 모양으로 몹시도 잘 지껄이는 아낙과 순이를 불러들이고 부산하게 떠들고 있었다.

해가 질 무렵 대문 앞에 자동차가 머무는 소리가 들려왔다.

'왔구나.'

인희는 아까부터 꼼짝도 않고 책상 앞에 턱을 고이고 앉아 있다가 바깥 기색에서 손님이, 더 확실히 말하여 신랑감이 온 것을 알았다.

"아이구 이 선생, 어서 오세요. 하마하마 오시나 몹시 기다렸죠."

연실이 아양이라도 떠는 듯 대문 밖으로 뛰어나왔다. 요정料亭에서 훈련된 그 능란한 손님맞이의 솜씨인 것이다.

"어, 참 오래간만입니다. 안녕하셨습니까? 부인!"

굵직한 사나이의 음성이다. 부인이라는 말이 어색하고 귀에 거슬린다.

연실은 부인이라는 존칭에 지극한 만족을 느꼈음인지 목소리를 굴리며 기분 좋게 웃어젖힌다.

이들이 어울려져서 유쾌하게 지껄이는 대신 최진구 씨의 말소리는 한마디도 들려오지 않았다.

'아버지는 안 오셨나?'

인희는 책상 위에 턱을 고인 채 눈도 한번 까닥이지 않고 중얼거린다.

"자아, 어서 올라오세요."

"네, 네. 최 사장께서 먼저……."

사나이는 미래의 장인이 될 최진구 씨에게 경의를 표하는 모양이다.

'오셨구먼. 얼마나 괴로우시면 말 한마디 없을까? 아버지 자신의 업보이겠지만 늘그막에 가엾은 아버지.'

인희는 한숨을 푹 내쉬었다.

인희는 자기가 오늘 밤의 주빈인 것도 알지 못하는 듯 옷도 갈아입을 생각도 하지 않고 그대로 앉아 있었다.

한동안 사랑에 있는 인희에게는 아무런 통기도 없었고 다만 마루를 지나가는 아낙과 순이의 발소리만 요란스럽게 들려왔다. 술상을 들여가는 모양이었다. 한참 후 순이가 왔다.

"아가씨 오시래요."

힐끗 인희의 눈치를 살핀다.

"음."

간다는 것인지 안 간다는 것인지 확인치 못한 대답을 하고 인희는 그대로 앉아 있었다.

"오신다고 말씀드릴까요?"

"음."

순이가 가고 난 뒤 인희는 머리를 쓸어 넘기며 부시시 일어섰다.

옷을 갈아입으려고 하지도 않았고 거울을 들여다보지도 않고 사랑을 나선다.

인희는 손님이 있는 안방으로 들어가지 않고 부엌 앞에 있는 우물가로 갔다. 거기서 물을 길어서 이가 시리도록 차가운 냉수를 숨이 끊어지도록 마셨다.

앞뜰의 벚나무 가지에 희미한 달이 걸려 있다. 그러고 보니 사방은 어두웠고 새소리도 없다. 장독대 질그릇 위에도 희미한 달빛이 미끄러지고 있었다.

안방에서 연실의 들뜬 웃음소리가 들려온다. 그 웃음소리가 멎었다고 생각했을 때 뒤에서 발자국 소리가 들려왔다.

순이였다.

"빨리 오시래요."

"음."

인희는 돌아섰다. 그는 태연하게 마루로 올라가서 안방 문을 열었다. 제일 먼저 인희에게 주목한 사람은 손님으로 온 사나이였다. 연실이 슬쩍 곁눈으로 인희를 올려다보았으나 최진구 씨는 끝내 딸을 보지 않았다.

"자아, 이리 앉아요."

연실이 손님과 마주 보는 자리를 내어주었으나 인희는 잠자코 최진구 씨 옆에 앉았다.

한동안 어색한 침묵이 흘렀다.

최진구 씨가 거북하게 몸을 움직이며,

"이 애 인사드려. 삼협광업의 사장 이성태 씨다."

인희는 잠자코 고개를 숙였다.

이성태李成太는 얼른 담배를 비벼 끄고,

"이성태입니다."

하며 고개를 숙였다.

과히 인상이 나쁜 편은 아니었다. 나이는 사십 정도라고 들었는데 그보다는 훨씬 젊어 보였다.

교양도 다소 있어 보이고 몸집도 커서 과히 불출은 아니다. 아니 오히려 그만하면 젊은 실업가의 관록은 붙어 있었다. 다만 눈빛이 맑지 않아 무엇을 생각하고 있는지 알 수 없는 그런 음험한 구석이 있었다.

"자아 이 사장님, 술 드세요."

연실은 요정 마담의 본색을 드러내며 요염하게 몸을 꾸부리며 이성태에게 술을 권한다.

"아니, 그만하겠습니다. 숙녀를 모신 자리에서 과음해서야 쓰겠습니까."

이성태는 가볍게 연실의 교태를 물리친다. 그리고 인희에게 고개를 돌리며,

"언젠가 인희 씨를 제가 한번 뵌 일이 있었죠."

인희는 의아하게 이성태를 쳐다본다. 부끄러움이나 주저하는

빛이 없는 냉랭한 눈이 이성태를 보는 것이다. 이성태가 오히려 당황할 지경으로 인희의 눈에는 아무런 감정의 표시도 없었다.

"그러니까 작년 이맘때쯤이던가요? 서울에 볼일이 있어 갔다오는 길에 서울역에서 뵀죠. 같이 간 회사의 사원이 최 사장의 따님이라 하더군요."

"아아, 그러세요."

인희는 짤막하게 말하고 이성태로부터 눈을 돌려버린다.

이성태가 술 마시기를 거절하자 이내 저녁상이 들어왔다.

"그럼 저녁이나 드시지. 제 요리 솜씨가 어떨런지요."

연실은 버젓하게 차려놓은 음식을 두루 살피며 말하였다. 자기의 요리 솜씨가 어떻냐고 말하는 심보도 우습거니와 입방아만 찧고 있던 아낙이 만든 음식도 썩 잘된 것은 아니었다.

저녁을 먹는 동안 인희와 최진구 씨는 말이 없었고 연실이 혼자 장단을 치고 춤을 추는 것이었다.

저녁이 끝나자 인희는 일어섰다.

"왜 가는 거야?"

연실이 눈을 올곧잖게 뜨며 말하였다.

"거기 앉아요."

연실은 인희의 대답을 기다리지도 않고 치맛자락을 잡아끌었다.

인희는 아버지를 쳐다보았다. 최진구 씨는 애원하듯 딸을 바라본다.

인희의 마음 같아서는 치마를 잡은 연실의 손을 휙 뿌리치며 나가버리고 싶었으나 아버지의 약한 그 눈이 인희를 그러지 못하게 하였다.

이성태는 돌덩어리처럼 굳어진 인희의 태도에 대하여 심히 불쾌한 낯빛이다.

인희는 못 이기는 체 자리에 주저앉았다.

이성태는 인희의 무거운 침묵을 깨트리는 일이 무의함을 깨달았는지 주로 최진구 씨와 사업에 관한 얘기를 주고받고 있었다.

인희는 이러한 어색한 입장에 처해 있음에도 불구하고 조금도 어색함을 느끼지 않을뿐더러 전혀 주변의 분위기에 개의치 않고 오히려 초연한 표정이었다. 어떻게 보면 인희는 이러한 자신의 정신적인 공백 상태를 의식적으로 환영하는 듯도 했다.

최진구 씨의 낮은 목소리, 이성태의 굵은 목소리, 연실의 새된 목소리, 그것이 아득한 곳에서 흘러가는 개울 물소리 같았다. 꿈을 꾸는 것도 같았고 이 세상의 일 아닌 것도 같았다.

이성태는 이야기를 하다가도 수시로 인희의 표정을 살폈다.

'나는 일찍이 저렇게 매몰스런 여자를 본 적이 없다. 그리고 저렇게 아름다운 여자도 본 적이 없다. 화장도 안 한 얼굴이 어쩌면 저렇게 맑을 수 있을까?'

아양과 교태를 부리는 것이 여잔 줄 알았던 이성태의 눈에는 인희의 모습은 하나의 경이驚異가 아닐 수 없었다. 지금까지 여자를 소유하고 싶은 마음은 육정에서 오는 자극이요, 장난감에 대한 욕심이었다. 그러나 인희를 바라보는 그에게는 뭔지 고귀한 것, 장난감이 아닌 보석 같은 것, 그런 존재로 보여지는 것이었다. 안팎에 타오르는 욕정이 아니라 은근히 갖고 싶은 집착이 그의 가슴을 누르는 것이었다.

이성태가 자리에서 일어섰을 때 시각은 아홉 시쯤 되어 있었다. 그가 일찍 자리를 뜬 데는 이유가 있었다. 최진구 씨로부터 인희가 결혼을 응낙했다는 말을 듣기는 했지만 인희의 입에서 그의 의사를 확실히 듣고 싶었던 것이다.

자리에서 일어선 이성태는,

"최 사장, 영양을 다방에 잠깐 모셔도 좋겠습니까?"

넌지시 물어본다.

"그럭허세요. 인희야 너 바람도 쏘일 겸……."

사실 최진구 씨는 인희의 지나치게 냉담한 태도가 마음에 걸렸다. 기왕 내친걸음이니 이제는 어쩔 수도 없고 이성태의 기분을 상하게 할 수 없었던 것이다.

인희는 빤히 아버지를 쳐다보다가 무슨 생각이 났는지 고개를 끄덕이고 또 생각하는 자세다.

연실이 이성태의 뒤를 따라 나가며,

"이 사장도 여간내기가 아닌데요?"

"허허……."

이 틈에 인희는 재빨리 최진구 씨 옆에 다가서며 낮은 목소

리로,

"아버지, 내일 아침까지 꼭 오십만 환만 저에게 주세요."

최진구 씨는 좀 놀라며,

"뭘 하게?"

"그건 묻지 마세요. 그리고 약속하세요. 약속 못 하시면 전 안 나가겠어요."

"그야 꼭 필요하다면 주겠다만 그 돈 뭣에다 쓰려고 그러느냐?"

"글쎄 묻지 마세요. 주시지요? 네?"

"음."

최진구 씨는 인희가 그 이상의 것을 요구한다 하여도 별수 없이 들어주게 되어 있다.

최진구 씨의 확약을 받은 인희는 태연한 자세로 뜰로 내려섰다.

"그럼 우린 방해가 되니까 물러서야겠어요."

연실의 말이다.

어떻게 되었든 연실은 인희에게 있어서 계모임에는 틀림이 없다. 그러나 연실의 말투는 어머니로서 말하는 것보다 옛날 자기의 동료에게 던지는 극히 야비하고 야유적인 그것이었다.

밖으로 나온 이성태는 택시를 하나 잡아 인희를 태우고 시내로 향하게 했다.

"몹시 우울하신 것 같은데 혹시 저하고의 결혼을 불만하게 생각지 않습니까?"

중년 사나이의 염치없는 시선이 인희의 파리한 얼굴에 쏟아진다.

"아아뇨."

인희는 말을 잔뜩 잘라버리고 차창 밖을 내다본다.

"어떻게 저를 모르고서 결혼을 응낙하셨습니까?"

"그걸 지금 물어 뭐 하실래요?"

인희는 불쾌하게 내뱉었다.

이성태는 잠시 말이 없었다.

자동차는 얼마 동안 달리다가 아니 먼 곳에서 정차했다.

이성태는 어느 다방으로 인희를 데리고 들어갔다.

다방에서는 단골손님인 모양으로 마담이 친절하게 이성태를 맞이했다.

"자, 앉으십시오."

레지가 커피를 날라오자 이성태는 인희에게 마실 것을 권하고 조용히 입을 뗐다.

"아까 인희 씨께서 이번 결혼에는 불만이 없다고 말씀하셨는데 그 말을 믿고 이 결혼에 대하여 서로 본인끼리 의견을 교환해 볼까 싶습니다. 그래서 여기까지 오시게 한 것입니다."

"……."

"저의 집안 사정부터 먼저 알려드려야겠는데 이미 아시리라 생각합니다만 저에겐 아이가 셋 있습니다. 맨 맏이가 지금 H고등학교 삼 학년 명년에 졸업하지요. 아비의 입장으로서 과히 질이 나쁜 애들이라곤 생각지 않습니다. 그리구 어머님이 계십니다. 그러나 연로하셔서 가정엔 일체 무간섭주의니까 인희 씨에게 거북한 점이 없으리라 생각합니다."

이성태는 제법 진지한 얼굴로 말을 하였다. 그러나 인희의 얼굴에는 아무런 반응도 나타나지 않았다.

이러한 인희의 완강한 침묵에 부닥치자 이성태도 멋쩍은 기분이 들었는지 담배를 꺼내어 물고 화제를 돌린다.

"그럼 인희 씨는 학교 문제를 어떻게 할 작정입니까?"

"학교 문제라뇨?"

"아직 일 년이 남았다고 최 사장께서 말씀하셨는데 인희 씨가 굳이 학교만은 마쳐야겠다고 생각하신다면 결혼한 후 계속하도록 하죠."

물론 그 말은 빈말이고 다만 인희의 환심을 사기 위한 것에 지나지 못했다.

"학교 마치면 뭣하겠어요."

"그래도 아깝지 않습니까, 이제 일 년이면 졸업인데."

"그런 걱정일랑 마세요."

인희의 대답은 어디까지나 쌀쌀하다. 아까 자동차 안에서 그걸 물어 뭣하겠느냐고 쏘아붙이더니 지금 또다시 야무지게 쏘아버리는 인희 앞에서 이성태는 다소 당황해한다. 그러나 여자에 대한 수완을 믿고 있는 성태는 쑥스레하게 웃으며 넘겨버린

다. 그러자 인희가,

"아버지 사업을 도와주시겠다 하셨으니 그 점만은 실행해 주셔야겠어요."

굳이 그것을 바라는 것도 아니었건만 사람보다 돈의 위력이 컸다는 것을 그리고 경멸한다는 것을 나타내기 위함이다.

성태에겐 결코 기분 좋은 말은 아니었다. 여러 가지 의미에 있어서 인희가 한 말은 어디까지나 돈 때문에 아버지의 사업을 돕기 위하여 당신에게 시집을 간다는 노골적인 의사 표시였기 때문이다. 하긴 그 점만은 성태로서도 인정하지 않을 수 없는 일이었지만 신부가 될 여자의 입에서 그런 말을 듣는 것은 역시 불쾌했던 것이다. 성태는 성태로서의 자부심도 있고 긍지도 있었던 것이다. 그러나 산전수전 다 겪은 이 사나이는 얼굴에 조금도 그 불쾌를 나타내지 않았다.

"그럼요. 뭐 제가 인희 씨하고 결혼을 한대서가 아니라 최 사장과 저는 사업상의 적수일 때도 있었고 서로 협력하는 입장에 있은 일도 있었지만 어쨌든 지금까지 최 사장을 도와온 것은 사실입니다. 이 결혼 문제를 떠나서 앞으로도 저는 최 사장을 도와드릴 것입니다. 사나이들의 세계란 그리 옹색하고 용렬하지 않으니까요."

성태는 은근히 인희의 의도에 항의한다. 옹색하고 용렬하지 않다는 말은 인희의 심정을 가리킨 것이다.

성태의 노린 점이 빗가지 않았음인지 인희의 얼굴에 처음으로 피가 모였다. 인희는 수치스러웠고 자기 자신이 싫어진 것이다.

제아무리 영리하고 냉정하다 할지라도 인희는 아직 세상을 모르는 여자다.

아무리 성태의 말을 액면대로 받아들이지 않는다 하더라도 옹색하고 용렬하다는 말은 그의 순진한 가슴에 자기염오의 감정을 불러일으킨 것이다.

성태는 얼굴이 새빨개진 인희의 모습에 황홀해진다. 그런 풍정風情은 새로운 매력이 아닐 수 없었다.

'아무리 똑똑한 체해도 아직 순진하고 세상을 모르는 처녀다.'

성태는 마음속으로 중얼거렸다.

그가 여태까지 관계해 온 뭇 여자들을 생각할 때 인희는 단연코 군계群鷄 중의 한 마리 학鶴이다. 그 모습이 소청할 뿐만 아니라 이 세상의 궂은 때가 묻지 않은 마음이 또한 그러하다. 인희는 분명히 아버지의 사업을 도우라고 했다. 그것은 두말할 것도 없이 성태가 지닌 재력財力에 대한 관심의 표시다. 그러나 그것이 도무지 부정不淨해 보이지가 않았다. 돈을 주겠다고 해도 사양하는 척하던 다른 여자들의 그 눈이 얼마나 탐심에 이글거리고 있었던가.

성태는 한결 부드러워진 말투로,

"최 사장의 사정을 저도 어느 정도 알고 있습니다. 특히 가정적으로 불행하시다는 점도, 그런 분위기 속에서 인희 씨가 얼마나 고통을 겪고 있는지, 이런 말 하는 것은 실례가 될지도 모르겠습니다만 원체 교양이 없고 천한 여자가 돼놔서……."

인희는 멍하니 성태를 바라보았다. 무슨 생각을 하고 있는지 알 수 없는 그렇게 맑은 눈이었다.

인희는 최진구 씨가 약속해 준 오십만 환을 생각하고 있었다.

'십여 년 동안이나 우리 집 살림을 살아주었는데 오십만 환쯤 당연한 일이야. 집이나 좀 더 큰 걸 사고 김 서방의 장사밑천이라도 하라지.'

별로 흥미 없는 성태의 말을 듣고 있는 것보다 할멈을 찾아가는 일을 공상하는 일이 훨씬 즐거웠다.

'얼마나 좋아할까! 참 좋아할 거야.'

성태는 겨우 이야기를 끝내었는지 담뱃갑을 호주머니 속에 집어넣고 일어서면서,

"그럼 가보실까요? 너무 늦으면 최 사장이 걱정하실 겁니다."

인희는 그 말이 떨어지기가 무섭게 자리에서 일어났다.

밖에 나왔을 때,

"모셔다드리죠."

"괜찮습니다. 혼자 가겠어요."

인희는 한시라도 빨리 풀려나고 싶어서 거절을 하였다. 그러나 성태는 듣지 않고 따라오면서,

"인희 씨 댁 근처는 조용해서 여자 혼자의 밤길은 위험합니다."

성태는 벌써 보호자의 입장을 행사한다.

"별로 멀지 않으니 그냥 걸어갑시다. 밤공기도 참 상쾌하니까."

성태는 마치 젊은 사람처럼 한 걸음 더 나가서 젊은 연인들처럼 어깨를 으쓱하며 현재의 만족한 심정을 표시하는 것이었다.

다방에서 어두운 거리로 나오니 성태의 마음도 달뜨는 모양으로 말이 없고 숨만 색색거렸다. 인희가 냉정히 가라앉으면 앉을수록 성태는 흥분하는 것이다.

두 사람은 큰길에서 좁은 길로 접어들었다. 서울 거리와 달라 별로 오가는 사람도 없었다.

인희는 성태와의 간격에 신경을 쓰며 걸어간다. 인희는 자기가 맹수 앞에 놓인 한 마리의 가련한 비둘기에 지나지 못함을 느꼈다.

"이리로 오세요. 밤길이 돼서 넘어지겠습니다."

성태의 손이 쑥 뻗더니 인희의 팔을 끌었다. 뜨거운 손이었다.

인희는 얼른 그의 손을 뿌리치며,

"익은 길이 돼서 괜찮아요."

"그래도 밤길을 걸을 때 숙녀의 팔을 잡아주는 것이 신사의 에티켓이니까."

다시 손을 뻗어 인희의 팔을 잡는다. 인희는 잡힌 팔이 타는 것 같았다. 목구멍에서 무엇이 울칵 넘어올 것만 같았다. 그러나 뿌리칠 수 없었다. 참을 수밖에 없었다.

'신사의 에티켓이라구? 말이사 번드르하다.'

집을 바라보는 지점까지 왔다.

인희는 이때처럼 집이 반갑게 생각된 일은 없었다. 성태로부터 빨리 놓여나고 싶었던 것이다.

그러나 성태는 분연히 초조한 빛을 띠웠다.

집으로부터 약 오륙 미터쯤 떨어진 곳까지 왔을 때 성태는 걸음을 멈추었다.

인희는 그가 작별 인사를 하려고 그러는 줄 알았다. 그러나 성태는 덥석 인희를 꺼안았다. 너무나 그의 동작이 민첩했기 때문에 인희는 미처 몸을 피하지도 못했다.

"인희 씨?"

그는 인희의 입술을 찾으며 짐승처럼 덤볐다. 인희는 간신히 손을 들어 자기의 입술을 막으며 허리를 뒤로 뺐했다.

그러나 성태는 마치 노한 파도처럼 인희의 몸을 휩싸고 한 손으로 인희의 손을 잡아떼었다. 그리고 뜨거운 입김으로 인희의 얼굴을 덮었다.

겨우 놓여난 인희는 한 손으로 입술을 문질렀다. 더러운 낙인을 지워버리는 듯,

"신사의 에티켓이 바로 이거로군요!"

어둠 속에 목소리가 울렸다.

"어떻소? 우리는 결혼할 사람이 아니오."

성태는 고양이처럼 매끄러운 인희의 육체적 감각에 도취되어 말하였다.

"꺼져버려요! 무지막지한 사내!"

인희는 자기도 모르게 사내아이들이 지껄이던 꺼져버리란 말을 쓰면서 집으로 달음박질한다.

"역시 반응이 있구나. 인형처럼 얌전만 해선 매력이 없거든. 저 팔팔한 모양이 사내들의 마음을 끈단 말이야."

성태는 지극히 만족한 표정으로 돌아섰다. 집으로 뛰어온 인희는 우물가에 가서 이빨을 닦고 세수를 했다. 성태의 입김이 닿은 머리카락까지도 낱낱이 다 씻어버리고 싶었으나 그렇게까지는 할 수 없었다.

인희는 세수를 하고 난 뒤 우물 안을 내려다보았다.

우물 안에 달이 떠 있었다. 그것은 참말로 이상한 발견이었다. 어째서 달이 거기에 떠 있는지 알 수 없었다.

인희는 달을 내려다보면서 눈물을 뚝뚝 떨어뜨렸다.

'나를 누가 구하여 줄 수는 없을까? 나를 여기서 구해내 줄 사람은 없단 말인가?'

인희는 그 달 위에 겹쳐지는 얼굴을 보았다. 그것은 뜻밖에도 강진호의 얼굴이었던 것이다. 빙그레 웃는 얼굴이었다.

'성의를 베풀 까닭이 없다면 그만이겠으나 전 인희 씨를 오래 전부터 알고 있었어요. 그리고 친우의 애인으로서 마음속으로 아껴왔으니까 저의 성의를 거절 마시고 용납하여 주십시오!'

굵은 목소리가 귀에 울려왔다.

'그렇다! 그 사람은 나를 이런 구렁창에서 꺼내어 줄 거야. 그는 나를 아껴준다고 했다!'

그러나 인희는 그 생각이 참으로 황당한 것이다 생각하며 방으로 들어왔다.

"차라리 만나지 말고 시집을 가버릴걸 이렇게 싫어서야 어떻게 시집을 간담. 만일 내가 지금 거절을 한다면? 어떻게 될까?"

인희는 창문을 열었다. 시집을 가지 않는다면 무엇을 할 것인가? 인희는 다만 앞이 막막했다.

'그냥 죽어버릴까? 나는 아까 우물 속에 빠져버리고 싶었는데 강진호 씨의 얼굴이 웃었기 때문에 죽지 못했다. 그렇지만 죽는 것은 싫어, 무서워. 무의미한 세상이라도 난 살아야지.'

인희는 자기도 어쩔 수 없는 마음의 혼란 속에서 잠을 이루지 못했다. 다음 날 아침 인희는 최진구 씨가 집을 나가려고 했을 때 뒤쫓아 나갔다.

"아버지! 어제 그 약속한 것 어떻게 되었어요?"

"어디 집에 돈이 있니? 낮에 회사로 나와."

최진구 씨는 그렇게 말하고 총총히 걸어나갔다.

연실이 어느새 왔는지 뒤에서,

"어젯밤 재미 많이 보았어?"

인희는 휙 돌아섰다. 이때처럼 연실을 밉다고 생각한 일은 없었다.

3. 다시 서울로

인희는 연실을 무섭게 노려보았다. 그러다가 냉소를 띠었다.

'재미를 보고말고요. 그 무식한 사나이는 처음 만난 여자에게 키스를 하더군요. 어때요? 그만하면 재미있는 구경거리가 아니겠소?'

인희는 마음속으로 소리치며 인희의 무서운 눈초리에 장석처럼 서 있는 연실 옆을 지나쳐 우물가로 갔다. 가만히 우물 속을 들여다보았다. 어젯밤의 달 대신 하얀 얼굴이 떠 있었다. 파아란 하늘을 떠내려가는 구름도 있었다. 인희는 어젯밤처럼 물 위에 떠 있는 얼굴 위에 눈물을 떨어뜨렸다.

오후에 회사로 찾아가 아버지한테 오십만 환짜리 수표를 얻은 인희는 그 길로 할멈에게 달려갔다.

아이들이 또 과자를 사왔나 싶었던지 인희 뒤를 줄줄 따라왔다. 인희는 그들 머리를 쓸어주며 오노라고 서둘러 과자를 사올 생각을 잊었던 것을 후회하였다. 그래서 돈을 꺼내어 과자를 사 먹으라고 했다.

인희가 할멈한테 수표를 내어놓고 그것이 오십만 환짜리 수 표라는 것을 설명하였을 때 할멈은 너무나 놀라워서 미처 말도 하지 못하고 인희의 얼굴만 뚫어지게 바라보았다. 아무래도 그 는 믿을 수 없었던 모양이다.

"이것으로 좀 더 나은 집을 사세요. 시굴이니 집값도 싸지 않 아요? 그리고 나머지는 김 서방의 장사밑천이라도 하라구요."

할멈은 수표를 만지고 또 만지다가 그만 흐느껴 울기 시작한 다. 그리고 치맛자락을 끌어 올려 눈물 콧물 닦기에 바빴다.

"이러지 말고 할멈도 이제 정신을 차리고 희망을 가지세요."

인희는 그를 달래노라고 손을 잡아 흔들었다. 겨우 울음을 그친 할멈은,

"아가씨, 어디서 어디서 이 큰돈을 받으셨어요?"

큰돈을 받는 기쁨보다 걱정과 불안이 앞서는 모양이다.

"그런 걱정일랑 말아요. 할멈에겐 당연한 권리가 있는 거예 요. 이 돈을 받을 권리가 말이에요."

"내가 무슨 권리가 있어요?"

"있고말고. 할멈은 우리 집에 십여 년 동안이나 봉사를 해왔 는데 홀몸으로 나가서야 쓰겠소? 이건 할멈의 처지를 동정해서 인희가 드리는 돈이 아니에요. 십여 년 동안 일을 열심히 해온

품삯이에요. 아무 말 말고 받아두세요. 어머니만 살아 계셨다면 할멈은 우리 집에서 살아야 할 사람, 그리구 우리 집에서 돌아가셔야 할 사람 아니에요?"

그 말이 몹시 가슴에 아팠던지 할멈은 또 질끔질끔 눈물을 흘린다.

"나두 아가씨가 출가하는 날까지 어떤 일이 있어도 그 집에서 살려고 했어요. 참고 있으리라 생각했어요. 그렇지만……."

"그래도 김 서방이 착한 사람이 돼서 다행이에요. 정말 할멈이 붙일 곳이 없다면 내가 얼마나 서럽겠소? 김 서방이 착해서 안심이야."

"착하다마다요. 그 사람한테 죄가 있다면 가난한 것뿐이오. 이 돈은 하늘이 준 거라 생각하고 김 서방 장가나 들여야겠어요."

"그렇게 해요. 제발 김 서방처럼 착한 여자를 고르세요. 할멈을 위해주고 아이들을 살펴주는 여자를 고르세요. 앞으로도 힘자라는 데루 내가 도와드릴게."

"온 별말을 다 하네. 이 큰돈을 받은 것만도 벌을 받을 것 같아 겁이 나는데."

할멈은 수표를 만지며 정말로 겁이 나는 표정이었다.

"호호홋…… 누가 그 돈을 훔쳐왔수?"

인희는 처음으로 거리낌 없이 웃었다.

"혹시 아가씨가 시집가겠다 하구 그 남자한테 받은 돈은 아니오?"

결혼할 것을 조건으로 하여 받아낸 돈인 것만은 틀림이 없다.

"아니 아버지한테 받은 돈이에요. 왜 그 남자한테 돈을 받아요? 쓸데없는 걱정이랑 하지 말아요."

인희는 그 문제에 별반 개의하지 않았다. 말없이 선량한 할멈을 도왔다는 만족이 있을 뿐이었다. 이리 떼처럼 무궁무진한 아욕 속에 사는 족속들의 호주머니 속에서 돈을 털어내어 이들에게 준 것이 상쾌했다. 그러나 할멈은 당연한 권리 앞에서도 스스로 감사와 겸허를 잃지 않고 오히려 죄스럽게 생각하고 있지 않는가.

사람들이란 돈이 생김으로써 마음이 더 인색해지고 기득 이권을 위하여 무정한 수단과 책략을 쓸 뿐만 아니라 나아가서 더 큰 것을 먹어보겠다고 그야말로 야차夜叉같이 날뛰는 세상에서 가난은 나라도 못 당한다는 조용한 체념 속에서 자기의 푼수를 지키며 사는 할멈. 인희는 보잘것없는 남의 집 하인살이를 한 할멈에게 뭔지도 모르게 인간의 귀중한 선의 본질을 본 듯 숙연해지기도 했다. 그러나 세상에서는 이들을 착하다고 칭송하기보다 못나고 천하다는 말로 대하여 주고 벌레처럼 인간의 대접을 해주지 않는 것이다.

인희는 이러한 세상의 모순을 느끼며 집으로 돌아갔다.

그러나 일단 집으로 돌아온 인희의 마음은 다시 흐리어지고 말았다. 할멈의 일로부터 자기의 일로 생각이 돌아온 때문이다.

'어떻게 할 것인가? 이미 일은 갈 데까지 간 것 아닌가. 어떻게 할 것인가?'

될 대로 되라는 자포자기의 마음이 고개를 쳐들었다.

남에게는 희망을 가져라 정신을 차려라 했지만 정작 자기 자신의 문제에 대하여 어떠한 방안도 활로活路도 마련할 수 없다. 다만 무기력하고 따분한 시간이 눈앞에 놓여 있을 뿐이다.

이러한 날이 며칠 계속되었다. 그러는 중 인희는 아무런 마음의 결정도 짓지 못하고 또한 표시도 못했다. 집안에서는 결혼 준비가 진행되고 있었다. 성태도 몇 번인가 찾아왔지만 인희는 한 번도 둘만이 있을 기회를 허용하지 않았다.

그러던 참에 마침 서울에 있는 은옥으로부터 편지가 날아왔다. 오뇌와 무위 속에 잠겨 있던 인희에게 은옥의 편지는 기쁨을 주었다.

편지에는 아무 의논도 없이 내려가 버린 인희를 원망하는 말로 시작되어 정식과의 생활과 고통을 적어나간 것이었다.

─하숙을 나와 작은 방을 하나 얻어 자취를 시작하였다. 너는 나를 경멸하고 내 행동을 나무라겠지만 진실한 애정은 그러한 형식을 제발 무시해도 좋다는 생각을 나는 했다. 물론 정식 씨의 행동이 옳았다고 생각지는 않는다. 그분을 낭떠러지에 밀어버릴 수는 없었다. 애정이란 그분의 잘못까지도 내가 같이 짊어져야 한다는 것이다.

인희는 편지를 넘기며 한숨을 지었다.

은옥의 편지를 다 읽고 난 뒤 인희는 그대로 움직이지 않고 가만히 앉아 있었다.

은옥의 편지 마지막 구절이 마음에 걸렸던 것이다.

—너의 하숙으로 찾아갔더니 식모의 말이 아주 멋있는 청년이 찾아온 다음 날 고향으로 내려갔다고 하더군. 그 식모가 널 찾아왔다는 그 청년을 어떻게나 칭찬을 하던지 그렇게 멋진 청년의 말을 너는 어쩌면 그렇게도 나한테 한마디도 하지 않았니? 약간 섭섭해지던데? 식모의 말에 의하면 그 청년은 너가 시골로 내려간 뒤에도 두 번이나 찾아왔더라고 하더구나. 그리구 시굴의 주소를 모르느냐고 아주 애원을 하더라나? 그래 식모가 날더러 좀 주소를 알려달라고 하기에 난 사정을 잘 몰라서 그만 얼버무리고 말았어. 아무튼 궁금해 죽겠어. 회답을 곧 주기 바란다.

인희는 강진호가 어찌하여 자기를 또 만나자는 것인지 알 수 없었다. 송건수의 이야기라면 이미 끝나지 않았는가 싶었던 것이다. 그러나 이상스럽게도 진호가 자기를 찾아다니고 주소를 알려달라고 식모에게 애원을 했다는 은옥의 편지 속의 말이 싫거나 기분이 나쁜 것은 아니었다. 물론 식모나 은옥의 표현이 지나친 것이란 짐작도 갔지만.

"내가 서울로 한번 갔다 올까? 어차피 학교 문제나 짐 같은 것도 가져와야잖나."

그렇게 중얼거리고 있던 인희는 깜짝 놀랐다. 어느새 자기는 이성태한테 시집갈 것을 결정하고 있는 것에 놀란 것이다.

저녁에 최진구 씨가 돌아왔을 때 인희는,

"아버지 저 서울 갔다 오겠어요."

"왜?"

최진구 씨는 찔끔한 듯 놀란다.

"짐이랑 갖구 와야죠?"

"짐 같은 건 사람을 시켜 가져오면 되잖나?"

최진구 씨는 불안한 듯 말하였다.

"싫어요. 제 물건을 남이 만지는 건 싫어요."

최진구 씨는 말을 못 했다. 젊은 처녀라면 하긴 남이 소지품을 만지는 것을 싫어하겠다는 생각이 들었던 것이다.

인희는 아버지의 대답이 없는 것을 승낙으로 알고 내일은 서울로 떠나리라 마음먹었다.

그러나 최진구 씨는 마음을 놓을 수 없었다. 인희가 돈을 오십만 환 요구한 것이 이상한 데다가 그 돈이 어디에 쓰이는 것인지 비밀로 하고 있었기 때문이다.

"인희야, 너 아버질 낭패시키진 않겠지?"

최진구 씨는 바로 조금 전에 이성태하고 중대한 상거래를 상의한 생각을 하며 마음이 초조했다.

"왜 아버진 그런 말씀을 하세요? 애초부터 아버진 저한테 강요하지 않으셨어요. 저도 아버지의 심정을 이해하고 있어요. 걱정 마세요."

인희는 흔들리는 자기의 마음을 바로잡듯 잘라서 말하였다.

그러나 인희가 상경을 서두르는 데는 강진호에 대한 이상한 기대 때문이다. 그것을 인희 자신도 명확하게 의식하지 못했지만 설령 의식했다손 치더라도 그것이 무슨 특별한 감정까지 진전된 것은 물론 아니다. 오히려 송건수에 대한 향수가 인희로 하여금 강진호에게로 가게 했을 것이다.

강진호를 만난다고 해서 자기 자신에 관한 문제가 해결이 된다거나 방향을 바꿀 수 있으리라는 기대를 가질 수는 없다. 자기를 처결하는 것은 이 세상에 자기 자신밖에 없다는 것을 인희는 송건수의 배반에서 뼈저리게 느꼈다. 그런데도 서울로 마음이 달려가는 것은 인희의 이성이나 주체성이 모호하기 때문이요, 성태와의 결혼에 확고한 타당성이 없었기 때문이다.

이튿날 인희는 서울 가는 기차에 몸을 실었다.

강진호와 만났던 날처럼 비가 내렸다. 차창에 들리는 빗방울이 주룩주룩 유리창에 흘러내린다. 아무 변화도 없는 시간이었다. 조그마한 유리창 위 변함없이 빗방울이 주룩주룩 내릴 뿐이다.

인희의 마음은 암담하였다. 그 모난 유리창이 마치 자기의 세계처럼 그렇게 무의미한 과정을 되풀이하고 있는 것만 같았다.

서울역에 내렸을 때 비는 멎었고 전선이 착잡하게 얽혀져 있는 하늘에는 붉으리한 노을이 져 있었다.

하숙에 닿았을 때는 사방이 어둑어둑했다.

"아이구, 이제 오는군요."

못난 얼굴이나마 반가운 웃음을 띠고 맞이해 주는 식모. 인희는 가벼운 애상哀傷을 느꼈다. 그만치 인희의 마음은 외로웠던 것이다.

"그간 안녕하셨어요?"

상냥스럽게 웃으며 인희는 식모를 바라보았다.

"저 그 청년이 두 번이나 왔었어요. 어떻게나 궁금해하든지 내가 보기 딱합니다. 주소를 좀 알려달라고 했지만 내가 알아야죠. 아주 내려갔느냐고 몇 번이나 묻지 않겠어요? 그래 짐을 다 꾸려놓고 가셨다고 하니까 어떻게나 낙심을 하든지 그리고 저 편지 써놓고 갔어요. 올라오시면 꼭 전해달라구 방에 들여놓았죠."

식모는 한꺼번에 말을 내리갈겼다. 그래도 미진한지,

"어쩌면 그렇게도 예의가 바르구 참 착한 사람이데요?"

식모는 강진호에 대한 호감을 그 이상의 말이라도 있었으면 더 표현하고 싶은 얼굴이었다.

인희는 이상하게도 그러한 식모를 주책없는 사람이라 느끼지 않았다. 아니, 도리어 호인이라 생각했다. 인희는 진호가 두고 갔다는 편지가 궁금하여 급히 방으로 들어갔다.

책상 위의 진호의 편지를 인희는 뜯었다.

두 번째 왔다가 인희 씨를 못 뵈고 돌아갑니다. 인희 씨의 귀향이 저의 책임만 같아 몹시 괴롭습니다. 제가 송 군의 말을 전한 것이 과연 옳았던가 싶어 괴로워집니다. 만일 무슨 엉뚱한 생각이라도 하시지나 않았을까 하는 불안 때문에 여러 가지 그날 밤의 말이 뉘우쳐지기도 합니다. 서울에 올라오시면 곧 저한테 기별이 있기를 바랍니다. 연락처는 에덴다방—명동에 있습니다—다섯 시부터 일곱 시까지. 혹은 명함에 기입된 곳으로 전활 하셔도 좋고 그리고 찾아오셔도 됩니다. 꼭 부탁하겠습니다.

급히 쓴 글씨였다. 인희는 피봉을 털었다. 그곳에서 명함이 한 장 떨어졌다.

H대학 경제학과 강사 강진호라 씌어져 있고 자택 전화번호와 근무처의 전화번호가 기입되어 있었다.

"저녁 차려야죠?"

식모가 방문을 열고 물어본다.

인희는 배가 고팠다. 하루 종일 굶고 왔다는 생각이 들었다.

"늦어서 미안하군요. 아무거나 좀."

저녁을 끝낸 뒤 인희는 피곤하여 그만 잠이 들어버렸다.

다음 날 아침 인희는 조반을 먹고 집을 나왔다. 은옥을 만나야겠다고 생각한 때문이다. 그가 이사한 집의 주소는 있었지만 찾아가기가 어려울 것 같아서 학교로 나가 은옥을 만나기로 작정했다. 그리고 진호에게는 전화로 연락을 해두었다가 저녁에 그 에덴이라는 다방에서 만나기로 하고.

그러나 학교에 나가보았을 때 은옥은 보이지 않았다. 결석을 한 모양이다.

인희는 몇몇 친구로부터 결혼을 하느냐 왜 고향에 내려갔느냐는 질문을 받았으나 잠자코 웃음으로만 넘겨버렸다.

인희는 둘째 시간까지 행여 은옥이 나오지 않나 싶어 기다렸으나 그때까지 은옥이 나타나지 않았으므로 학교에서 나오고 말았다. 학교를 그만두겠다는 뜻을 주임교수한테나마 말하고 싶었지만 일이 복잡하고 시간만 지연될 것 같아서 그만두고 말았다. 시골에서 서면으로 통지하리라 생각하였다.

학교에서 나온 인희는 공중전화를 걸었다. 강진호의 근무처인 H대학에. 그러나 공교롭게도 강진호마저 학교에 나오지 않았다는 것이 아닌가. 인희는 크게 실망했다. 뭔지 오늘 하루가 불운할 것같이 느껴졌던 것이다. 무슨 일이든지 시초부터 어긋나게 되면 끝까지 어긋나고 말더라는 자기의 체험이 불길하게 떠오른다. 인희는 강진호가 두고 간 명함을 꺼내어 들여다보며 다시 다이얼을 돌렸다. 그의 집으로 건 것이다. 그러나 이번엔 통화 중이다. 인희는 또다시 기분이 잡쳐지고 말았다.

한참 기다렸다가 다시 다이얼을 돌렸다. 이번에는 신호가 간다.

"여보세요!"

그쪽에서 먼저 말이 울려왔다. 목소리가 고운 여자의 음성이다.

"저 강진호 선생님 댁이세요?"

왜 그런지 인희는 주저되어 말이 서툴러졌다.

"네, 그렇습니다."

또랑또랑한 목소리는 몹시 반발적이었다.

"강 선생님 계신가요? 학교엔 안 나오셨다고 하는데."

"거긴 누구시죠?"

역시 반발적인 목소리가 울려 나왔다.

"저 최인희라는 사람입니다. 강 선생님은 안 계신가요?"

인희는 다소 불쾌하여 목소리를 가다듬었다.

"계시지만 지금 몸이 불편하여 누워 계셔요."

여자가 전화를 끊어버릴 기세를 보이는데 남자의 목소리가 얽히더니 수화기를 빼앗는 기색이다.

"아, 여보세요? 누구시죠?"

강진호의 굵은 목소리다.

인희는 뭔지 모르게 깊은 패배감을 느꼈으나 강진호의 목소리를 들었을 땐 반가운 생각이 들었다.

"저 전 최인희예요."

"앗, 최인희 씨예요!"

강진호는 크게 소리를 질렀다. 무척이나 반가웠던 모양이다.

"그래, 언제 올라오셨어요?"

"어젯밤에요. 그래서 학교에 전활 걸었더니 안 나오셨다구요."

"네, 몸이 좀 불편해서 쉬었습니다."

"몹시 불편하세요?"

"아닙니다. 좀."

"혹시 전화 건 게 실례나 되지 않았는지요. 쉬셔야 할 텐데……."

인희는 여자의 반발적인 목소리를 생각하여 말하였다.

"천만에요. 그런데 지금 어디에 계시죠?"

"거리예요. 공중전활 건 거예요."

"그럼 저녁에 만나 뵙지요. 에덴에서 다섯 시까지."

"몸이 불편하신데 나오시겠어요? 무리하심 제가 미안해요."

"걱정 마십시오. 대단치 않습니다. 그럼 꼭 나가겠습니다."

인희는 진호가 전화를 끊었는데도 한참 동안이나 수화기를 들고 귀를 기울였다. 아무것도 들려오지 않았다. 진공眞空과 같은 삭막함과 추마 끝에 깃든 푸른 하늘과 같은 이상한 기분이 가슴을 울렸다.

인희는 은옥의 집을 찾을까 생각하다가 그만두었다. 내일로 미루어버렸다. 그러고 보니 갈 곳이 없었다.

그냥 발길이 내키는 대로 어느 영화관으로 들어갔다. 강진호를 만나는 시간까지 거리를 어정대고 다닐 수 없었기 때문이다.

영화는 〈무분별〉이란 제목으로 인희가 좋아하는 잉그리드 버

그만이 나오는 가벼운 오락물이다.

인희는 퍽 지루한 마음으로 영화를 감상하였다. 영화의 내용이 인희의 마음을 끌지 못한 것은 사실이나 그보다 인희 자신의 문제가 더 벅차게 가슴을 누르는 때문이다. 인희는 영화가 진행되는 도중에 몇 번이나 눈을 감았다. 영화관에 와서 영화를 보지 않고 눈을 감는 것은 우스운 일이지만 애당초 영화를 본다기보담 시간을 보내기 위함이니 별 이상할 것도 없다면 없다고도 할 수 있다.

인희는 미처 영화가 끝나기도 전에 자리에서 일어서 버렸다.

그는 화장실로 갔다. 거울 앞에 서서 가만히 자기 자신을 바라본다. 얼굴에 푸른 기가 돌도록 수척했다. 그간 얼마나 괴로운 세월이 흘러갔는지 인희의 모습이 그것을 입증하여 주었다.

인희는 핸드백 속에서 손수건을 꺼내어 얼굴을 닦고 입술에는 연하게 루즈를 발랐다.

슬픔은 사람을 맑게 한다. 그리고 아름답게 한다. 인희의 가늘한 목덜미 위에 흘러내린 검은 머리는 여윈 그의 모습에 이를 데 없이 가련한 풍치를 주었다.

'내가 왜 이렇게 거울 앞에 선 것일까? 누구에게 나는 나를 아름답게 보이고자 하는 것일까?'

인희는 갑자기 자기 자신이 싫어졌다. 요사스러운 맘 같았다. 그렇게 생각하니 강진호를 만나러 가는 일이 우울하게 생각되었다. 동시에 몹시 반발적이던 여자의 목소리가 귀가에 웽! 웽!

울려왔다.

'그 여자는 누굴까? 어째서 그렇게 적의적으로 말을 했을까?'

그러나 인희는 이내 뉘우쳤다.

'누구면 어떻고 나에게 무슨 상관이냐 말이다.'

인희는 수도의 물을 틀어서 손을 씻고 밖으로 나왔다.

아직 시간은 이르지만 갈 곳도 없었기에 약속한 에덴다방으로 향하였다.

에덴다방은 명동의 번화한 곳에 있었다. 번화한 곳에 비하여 손님은 별로 없었다. 목이 말랐기에 파인주스를 주문해 놓고 인희는 창밖을 내다보았다.

피곤한 생각이 든다.

한참 후에 강진호는 나타났다.

얼굴이 몹시 창백하였다. 그러나 그는 다정한 웃음을 웃고 자리에 앉았다.

"왜 시골로 갑자기 내려가셨어요?"

강진호는 자리에 앉자마자 그 말부터 먼저 물었다.

"아버지한테서 편지가 왔어요."

인희도 잠시 가볍게 웃었다.

"몹시 여위셨군요. 무리하고 나오신 거 아니에요?"

인희가 근심스럽게 말하였을 때 진호는 손을 들어 얼굴을 쓸어본다.

"저는 병이 나서 그렇습니다만, 인희 씨도 몹시 여위셨군요.

어디 몸이라도 편찮으셨어요?"

"몸이 아팠던 건 아니에요."

인희는 다시 우울한 표정으로 돌아갔다.

"그럼 마음이 아프셨어요?"

강진호는 애써 유쾌하게 하려고 노력하는 것 같았다. 인희도 그 말에 하는 수 없이 픽 웃었다.

"이제 안 내려가시죠? 짐을 왜 꾸리셨어요?"

"……."

"내려가시게 되나요?"

"글쎄……."

"글쎄라니 학교는 그만두십니까?"

"그렇게 될 것 같아요."

"왜 그렇습니까? 무슨 일이 생겼기에 별안간!"

"아마 팔려가나 부죠?"

"팔려가다니?"

"우리 집이 지금 몰락 상태에 빠져 있거든요."

"그럼, 그럼 결혼을 한다는 뜻입니까?"

인희는 잠자코 고개를 끄덕인다.

강진호의 창백한 얼굴이 한동안 빨개진다. 그러더니 성급하게 담배를 비벼 끄고 하는 말이,

"인희 씨 댁의 몰락과 결혼이 무슨 상관입니까?"

"팔려간다고 했잖아요?"

인희는 왜 자기가 그런 말을 했는지 후회를 하였다. 그러나 이미 말은 뇌까려지고 만 것이다.

"그럼 경제적인 도움을 받기 위하여 부자한테 출가한다는 말씀이군요."

"그렇게 해석하셔도 좋죠."

"그런 법이 어딨어요? 낡은 사고방식을 인희 씨가 갖고 있다니 이거 너무 놀랐습니다."

강진호는 흥분하여 큰 소리로 떠들었다. 인희는 왜 강진호가 그렇게 흥분을 해야 하는지 그것이 이상하였다.

"사정이야 다르겠지만 송건수 씨와 마찬가지로 불가피한 인생을 짊어지고 가는 거예요."

그 말에는 강진호도 아무 대답을 못 한다. 한동안 침묵이 흘러갔다.

"불가피했던 것이 아니었을 거예요. 인희 씨는 핑계를 삼았을 뿐입니다. 인희 씨는 자기의 사정보다 자기 자신에 대하여 반발하는 것입니다. 좀 더 시간을 기다려 냉정히 자신을 정리해 보실 수 없을까요?"

"······."

"감정으로서 긍정하는 일은 좋습니다만 감정으로서 부정한다는 것은 퍽 위험한 일입니다. 인희 씨는 아마 이 순간에도 후회를 하고 있을 거예요."

강진호의 말이 틀리지는 않았다. 인희는 이 순간뿐만 아니라 이성태를 만난 그 순간부터 후회를 한 것이다. 다만 감정을 보지 않고 느끼지 않으려고 노력을 했을 뿐이었다.

"어떻게 남의 마음을 그렇게 잘 아세요?"

"관심을 가지면 그 사람의 마음이 그대로 공기처럼 피부에 스쳐오는 것입니다."

진호는 나지막한 목소리로 말하였다.

"왜 관심을 가지세요? 친구로부터 버림을 받은 가엾은 여자이기 때문이에요?"

"그것은 지나간 역사죠. 지나간 일에 너무 오래도록 구애를 받는다는 것은 못난 짓입니다."

"그럼 전 못난 여자군요."

"인희 씨는 송 군을 영원히 잊지 않을 작정입니까?"

진호의 표정은 심각하였다.

"잊지 않는다는 것하고 자기가 무엇인지 알 수 없다는 것하고는 퍽 거리가 있을 것 같은데요."

"자기가 무엇인지 모르겠다고요? 사람이 아닙니까, 최인희라는 여성이 아닙니까?"

"최인희라는 여자예요. 틀림없이 그렇지만 그 최인희라는 여자가 무엇인지 도모지 알 수가 없어졌어요."

"시간을 기다리십시오. 시간이 흘러가면 최인희 씨는 자기가 살아가는 인간이라는 것을 알게 될 것입니다. 서둘러서 자기를 버리는 행위만은 보류하셔야 합니다."

"……."

"나는 이 말을 꼭 하고 싶었습니다. 만일 인희 씨가 경솔한 짓이라도 저지르면 어떻게 하나 그것만이 걱정이 되었습니다."

"왜 저 일에 대하여 그렇게 걱정을 하세요?"

"그건 나도 모르겠습니다."

"친구에 대한 우정에서 그러세요?"

"송 군에 대한 우정은 그날 밤 처음 인희 씨를 만났을 때 모두 치워버렸습니다."

인희는 가만히 커피를 마신다. 정맥이 드러날 정도로 인희의 손은 희었다.

인희가 커피를 다 마시자 진호는 초조하게 자리에서 일어섰다.

"피차 너무 따진 것 같습니다. 이만하고 저녁이나 같이하십시다."

"동무 집에 가봐야겠는데요."

"내일 가십시오. 내일은 언제나 있으니까요."

둘은 밖으로 나왔다. 그리고 어느 양식집으로 향하였다.

이때 그들의 뒤를 따라가는 여자 한 사람 있었다.

산뜻한 차림이었다. 고급 핸드백을 흔들며 급히 따라가는 여자의 얼굴은 창백하였다. 입술이 발발 떨리고 몹시 안정성을 잃은 표정이다.

여자는 양식점 우미장으로 두 사람이 들어가는 것을 보자 한참 동안 망설이며 서 있더니 결심을 한 듯 문을 밀고 들어선다.

인희와 강진호는 이야기에 열중되어 미처 식사 주문도 하지 않고 앉아 있었다.

여자는 뚜벅뚜벅 걸어간다. 그러나 강진호는 여자가 온 줄도 모르고 그냥 인희만을 바라보며 웃고 있었다.

"미스터 강!"

목소리가 날카롭다.

"아, 성자…… 웬일이냐?"

강진호는 약간 당황하는 모습이었다.

"아프신데 이렇게 나와 계시면 쓰나요? 어머님이 빨리 모시고 오래요."

"온, 별소릴 다 하네. 내 몸은 내가 건사할 테니 걱정 말아요."

진호는 나무라듯 말하였다.

인희는 이 여자가 전화를 받았던 사람이라 직감하였다. 몹시 반발적이던 그 목소리가 아직도 귀에 쟁쟁하다.

성자는 진호와 마주 앉은 인희를 의식적으로 묵살하며,

"어서 가세요. 병이 더치면 어떡해요?"

"왜 이렇게 야단이야? 온 남의 행동까지 구속하려 드니 어디 사람이 할 짓이요?"

진호는 인희 앞이라 더 이상 노하지도 못하고 아주 난처한 모양이다.

"왜요? 제게 야단할 권리가 없단 말이에요?"

입술이 파아래지며 성자는 대들듯 말하였다. 진호의 양미간에도 벌겋게 피가 모인다.

"내 행동에 무슨 권리가 있소."

"전 당신의 약혼자예요! 어째서 권리가 없단 말이에요?"

성자는 극도로 흥분되어 있었다. 인희의 아름다움이 그에게 깊은 패배감을 주었기 때문이다.

"약혼자? 내게는 언제든지 약혼을 파기할 자유가 있소. 성자의 무교양엔 놀라지 않을 수 없군."

인희는 그 이상 자리에 머무를 수 없었다. 그는 핸드백을 들고 허둥지둥 쫓아 나왔다. 뒤에서,

"인희 씨! 인희 씨!"

하고 진호가 소리쳤지만 인희는 돌아보지도 않고 뛰어갔다.

거리에서 택시를 잡은 인희는 무작정 올라탔다. 운전수가,

"어딜 가세요?"

"……."

운전수는 인희의 대답이 없음을 이상하게 여기며 자동차를 몰고 앞으로만 나간다.

한참 후에,

"신당동으로 가세요."

인희는 은옥의 주소가 신당동인 것을 깨닫고 운전수한테 말하였던 것이다.

'모욕이야! 내가 어쨌다는 거야? 내가 그 여자한테서 강진호

씨를 빼앗겠다고 했나? 정말 무교양한 여자야. 무슨 뜻에서 그 여자는 그들의 약혼을 내 앞에서 선언한 것일까? 나를 적수로 알았단 말인가? 나는 다만 송건수의 친구로서 그를 만났다 뿐이야. 나는 이미 결혼을 작정한 여자다.'

인희는 그렇게 마음속으로 중얼거렸으나 한 가닥의 외로움이 스며드는 것을 어쩔 도리가 없었다.

'사람의 마음이란 조석변동이다 하더니 두 번 만난 그에게 어떤 관심이 있었다면 나라는 여자는 참 불순한 사람이다.'

인희는 자기 자신에 대하여 부끄러움을 느꼈다. 그리고 자기는 강진호에 대하여 아무런 감정도 없었다는 것을 강조하고 싶기도 했다. 그러나 마음속에 자리 잡은 외로움이 무엇에서 오는지 풀이할 수 없었다.

송건수는 이미 다른 여자하고 결혼하였고 강진호에겐 약혼자가 있었고 자기는 이성태에게 시집을 간다. 그러면 그만 아닌가 공교롭게도 마련된 쌍쌍이 아니겠는가. 그것을 사람들은 운명이라 한다.

인희는 빨리 정리를 하여 시골로 내려가리라 생각하였다.

처음 강진호를 만났을 때 인희는 커다란 충격을 받았고 그로 인하여 자기 신상에 큰 변화를 가져오게 했다. 그리고 두 번째 강진호를 만난 지금 역시 적잖은 충격을 받은 그는 그 변화가 어쩔 수 없이 굳어버린 사실이라는 것을 인식하는 것이었다.

"신당동인데요?"

운전수 말에 인희는 깜짝 놀라며 생각에서 깨어났다.

자동차를 내린 인희는 핸드백에서 은옥의 주소를 내어 보고 근처에 있는 파출소에 가서 물어보았다.

인희는 순경이 알려준 대로 골목을 꼬부라져 들어갔다.

은옥이 세 든 집은 이층집이었다.

문을 밀고 들어갔다. 식모인 듯한 여자가 내다보았다.

"누굴 찾으세요?"

"저 이 댁에 김은옥이란 여자가 있죠?"

"아, 이 층으로 올라가세요."

인희는 조심스리 신발을 벗어놓고 이 층으로 올라갔다.

이 층에는 방이 두 개 있었다. 어느 방에 있는지 몰라서 잠시 망설였으나 열쇠를 채운 방은 그만두고 그 옆의 방의 방문을 두드렸다. 그러나 안에서 사람의 기척이 나는데도 대답이 없었다. 인희는 다소 불안한 생각이 들었다. 다시 방문을 두드렸다. 그러자 문이 열리면서 은옥이 내다본다.

"어마! 인희 아니냐? 웬일이야! 언제 올라왔니?"

은옥은 몹시 당황하면서 소리를 치더니 흐트러진 머리를 쓸어 올리기에 바쁘다.

"어젯밤에 왔어. 널 만나려구 학교에 나갔더니 결석이더구나."

인희는 선뜻 방 안에 들어가지 못하고 복도에 선 채 말하였다.

"응, 응. 나 좀 아파서 못 나갔어."

은옥도 어쩐지 방에 들어오라는 말을 하지 않고 그저 당황하기만 한다.

"어떡허나 방이 엉망이야. 몸이 아파서 소세도 안 하구…… 잠깐만 기다려, 응. 방 좀 치우고."

은옥은 도로 방으로 들어가더니,

"일어나요. 인희가 왔어."

나직이 말하는 소리가 들려온다.

"응? 인희 씨가?"

이정식의 목소리다.

인희는 예고도 없이 찾아온 자기의 행동을 후회하였다. 인희는 멀찌감치 물러서서 자물쇠가 잠겨 있는 방문을 우두커니 바라보았다.

방을 치우는지 한참 동안 쿵탕거리더니 은옥이 옷고름을 여미며 내다본다.

"들어와, 응?"

은옥은 얼굴을 붉히며 허둥대는 눈으로 인희를 바라보았다. 인희는 주춤거리며 방으로 들어갔다.

"안녕하셨어요."

우선 이정식에게 그렇게 인사를 했다. 정식은 햇볕을 보지 못해 그런지 얼굴이 창백했다.

"앉으세요. 놀라셨죠?"

정식은 앉기를 권하면서 계면쩍게 웃었다.

인희를 밖에 세워놓고 방을 치운다고 했는데도 방 안은 엉망이었다. 냄비, 주전자, 먹다 남은 빵 조각이 무질서하게 늘여 있고 좁은 방 안의 공기는 탁했다.

"방이 엉망이지? 밤낮 싸움하노라고 정신이 없단다."

그렇게 말하는 은옥의 얼굴에는 피로한 빛이 있었다.

인희는 못 볼 것을 본 듯 둘둘 말아놓은 이불 뭉치에서 얼른 눈을 돌렸다.

"저녁 안 먹었지? 나 밥해.줄게. 먹고 가아, 응?"

은옥은 인희의 눈치를 살피며 자기들의 부끄러운 생활을 은폐하듯 혼자 서둘렀다.

"걱정 마아. 곧 가야지."

"가긴 저녁 먹고 이야기 좀 하자구나. 너 일 땜에 내가 얼마나 궁금했다구."

인희는 수선을 떨고 있는 은옥을 미워할 수 없었다. 더욱이 가겠다고 일어설 수는 없었다. 자기가 가버린다면 은옥은 자기들이 경멸을 당한 것이라 오해하고 풀이 죽을 것이다. 사실 자기는 이들을 경멸할 아무런 자격도 권리도 없는 것이 아닌가. 인희는 그렇게 생각하며 웃었다. 자연스럽게 웃었다.

"그럼 저녁이나 얻어먹고 갈까? 마지막이 될지도 모르니까. 그런데 쌀은 있니?"

인희는 애써 명랑하게 말하였다.

"애두 설마 쌀이 없을라구 걱정 말어. 아직은 든든해."

은옥은 안심이 된 듯 인희를 보고 눈을 흘겼다. 그 모습은 퍽 여자답고 요염한 감을 준다.

정식은 시종 히죽히죽 웃으며 무안스러운 기분을 감추고 있었다. 평소에는 그렇게 말이 많고 풍딴지같은 말을 하고선 남을 잘 웃기더니 얼마 동안의 부자연스러운 생활이 그를 과묵하게 한 모양이다.

은옥이 냄비에다 쌀을 담아가지고 아래층에 씻으러 내려간 뒤에도 정식은 말이 없었다. 거북한 대면이 아닐 수 없다. 인희는 이 거북한 침묵을 깨뜨리려고 입을 열었다.

"군대에서는 무척 고생을 하셨다죠?"

"네. 말도 마세요."

정식은 짤막하게 대답할 뿐이다. 큼지막한 눈을 꿈벅거리고 무릎 위에 놓인 길다란 손가락도 눈을 꿈벅일 때마다 떨리는 것 같다.

"이제 또 잡혀가시면 큰일이죠? 혼나죠?"

"영창이죠. 사정이 있나요?"

"참 큰일인데……."

"될 대로 되는 거죠. 내일을 생각하기 싫습니다."

정식은 자포적으로 말을 내뱉었다.

"은옥이 고생이군요."

인희는 진정 그렇게 생각하였다. 그러나 정식은 아무 말도 하지 않았다. 이발도 하지 않았는지 텁수룩한 머리가 희미한 밝음 속에 몹시 검게 느껴진다.

숨을 할딱이며 은옥이 올라왔다. 연탄난로에다 냄비를 얹고 숨을 푹 내어 쉬면서,

"너 아까 마지막이라 했는데 왜 마지막이니? 시집가니?"

"글쎄……."

"너 시집가는구나. 접때 너 하숙집에 찾아갔을 때도 식모가 그러더군. 아마 시집을 가는 모양이라구. 그래, 상대는 누구냐? 어떤 사람이냐?"

"너 상상에 맡긴다."

"흥, 그야 멋있는 사람이겠지. 인희가 그리 호락호락한 여잔가? 적어도 송건수보담 나은 사람이 아니면 결혼할 리가 있나. 어차피 잘되었어. 그까짓 함흥차사처럼 소식도 없는 사람을 언제까지나 기다리란 법이 어딨어? 너가 섭섭해할까 봐 말은 안 했다만 그 사람 변심한 사람이냐. 그러지 않고 어찌 그렇게 소식을 딱 끊는담? 죽자 사자 따라다니던 사람이 말이야."

은옥은 밥상도 없는 반찬을 챙겨 내어놓으며 장광설을 펼친다.

"그래, 신랑감은 몇 살이야? 무엇하는 사람이구……."

"상상에 맡긴다고 했잖아?"

"아이, 답답해라. 상상을 한대도 좀 근거가 있어야지."

"모르는 게 좋다."

"왜?"

은옥은 인희의 우울한 얼굴을 쳐다본다.

"왜 왜 그러니?"

은옥은 연거푸 물었다.

"그만."

"그만이라니? 이 결혼에 너 불만이니?"

"잔소리 말고 밥이나 빨리해. 먹고 자야지."

"아이두, 참 우습다. 넌 틀렸어. 밤낮 혼자서 부글부글 끓으니 말이다. 속 시원하게 말을 해보렴."

"뭐 할 말이 있니? 결혼하면 하는 거지, 별거야?"

"너 같은 새침데기가 결혼 문제를 함부로 생각하다니 말이 되나."

"옛날 같음 결혼이란 절대적인 것이라 생각했겠지."

인희는 내던져 버리듯 말했다.

"지금은 그렇지 않다 말씀이군. 너도 변했구나."

"세월이 가면 사람은 다 변하겠지."

은옥은 그 이상 말을 하지 않고 다 된 밥을 퍼서 책상 위에다 차린다. 밥을 먹으면서,

"나 같은 사람이야 기왕 고생문에 들어섰지만 너야 네가 원하는 대로 할 수 있는 처진데 그 불만스런 결혼이면 그만두려무나."

은옥이 그 말을 했을 때 정식은 불쾌하게 상을 찌푸렸다.

"난 너가 부러운데 그런 말을 하니?"

인희의 말은 빈말이 아니었다. 인희는 차라리 은옥처럼 무궤도無軌道한 생활이라도 한번 흠뻑 빠져버리고 싶었던 것이다.

"흥! 그런 말은 아예 하지 말아요. 은옥은 못났어. 그렇지만……."

정식은 눈을 희번득거리다가 숟갈을 탁 놓았다. 노한 모양이다.

"빈정거리는 건 그만두어. 내가 나가면 될 거 아니야?"

바락 소릴 질렀다.

"누가 못 가게 했나?"

은옥도 지지 않았다. 인희는 입장이 난처했다.

"밤낮 나간다면 잡은 사람은 누구야!"

은옥은 대답이 없다.

정식은 인희 앞에서 느낀 모욕감 때문에 숨을 거칠게 쉬며 벌떡 일어섰다. 그리고 주섬주섬 옷을 주워 입고 방문을 화다닥 열었다.

"어딜 가려고 그래요?"

은옥은 발딱 일어서서 정식의 팔을 잡는다.

"어딜 가거나 무슨 상관이야? 못난 놈은 길거리에서 꺼꾸러져 죽어도 원통할 것 없잖아?"

그들은 나간다 못 나간다 하며 한참 승강이를 했다.

그 꼴을 바라보고 있는 인희는 민망하기보다 웃음이 났다. 마치 철부지한 어린것들처럼 보였기 때문이다.

이러한 싸움은 가끔 있는 모양으로 정식은 이내 누그러져 자리에 털석 주저앉았다. 그는 억지로 노한 척하며 담배를 피워 물었다. 인희는 역시 그 꼴이 우스웠다. 그래서 한다는 말이,

"밤낮 이렇게 싸우세요?"

정식은 끝내 성낸 척하다가 씩 웃는다.

"누가 은옥이 곤란한 것을 모르나요? 다 알고 있는데 이러쿵저러쿵하니 화통이 터지지 뭐예요? 설마 밤낮 이러겠어요? 햇볕 볼 날도 있겠죠."

정식은 서투른 변명을 늘어놓는다.

"누가 뭐라고 했나, 뭐. 괜히 혼자서 신경질을 부리는 거지."

이정식과 은옥이 주고받는 유치한 시비에 귀를 기울이고 있던 인희는 그들의 말이 멎은 기회를 잡고 자리에서 일어섰다.

"나 가봐야겠어."

"왜 벌써 갈려구?"

은옥은 좀 민망스러운 듯 얼굴을 붉히며 인희를 쳐다보았다.

"내일 떠나야겠으니까."

"아주 가버리는 거야?"

"아마 그렇겠지."

인희는 방문을 열고 복도에 나왔다. 그리고 엉거주춤 엉덩이를 든 정식을 돌아다보며,

"이 선생님 이제 싸우시지 마세요. 은옥이도 고생을 하지 않

아요?”

　정식은 그 말대답은 하지 않고 쑥스레하니 웃었다. 그리고 흩어진 머리에 손가락을 집어넣고 긁적긁적 긁으며 미안한 뜻을 표시하는 것이었다.

　은옥은 골목길까지 따라 나왔다.

　“이제 그만 들어가 봐.”

　“응.

　은옥은 대답을 하면서도 그대로 따라왔다.

　“들어가라니까.”

　“응…… 아니 다방에 가서 차나 하자. 이야길 좀 해야겠어. 이제 가면 언제 만날지 알어?”

　“애두 누가 죽으러 가나? 산 사람이 왜 못 만날라구.”

　“너가 시집간다니까 어쩐지 슬프다.”

　“너가 그 말할 처지가 됐니?”

　은옥은 그 말대답은 하지 않았다. 대답 대신 인희 옆에 바싹 다가서며 인희의 팔을 끼고 걸음을 빨리하였다.

　은옥은 자기 자신에 대한 여러 가지 이야기도 하고 싶었고 또 정식이 없는 데서 인희에 관한 이야기도 물어보고 싶었다. 어쩐지 이대로 헤어져 버리는 것이 미진했던 것이다.

　인희도 은옥과 같은 마음이었다.

　생각하면 만 삼 년 동안 변함없는 우정 그것은 은옥이 뭐 특별한 재주가 있었고 뛰어난 면이 있었기 때문이 아니다. 오히려 그의 평범한 성격이 인희와의 우정을 지속시켜 왔던 것이다. 인희가 외골수이며 성격이 복잡한 데 비하여 은옥은 언제나 다정하고 선량하고 관대했던 것이다. 그것이 평범하면서 끊임없이 인희의 복잡하고 어두운 성격을 감싸왔던 것이다.

인희는 정식과 은옥의 유치한 싸움을 생각했다. 그 싸움은 유치한 것이었지만 그렇다고 해서 그들에게 당면된 고민이나 애정까지 유치하다고 할 수는 없었다. 그들의 싸움이 유치하게 보였던 것도 결국은 그들이 선량하고 이치를 일일이 따져가며 살아가는 에고이스트가 아닌 때문인지도 모른다. 그리고 또한 그들의 감정 자체가 어떠한 예의라던가 형식의 구속을 받지 않는 원시적原始的인 것이었기 때문인지도 모른다.

인희는 어두운 길을 내려와 보면서 그들의 무절조無節操한 생활을 책망하기 앞서 그들의 순수한 선의의 동기를 이해하지 않으면 안 된다는 생각을 하였다.

약을 대로 약아빠진 오늘날의 현실에서 얌전하게 처녀의 성곽城郭을 지키는 숙녀들은 많다. 그러나 그들 중에는 자신의 순결성을 채산 빠른 흥정 속에 나열하고 탐욕스럽게 자기의 미래를 물색하고 있는 사람이 적지 않다. 그것은 진흙 속에 짓밟히는 창녀의 타락과 동열同列에 설 수 있는 위선이 아니겠는가.

그와 반대로 하찮은 보석이나 명동을 활보할 수 있는 유행의 의복을 마련하기 위하여 혹은 문화인의 위용을 갖추기 위하여 댄스파티에 나가고 일류 호텔에서 식사를 하기 위하여 자기를 아쉽지 않게 내던져 버리는 그것을 타락이라고 한다.

그러나 그런 타락을 은옥에게 적용시킬 수는 없다.

은옥의 생활 태도를 위대한 사랑에의 수고受품라고까지는 할 수 없고 아까 본 그들의 방의 분위기는 오히려 어느 욕정에 충만되어 있었던 것이다. 그러나 그 욕정을 그 본능을 죄악시할 수 있을 것인가. 그들의 사랑이 영적靈的으로 승화되지 못하였다 할지라도 그들은 본능적인 사랑에 적어도 충실할 수 있었던 사람이 아니냐.

신성불가침의 성곽 속에서 탐욕한 눈으로 미래를 저울질하는 위선에 찬 생활도 아니요, 하찮은 보석이나 의복에 현혹되어 몸뚱아리를 거래하는 허영의 생활도 아니다. 그리고 보면 그들의 원시적인 본능은 오히려 순수하다 할 것이다. 그러나 그러한 본능을 항시 죄악시당하였고 혐오를 받아왔다. 사회라는 거대한 조직체는 언제나 위선을 질서라는 이름하에 강요해 왔던 것이다.

그런 질서라는 명목하에 이끌려 온 위선의 가장 전형적인 인물이 바로 인희 자신이었다.

인희는 은옥에게 팔을 맡긴 채 허공을 디딛는 마음으로 걸어가면서 그런 생각을 하는 것이었다.

'위선자! 얌전한 숙녀! 넌 무엇을 바라고 있었느냐!'

인희는 마음속으로 소리쳤다. 그리고 자기 결벽이, 자기의 순결이 다만 육체적인 것에 지나지 못하였음을 통렬히 느꼈다.

'너는 육체적인 간음을 비방할 자격이 없다. 너는 정신적으로 무엇을 요구했느냐!'

그렇게 마음속으로 소리쳐 보았으나 어떠한 결론도 거기에서 나오지는 않았다. 오히려 더 짙은 혼돈과 모순이 머릿속에 몰려들 뿐이었다.

"너는 송건수와의 아담하고 비바람 없는 생활을 애정을 바라고 왔다. 그러나 그 꿈은 깨어져 버렸다. 애정을 잃은 아픔보다 너는 자존심에 난 상처를 더 아파하지 않느냐. 송건수의 배반보다 자존심이 더 강했던 너의 애정의 불순이 더 나을 것은 없지 않느냐."

그렇게 중얼거리고 있는 인희는 강진호에 대한 잠재적인 감정을 강력하게 엄폐하고 있었던 것이다.

그리고 강진호에 대한 잠재적인 감정을 엄폐하려 드는 자기 자신의 본질이 전혀 외부에서 강요당한 기성관념의 소산이라는 것을 인희는 깨닫지 못하고 있었다. 그렇게 자신을 통렬히 비판하면서도 자기의 감정의 올바른 발로를 굳이 제지하고 있는 인희였던 것이다.

강진호에 대한 호감이나 그 이상에의 진전을 마치 창부적인 것으로 두려워하고 있는 것이다. 차라리 자기의 감정에 흘러가느니보다 외부의 힘에 의하여 흘러가리라는 무의식중의 결론이 이성태와의 결혼 문제를 공고히 하고 있는 것이다.

"자아, 들어가."

은옥이 인희의 팔을 놔주었다. 인희는 허공에 둥실 떠버린 듯 놀라며 사방을 두리번거렸다. 어느새 왔는지 어느 다방 앞에서 있었던 것이다.

인희는 다방 문을 밀었다.

다방에 들어가 자리를 잡고 앉았을 때 은옥은 대뜸,

"인희야, 그 널 찾아왔다는 청년은 누구냐?"

하고 물었다. 제일 궁금했던 일이었던 모양이다.

"송건수 씨의 친구야."

인희는 아무렇지도 않게 대답하였다.

"송건수 씨의 친구라구? 왜 그런데 널 찾아왔니?"

"얼마 전에 미국서 왔다는 거야."

"음 그래? 그럼 송건수 씨의 소식 들었겠구나."

"음."

"뭐랬어?"

"결혼을 했다는 거야."

"뭐? 결혼을 했다구?"

은옥은 적잖게 놀란다. 도리어 말하는 인희는 냉정했다.

"놀랄 것 없어. 사람이란 마음에 맞는 사람이 있으면 과거란 깨끗이 버리고 결혼하는 거지."

인희는 건성으로 말하였다. 자기 자신이 과거를 깨끗이 잊어 버리고 마음에 맞는 사람과 결혼하는 것이 아니기 때문이다.

"그어래? 참 사람의 일이란 모르는 거야. 설마 그이가 그렇게 널 쫓아다니던 송건수가 그럴 수가 있니?”

너무 인희가 냉정했기에 은옥이 대신 흥분을 한다.

“그래서 넌 별안간 결혼하기로 결정하였구나. 너 심정을 잘 알겠다.”

은옥은 인희가 애처로워 진심으로 위로의 빛을 띠운다.

“지나간 일은 지나간 일이고 내가 하는 결혼은 결혼대로 현실적인 문제가 있는 거야.”

인희는 은옥의 동정을 받기가 싫어서 그렇게 말하였다.

“그런데 그 잘생겼다는 송건수의 친구 말이야, 너이 하숙의 식모가 그러던데 널 그렇게 열심히 찾아다닌다잖아?”

“음, 그건 그분이 처음 날 찾아와 송건수 씨의 소식을 전하던 날 비가 오셨거든. 그래, 우비를 빌려갔었지. 아마 그걸 돌려주러 왔을 거야.”

“아니, 그것만이 아닌가 보던데? 너의 주소를 좀 알려달라고 애원하다시피 했다더군.”

“그건 식모가 과장해서 말한 것일 거야.”

“누가 알아? 인희가 미인이니까 찾아다니는지.”

은옥은 킬킬 웃었다. 단순한 은옥은 슬픔이나 심각한 것을 오래 느끼지 않는다.

“이 애 주책없는 소리 하지 마. 그분한텐 어엿한 약혼자가 있는데…… 애도 주책이야.”

인희는 얼버무렸으나 아까 레스토랑에서 약혼은 언제든지 폐기할 사유가 나에게 있다고 하던 강진호의 말이 귓가에 울려왔다. 그리고 새파랗게 질리던 성자라는 여자의 얼굴도 눈앞에 떠올랐다.

"쓸데없는 말 그만두고 너 얘기나 좀 해."

은옥의 얼굴이 갑자기 어두워진다. 그는 테이블 위에 날라다 놓은 커피를 저으면서,

"큰일 났어. 언제까지나 집에 비밀로 할 수도 없고…… 집에서 보내주는 돈만으로 둘이 살 수 없고 아르바이트를 구해야겠어."

"아르바이트라니 어떤 것?"

"아무거나. 닥치는 대로."

은옥의 호소를 한참 동안 들은 후 그들은 다방을 나섰다.

은옥과 헤어진 인희는 하숙으로 돌아왔다.

식모의 말이 강진호가 벌써부터 와서 기다리다가 막 나갔다는 것이다.

'다방에 안 갔어도 만났을걸.'

인희는 자기도 모르게 후회를 하고 있었다. 방으로 들어가니 쪽지가 있었다.

떠나기 전에 꼭 한 번만 만나자는 간단한 글이 씌어져 있었다.

인희도 떠나기 전에 그를 한번 만나고 싶었다. 그러나 만나선 안 된다는 생각이 그 욕망을 누르고 말았다.

다음 날 인희가 짐을 싣고 떠난 후 강진호는 인희의 하숙집으로 찾아왔다. 무슨 사정이 있는지 알 수는 없어도 식모는 강진호의 실망하는 모습과 그렇게 열심히 쫓아다니던 일에 동정이 갔다. 그래서 위로 삼아,

"지금이라두 빨리 가보세요. 기차가 떠나기 전에."

강진호는 시계를 들여다보았다. 그는 다소의 희망을 찾은 듯 밖으로 뛰어나갔다. 택시를 하나 잡아탄 그는 초조한 마음으로,

"좀 빨리 갈 수 없소? 기차 시간에 닿아야 하는데."

그러나 운전수는 태연하게 핸들을 잡고 있을 뿐 조금도 속력을 더하지 않았다.

'빌어먹을! 좀 더 일찍 나올 걸 그랬구나.'

강진호는 마음속으로 중얼거렸다. 그의 생각으로는 인희가 시골 내려가기 전에 한 번은 자기를 만나주리라 믿었던 것이다.

강진호는 어떠한 일이 있어도 인희를 내려가지 못하게 잡으리라 생각하였다. 성자와의 약혼을 파기할 결심까지 하였다. 성자로 말하면 순전히 집안끼리 한 약혼이요, 자기 자신도 무난하게 생각해 왔으나 그를 가까이 두고 사귐으로써 그에 대한 염증을 느꼈고 그의 허영심이나 자제력 없는 감정에 대하여도 일종의 위협까지 느껴온 것이다. 어젯밤 레스토랑에 찾아와 하던 행패는 강진호에게 결정적인 의지를 촉구하였다.

그러한 기분은 인희의 존재가 밑받침해 주는 것이다. 그렇다

고 해서 인희에 대한 감정이 전혀 돌발적인 것이었다고 할 수는 없다. 만나보기는 두 번이지만 그는 미국에서부터 보이지 않는 인희에게 엷은 향수를 느끼고 있었던 것이다. 간접으로 통해 들은 인희의 인품과 사진에서 본 인희의 모습은 물론 강진호가 송건수의 소식을 전하러 간 순간에도 그 호감에는 변함이 없었고 그렇다고 해서 무슨 불순한 계산으로 그를 찾아갔던 것은 아니다. 그러나 인희를 처음 보았을 순간 진호는 너무나 친근함을 느꼈다. 그 친근함이 단지 친구의 애인, 배반을 당한 여인이란 동정에서만은 아니었다. 그와는 별도의 자기만의 어떠한 강렬한 감정을 느낀 것이다.

"빨리 좀 갈 수 없소?"

강진호는 또다시 초조하게 소리쳤다.

"이 이상 더 빠르면 속도위반에 걸립니다."

운전수는 여전히 태연하게 말했다.

'어쨌던 못 내려가게 해야지. 나는 지금 인희 씨를 송 군의 애인이었다는 것을 생각할 필요가 없다. 그건 용렬스런 일이다.'

강진호는 인희의 마음이 어디에 있는지 그것을 문제시하고 있지 않았다. 겨우 택시는 역전 광장에 닿았다.

진호는 구르듯 역으로 뛰어갔다. 그러나 이미 개찰은 끝나 있었다.

강진호는 역원에게 발차했느냐고 물었다.

"곧 발차합니다."

강진호는 손에 잡히는 대로 돈을 꺼내어 역원에게 주고 역 구내를 뛰어들었다. 그는 계단을 뛰어내려 홈으로 나갔다.

발차 신호가 요란스럽게 울렸다. 강진호는 우선 기차에 올라타서 인희를 찾으리라 생각했다. 그러나 그가 뛰어가기도 전에 기차는 움직였고 그가 다다르기 전에 기차는 속력을 가하였다.

강진호는 자기도 모르게 발을 굴렸다.

그때 속력을 가하는 기차 속에서 몸을 내어 밀고 손을 흔드는 여자가 있었다. 인희였다. 그는 무심히 밖을 내다보다가 강진호를 본 것이다.

강진호는 자기도 모르게 뛰었다. 그리고 소리쳤다.

"인희 씨! 영등포에 내리세요!"

그러나 그 목소리가 인희에게 들릴 리가 없었다. 기차는 맹수처럼 기적을 울리며 멀어져 갔다.

"영등포로 가자. 빨리 달리면……"

강진호는 역 광장까지 뛰어 올라와 택시를 잡고 영등포로 달리게 했다.

그러나 강진호의 이러한 노력은 모두 수포로 돌아가고 말았다. 영등포에 달려갔으나 기차보다 앞서지는 못하였다. 진호는 집으로 돌아오는 자동차 속에서 죄 없는 담배만 태웠다.

자기 자신이 날뛴 일이 마치 미치광이 같았다고 생각했다. 이렇게 이성을 잃고 날뛴 일이 일찍이 없었다.

4. 형관荊冠의 길

강진호는 우스운 생각이 들었다. 긴장이 풀어지니 자기가 취한 일이 하나하나 우습게 여겨지는 것이었다. 그런 우스운 모습들은 모두 자기 혼자의 시름이었다고 생각하니 더욱더 서글픈 웃음이 떠올랐다.

"연애 감정은 이렇게 사람을 유치하게 하는 것인가?"

강진호가 집으로 돌아갔을 때 어머니가 근심스러운 얼굴로,

"아침부터 어디 갔었댔나? 성자가 와서 기다리고 있는데."

"성자 씨가요?"

강진호는 일부러 씨를 붙이고 어머니에게 반문했다.

"그럼 벌써부터 왔단다. 너이들 말다툼했니?"

"아아뇨."

강진호는 지금 기분으로 성자를 만나고 싶지 않았다.

"이대로 나가봐야겠어요."

강진호는 도로 현관문을 밀었다.

"왜 그러니?"

어머니가 놀란다.

"볼일이 남았어요."

"아, 성자를 만나보고 나가려무나."

강진호는 그 대답을 하지 않고 그냥 나와버렸다. 좀 지나치다 생각했지만 성자가 재재거리는 소리만은 듣고 싶지 않았다.

강진호가 혼자 땅을 내려다보고 걸어가는데 뒤에서 뛰어오는 발소리가 들렸다. 성자가 어느새 뛰쳐나와 강진호 옆에 서는 것이었다.

"어디로 가세요?"

"아무 데나."

강진호는 성자를 거들떠보지도 않고 바지 주머니 속에 양팔을 찌른 채 말하였다.

"이야기 좀 하고 싶어요."

"할 이야기가 있음 하세요."

여전히 강진호는 성자를 보지 않고 대답한다.

그들 옆을 스쳐가는 자동차 소리만 요란스럽고 그들은 말이 없다.

고향으로 돌아온 인희는 혼례식을 하루 앞둔 밤 강진호에게 편지를 썼다. 간단한 인사 편지였으나 끝으로 내일은 자기의 결혼식이 있을 것이란 말을 적어 넣었다.

인희는 그것으로써 일단 자기 주변의 일이 정리된 것으로 생각하였다.

내일을 위하여 만반의 준비를 갖춘 집 안은 고요했다. 조용히 내일을 기다리는 분위기다. 인희의 마음도 조용했다. 모든 번뇌에 종지부를 찍은 듯싶었다.

앞으로의 길이 여하히 고난에 찬 것이라 할지라도 지금에 와서 그것을 생각할 필요는 없는 것이다. 새로운 희망이나 비약에의 길이 아닌 이상 그것을 생각하는 것은 어리석었다. 다만 체념이 있을 뿐이다.

인희가 서울서 내려왔을 때 최진구 씨는 무척 반가워했다. 인희가 돈 오십만 환을 갖고 그냥 영영 행방을 감추어버릴 것만 같아 불안했고 더군다나 연실의 탓하는 앙칼진 소리에 들볶였던 일을 생각하면 얼마나 다행이었는지 모른다. 연실은 인희가 돌아오기 바로 직전까지 왜 놓아주었느냐고 야단야단했던 것이다.

그러나 인희의 조용한 얼굴을 한참 대하고 있던 최진구 씨는 반가워했던 그 기분과 아주 상반된 감정을 느끼지 않을 수 없었다.

'못난 것 같으니라구. 그냥 달아나는 거지, 뭣하러 구벅구벅 돌아온담.'

최진구 씨는 그렇게 마음속으로 중얼거리다가 스스로 놀란다. 인희를 고대하던 마음속에 은근히 그가 돌아와 주지 말았으면 하는 기대가 섞여 있었음을 깨달은 때문이다. 모순이 아닐 수 없다.

인희가 사랑방에서 잠을 못 이루고 있을 때 최진구 씨도 역시 잠을 이루지 못했다.

뽀오얀 살을 드러내놓고 깊은 잠이 들어버린 연실을 바라보며 최진구 씨는,

'흐—음 내일이면 그만이다. 못난 애비 어디 줄 데가 없어 이성태 같은 놈한테 보낸담. 내 딸이 어디가 못나 그놈한테 준단 말이냐.'

최진구 씨는 벌떡 일어나 담배를 피워 물었다. 견딜 수 없는 울분이 치솟는 모양이다.

'죽일 놈이지. 이 최진구가 말이야. 딸자식을 팔아먹다니 금수만도 못한 놈이지. 자기 집안을 망치고 하나밖에 없는 자식의 신셀 망치고 이놈이 죽을 놈이다.'

최진구 씨는 자기 머리를 치려던 주먹을 자기도 모르게 잠들어 있는 연실의 가슴을 내리쳤다.

"아이쿠!"

연실이 고함을 치며 벌떡 일어났다. 최진구 씨는 엉겁결에 담배를 던져버리고 정신 나간 사람처럼 연실을 쳐다본다.

"왜 그래요?"

연실은 아직도 잠이 덜 깬 목소리로 물었다.

“아니, 아무것도 아냐.”

“당신이 날 때리지 않았어요?”

“때렸지.”

“왜 때렸어요?”

“그만.”

“아이참 이상해라. 정신이 오락가락하나 봐.”

“인희가 불쌍해서.”

“아이구 별꼴 다 보겠다. 시집을 가는데 뭐가 불쌍해? 얼른 잠이나 자요.”

연실은 미끈한 팔을 뻗더니 최진구 씨의 목을 끌었다. 최진구 씨는 연실의 애무에 그만 모든 것을 잊어버리고 말았다.

“여보 영감, 당신 나보다 딸이 더 귀엽소?”

“아니 그럴 리가 있나, 우리 연실이 더 귀엽지.”

최진구 씨는 뇌살할 듯한 연실의 체취에 그만 정신이 몽롱하여 주책없는 말을 중얼거리는 것이었다.

“그럼 왜 그리 비관을 해요? 당신하고 나하고 방해자 없이 조촐하게 살면 얼마나 좋게요. 안 그래요?”

“그럼 그렇고말고.”

“딸자식이란 임자 만나 가버리면 남이에요. 그렇지만 부부라는 건 죽는 날까지 동고동락하는 것 아니에요?”

“그럼 그럼 물론이지.”

“그런데 뭐가 분해서 잠자는 나를 때렸소?”

"하도 잠자는 얼굴이 예뻐서 그랬지."

"거짓말 마세요. 딸이 가엾다고 했잖았어요? 내가 뭐 인희 모가지를 얽어매어 시집보내려 했나 뭐? 나한테 분풀이를 하게."

고양이처럼 간지럽게 굴던 연실이 별안간 발톱으로 최진구 씨의 가슴을 할퀴듯 싹 돌아누우며 토라진다.

"그러지 마. 공연히 또 트집이야. 당신 하자는 대로 다 했잖아?"

최진구 씨는 연실의 등어리를 쓸어주며 달랜다.

"몰라요! 영감은 자기 딸밖에 생각지 않아요. 젊은 년이 자식도 없이 난 누굴 믿고 살아야 하나요."

"나를 믿지. 날 믿고 살아."

"흥 천만년 살 것 같아요? 영감은 늙었어요. 늙은 영감 다리고 애써 살다가 당신마저 돌아가시면 난 뭘 믿고 살갔수."

"……."

연실은 한동안 말이 없었다. 그러더니 다시 돌아누워 최진구 씨 가슴으로 파고 들어오며,

"여보?"

"왜?"

"나 청 하나 들어주겠수?"

"말해봐요."

"다방 하나 사주세요."

"뭐? 다방?"

"네."

"미친 소리 말아요. 뭐가 답답해서 당신이 다방을 한단 말이요."

"내가 하는 게 아니에요."

"그럼."

"남 빌려주게요."

"남을 빌려주어 뭣하겠소."

"아이참, 답답하기도 해라. 뭐 하긴 뭐 해요? 세 받아먹죠. 낸들 뭣이 있어야잖아요? 사람의 일을 어떻게 알아요? 영감이 이러다가 어차피 영감이 먼저 돌아가실 게 아니에요? 그럼 난 어떻게 살아요?"

"내가 설마 당신 것 마련해 주지 않고 죽을까 봐?"

"말 마세요. 다 당신 딸 차지지 내가 무슨 권리가 있겠어요."

"그렇지만 지금 형편이 그럴 수 없잖어. 적어도 오륙백만 환이나 주어야 될 텐데 지금 여붓이 어디 있소."

"이성태가 도와줄 것 아니에요?"

"그야 그럴 테지만 우선 사업에 돈이 기갈이 날 지경인데."

"알았어요. 당신은 한 푼이라도 딸자식한테 물려주려고 그러는군요. 다 알았어요. 조금만 무리하면 그까짓 다방 하나쯤 뭐가 어려워요. 당신만 없어지는 그날부터 전 거지가 되는 거예요."

최진구 씨도 할 수 없었던지,

"그럼 생각해 봅시다. 이제 자요."

밤은 깊다. 달만이 말없이 인희의 창문을 지켜주고 있었다.

결혼식이 거행될 날 아침부터 비가 주룩주룩 내렸다.

간밤에 연실의 뇌살할 듯한 체취 때문에 인희의 슬픈 결혼까지 잊고 아비로서의 애정까지 저버렸던 최진구 씨는 그러나 날이 밝아오고 처마에서 떨어지는 빗소리를 들으니 마음이 소연해지지 않을 수 없었다.

인희의 어두운 전도가 한층 강조되는 듯 빗소리는 최진구 씨의 마음을 두들겼다. 그러나 사랑방에 누워 있는 인희는 야릇한 쾌감으로 빗소리를 듣고 있었다.

'얼마든지 내려라! 비야 온통 세상이 물바다가 되고 그리고 이내 고뇌의 덩어리를 씻어 멀리멀리 바닷속으로 가져가 다오.'

이러한 인희의 쾌감과는 성질이 다른 쾌감을 느끼고 있는 여자는 연실이었다. 그는 서모 구실을 하노라고 일찍 일어나 밖으로 나왔다.

그는 줄기차게 차츰 기세를 올리고 있는 빗발을 바라보며 웃고 있는 것이다. 인희가 행복해진다는 것은 자기 자신이 불행해지는 것보다 더 싫은 일이었고 배가 아픈 일이었다.

'잘 온다, 잘 와. 이 비는 불길한 징조거든. 거만한 코뿌리가 부서지면 얼마나 신이 날까?'

그러나 이 비를 제일 싫어하고 근심한 사람은 신랑 이성태다.

그는 앞날이 불길해지리라는 생각에서 비를 싫어했던 것은 아니다. 그는 식장에 모일 손님을 걱정했고 아름답고 젊은 신부를 과시하고 싶은 그 멋들어진 행사가 시시하게 끝날 것을 원통하게 생각하고 있는 것이다.

그가 지닌 재력, 그가 지닌 돈으로 얻은 세도 그것은 무한한 자랑거리지만 인희라는 여자를, 그것도 순결하고 어엿한 집안의 규수를 맞아들인다는 것도 여간한 자랑이 아니다. 그가 과소한 돈으로 최대한의 효력을 시도하듯이 결혼도 최대한의 효과를 발휘하고 그러므로 해서 이 좁은 도시의 모든 시선을 모아보고자 했던 것이니 그로서는 멎을 줄을 모르고 쏟아지는 빗소리에 분통이 아니 터질 수 없었던 것이다. 더욱이 머지않아 정계에 나서볼 야심을 갖고 있는 그로서 지식 여성을 반려자로 정한 것을 많은 사람 앞에 인식시켜 줄 필요가 있었던 것이니 거듭 유감이 아닐 수 없었다.

그는 근본적으로 자기 자신이 커다란 과오를 저지르고 있다는 것을 모른다. 정치라는 것도 사업처럼 우격다짐으로 혹은 자기 주변을 장식함으로써 가능해진다고 믿고 있으니 말이다. 현실에 있어서 돈은 확실히 위력을 갖고 있다. 그것은 부정과 폭력을 살 수 있는 원천이기 때문이다. 그러나 이성태는 좀 덜 현명했기 때문에 사업과 마찬가지로 정치에 대한 부석으로 외형을 장식하고 시위하려 했다. 사업은 없는 돈도 있다고 나팔을 불어야 하지만 정치는 있는 돈도 없다고 울면서 뒷구멍으로 돈을 써야 한다는 요령을 모르고 있었던 것이다.

아무튼 이성태는 우울했다.

며칠 전부터 만반의 준비를 다 해놓고 마음이 들떠 있었던 이성태를 바라보는 가족들의 눈이 냉정했다. 그중에서도 가장 노골적인 냉정을 표시하는 사람은 고등학교 삼 학년생인 딸 선자善子였다. 그의 첫째의 불만은 아버지의 색시 될 사람의 나이가 젊은 점이었다. 둘째는 미인이라는 점이었다. 그 점에 대한 불만은 성태의 어머니 진 씨陳氏에게도 있었다.

결혼식은 D시에서 제일 큰 예식장에서 거행되었다.

식이 거행되는 동안에도 식장 창유리에 심한 비바람이 들쳤다.

비는 인희의 불행과 깊은 인연이 있는 모양이다. 서울서 처음 강진호를 만나 절망적인 소식을 듣던 때도 비는 내렸다. 두 번째 서울로 갈 때도 비는 내렸다. 비는 인희의 운명의 계기를 마련하듯, 그러나 봄은 언제나 비가 잦은 계절이다. 식장에는 우중인데도 불구하고 많은 사람이 참석했다. 그러나 그 대부분이 이성태 편에서 온 손님들이었고 인희 편에서는 축사를 올리는 친구 한 사람 없었다.

그러구러 식은 무사히 끝이 나고 신부와 신랑은 대기하고 있는 자동차에 올랐다. 온천장으로 신혼여행을 떠나는 것이다.

자동차 밖에는 양가의 가족들과 이성태의 회사 사원들이 우산을 받쳐 들고 서 있었다.

인희는 자동차 속에 쌓인 꽃향기에 골치가 아팠다. 그는 시종 일관 굳어진 표정이었다. 그는 현기증을 느끼며 자동차 밖에 서 있는 가족들을 피하여 왼쪽 창으로 고개를 돌렸다.

얼마간 떨어진 곳에 다 찢어진 우산을 들고 할멈이 멍하니 서 있었다. 인희는 몸을 일으키며,

"할멈!"

소릴 쳤다. 손을 흔들었다. 할멈은 손짓을 알아보고 옷고름을 눈으로 가지고 갔다.

"이리 와요!"

인희는 또 소리쳤다. 점잖게 앉아 있던 이성태가,

"대체 누구요?"

하며 목을 빼어 본다. 그러나 인희는 그 말대답은 하지 않았다. 가까이 다가오는 할멈을 바라보고만 있었다.

자동차 유리창 앞에까지 다가온 할멈은 우산을 받쳐 들었는데도 옷이 비에 흠빡 젖어 있었다.

인희는 유리창 밖의 할멈에게 미소를 던졌다. 그러나 눈에는 눈물이 가득히 고여 있었다.

자동차가 움직였을 때 인희는 모든 사람을 외면하고 할멈에게만 손을 흔들었다. 손을 흔드는데 자꾸만 눈앞이 어둡게 흐리어졌다. 비의 탓이 아니었다. 신부 화장을 곱게 한 그의 얼굴에는 눈물이 거침없이 흘러내리고 있었던 것이다.

그러나 이성태는 인희의 눈물을 단순한 애상으로밖에 보지 않았다. 처녀의 마지막 날을 위한 눈물이라고만 생각하였다. 그래서 위로의 말로,

"눈물은 대신 하늘에서 내려주는데 울긴."

"……"

"자, 우리의 앞날을 위하여 눈물을 거두시오."

이성태는 손수건을 꺼내어 인희의 눈물을 닦아주려고 했다. 그러나 인희는 얼굴을 획 돌리며 자기의 손수건으로 눈물을 닦았다.

이성태는 그것도 처녀로서 부끄러워하는 짓인 줄만 알았다.

"아까 그 노인네는 누구요?"

"……"

"집에 부리는 사람이오?"

이성태는 거듭 물었다.

"아니에요. 저의 할머니예요."

인희는 일부러 그렇게 말하였다.

"할머니라구요?"

이성태는 의외란 표정이다.

신혼부부를 실은 자동차가 K온천장에 도착했을 때는 비도 멎고 찢어진 구름 사이로 제법 파아란 하늘도 보이기 시작하였다.

인희는 구역이 나도록 심한 자기염오 때문에 죽고 싶은 생각이 들었다.

이성태의 부축을 받으며 호텔로 들어섰을 때 인희는 왜 자기가 이런 곳에 왔는지 알 수 없었다. 그냥 이성태의 팔을 뿌리치고 도망을 치고 싶은 충동 때문에 가슴이 뛰었다.

'왜 내가 이런 곳으로 왔을까?'

어깨가 떡 벌어지고 아랫도리가 홀쭉한 이성태의 모습은 저주스럽고 그의 손이 자기의 어깨에 닿을 때마다 마치 뱀이 온몸을 기어가듯 징그러웠다.

보이의 안내를 받아 한적한 방에 자리했을 때 이성태는 손수건으로 얼굴을 문지르더니 창 옆에 장석처럼 서 있는 인희 옆으로 다가왔다.

"피로하지?"

인희의 어깨를 감쌌다. 인희는 얼굴빛이 변하며 몸을 부르르 떨었다.

사람이 이렇게 무섭고 미웠던 일이 일찍이 없었던 것 같았다.

성태는 인희를 포옹하고 입을 찾았다. 인희는 몸을 뒤로 뻗히며 성태의 입김을 피하였다.

"왜 이러는 거야?"

성태는 인희의 지나친 반항에 기분이 상하였는지 노기 띤 목소리로 말하였다. 그러나 그는 더욱 팔에 힘을 주어 인희의 뺨 목 입술에다 입을 맞추었다.

겨우 성태가 인희를 놓았을 때 인희는 쏜살같이 방문을 열고 뛰어나갔다. 그리고 복도를 지나가는 보이에게,

"화장실이 어디예요? 세수 좀 하게요."

인희는 창백한 얼굴을 들고 물었다. 인희를 뒤쫓아 나오던 성태는 보이에게 묻는 인희의 목소리를 듣고 다소 안심을 했는지 도로 방으로 들어갔다.

"탕으로 가시죠. 준비가 다 돼 있으니까."

보이는 인희의 창백한 얼굴을 이상히 여기며 앞서 욕실로 인희를 안내하였다.

인희는 보이에게 수건을 갖다 달라고 부탁하였다. 수건을 가지고 오자 인희는 욕실의 문을 잠그고 옷을 벗은 뒤 탕으로 들어갔다. 그는 더러운 것을 씻어버리듯 성태의 입이 닿은 곳을 몇 번이나 씻고 침을 뱉었다.

얼마 동안이 지났을 때 욕실 밖에 발소리가 들리더니 문을 뚜들기는 소리가 들려왔다. 이성태가 온 모양이다.

인희는 온갖 저주를 담은 눈으로 소리가 나는 문을 쳐다보았을 뿐 꼼짝도 하지 않았다.

문을 뚜들기다 지쳤는지 이성태는 돌아가는 모양이었다.

인희는 목욕탕 속에 몸을 누이며 물이 묻은 얼굴을 감싸고 오래오래 울었다.

왜 자기가 이렇게 무서운 짓을 저질렀는지 알 수 없었다. 어떻게 이 세상을 단 하룻들 살아갈 수 있으랴 싶었다. 아무런 설

명도 필요치 않는다만 더럽고 무서운 생각만이 그의 온 정신을 지배하고 있을 뿐이다. 그리고 이성태의 입김을 피할 수 있는 곳이라면 형무소 안이라도 불평하지 않으리라는 생각이 들었다.

얼마 동안이 지났는지 모른다. 인희는 아무래도 이성태가 기다리고 있는 밖으로 나갈 수가 없었다.

'우리 인희 신랑이 어디 있을꼬?'

어머니의 목소리가 귓가에 쟁쟁 울려온다.

'우리 인희를 아까워서 뉘를 줄꼬?'

어머니의 목소리가 또 울려왔다.

어릴 때 어머니는 곧잘 그런 말을 하며 웃었던 것이다.

"어머니! 어머니."

인희는 마치 어린애처럼 무릎 위에 얼굴을 묻고 울었다. 눈물이 뜨겁게 무릎을 타고 내려간다.

울고 있던 인희는 문득 이성태를 생각하였다. 언제까지나 자기가 이러고 있으면 이성태가 또 찾아오리라는 생각에서였다.

인희는 주섬주섬 옷을 주워 입고 밖으로 나왔다. 눈이 퉁퉁 부어올라 있었다. 복도에서 지금까지 기다리고 있었던지 이성태는 인희의 퉁퉁 부은 눈을 보자 얼굴을 찌푸렸다.

"왜 울었어?"

"……."

"그렇게 처녀의 날이 아까운가?"

"……."

"방에 돌아가 좀 쉬어요. 나 목욕하고 갈 테니."

이성태는 인희의 그러한 태도를 모두 순진한 것에서 오는 것이라 오해하고 있다. 그리고 되도록 그의 순진성을 이해하려고 노력하였다. 지금까지 그가 상대해 온 여자처럼 다루어서는 안 된다고 단단히 명심한 모양이다.

인희는 방으로 가지 않고 밖으로 나왔다. 도망을 가겠다는 생각에서가 아니었다. 방에 들어가는 것이 무서웠기 때문이다.

인희는 호텔의 베란다로 나와 여름처럼 시원해 보이는 등의자에 앉았다. 날씨는 활짝 개어 나뭇잎들이 싱싱하게 초여름 햇볕을 받아들이고 있었다.

인희는 목이 말랐다. 그래서 보이를 불러 오렌지주스를 갖다 달라고 하여 그것을 단숨에 마셨다. 매스껍고 후덥지근한 기분이 다소 풀어지는 듯했다.

여름으로 접어드는 때문인지 온천장에는 별로 유하고 있는 손님도 없는 듯하다.

"차라리 그냥 서울에 머물고 있을걸 내가 왜 내려왔을까? 강진호 씨한테 의논하고 부탁하여 직장이라도 갖고 그냥 숨어 살걸."

인희는 서울을 떠날 무렵 플랫폼에 뛰어오던 강진호의 필사적인 모습을 생각하였다.

"위선자! 제법 초연한 듯 남을 위해주는 듯 결혼을 하구 이렇게 첫날부터 감당할 수 없는 일을 나는 저지르고 말았다. 나에게 무관심하다는 것은 그것은 순전히 자기기만이다. 나는 나를 속였다. 나는 나도 모르게 나를 속였다. 못난이, 죽어 없어져라! 차라리!"

인희는 강진호의 열성을 뿌리치고 온 자기의 매몰진 행동이 자기 스스로로 하여금 죄를 받았다는 생각이 들기도 했다.

"내 이 구역질 나는 생활에 비하면 은옥의 생활은 얼마나 떳떳하고 보람이 있는가? 그들의 고민과 나의 고통은 완전히 다른 것이다. 그들은 진실에서 출발하였지만 나는 말짱 허위와 기만으로 시작된 것이 아니냐."

인희가 그렇게 못살게 자기 자신을 괴롭히고 있을 때 이성태는 인희를 찾아 헤매다가 겨우 인희 있는 곳으로 왔다.

"뭘 하는 거야? 한참 찾아 돌아다녔는데…… 허, 나도 목이 마르다. 맥주나 할까?"

이성태는 보이를 불러 맥주를 가지고 오게 한 뒤 인희의 얼굴을 쳐다보았다.

고통에 찬 며칠이 지나갔다. 밀월여행蜜月旅行이 아니라 그것은 실로 형관의 길이었던 것이다. 그 고통은 눈을 뜨고 있는 순간만이 아니었다. 눈을 감고 잠들어 버린 순간에도 계속되었다. 꿈속에서도 인희는 이성태의 무거운 몸을 느꼈고 동물 같은 입김을 느껴야 했다.

이성태는 인희의 모든 태도에서 그것이 단순한 수치심에서 온 것이 아님을 깨달았다. 그러나 인희가 반발하면 할수록 이상한 매력과 안타까움을 느꼈다. 돈이면 모든 여자를 정복할 수 있다는 지금까지의 신념을 인희는 뒤집어 놓았다. 그리고 여자는 일단 몸을 허락한 후이면 형편없이 약해지고 남성에게 기대어버린다는 것도 인희는 뒤집어 놓고 말았다.

이성태는 여태까지 여자를 대하던 수법을 달리했다. 되도록 인희가 싫어하는 짓은 하지 않았다.

그러나 인희가 성태와 마주 앉아 밥을 먹는 것조차 꺼려하는 데는 모욕을 느끼지 않을 수 없었다.

"그렇게 내가 싫은데 왜 결혼은 했소?"

이성태는 성난 목소리로 말하였다.

인희는 아무 말도 못 하고 고개를 푹 숙여버렸다. 사실 답변할 말이 없었다. 인희 자신도 이렇게 싫은 사람에게 왜 시집을 왔을까 하고 늘 자기 자신을 원망하고 있었기 때문이다.

인희는 성태가 그렇게 성을 내니 좀 언짢은 생각이 들기도 했다.

'하긴 이 사람에게 무슨 죄가 있어. 다 내 잘못이지.'

인희는 누군가가 한 말을 생각하였다. 사랑을 받지 못하는 불행보다 사랑할 수 없는 것이 더 큰 불행이라고 하던 말이다. 인희는 그 말이 얼마나 진실된 것인가를 생각하였다.

'이런 고통 속에서 살아야 한다면 오히려 죽어버리는 게 낫겠

다. 죽어버리면 이런 고통은 없어질 것이 아닌가.'

인희는 억지로 성태에게 웃어 보였다.

"자, 빨리 드세요."

성태는 인희의 그 말 한마디에 금세 성이 풀어져 포크를 들었다.

'그렇지. 얼마만큼 내 마음을 속이고 연기를 하느냐가 문제지. 그럼 내 생애는 그야말로 하마 배우로서 있으란 말인가.'

인희는 이성태의 기름진 목덜미를 바라보며 한숨을 지었다.

아침을 끝내자 인희는 이내 이성태로부터 빠져나와 온천장 뒤뜰로 나와 우두커니 벤치에 앉는다.

산도 싫고 물도 싫고 하늘도 싫었다.

온 우주가 그에게는 지겹게만 생각되었다.

아름다운 것이나 진실이라는 것은 하나의 주관이라 했는데 과연 그 말에 틀림이 없다고 생각한다. 송건수에게 쫓겨 다닐 때 인희는 피하면서도 얼마나 즐거웠던가. 흐르는 구름도 꿈만 같았고 가로수의 푸르름도 꿈만 같이 아름다웠던 것이다. 하찮은 일에도 눈물이 나고 하찮은 일에도 웃음이 나고 길 가는 걸인, 짐을 끌고 가는 소 말을 보았을 때도 그들에 대한 동정과 애정으로 가슴이 북받쳐 올랐던 것이다.

한 사람을 사랑함으로써 자연도 인간도 사랑스러웠고 또한 무한한 기쁨을 받았던 것이다. 그러나 지금은 그 한 사람을 싫어함으로써 온갖 것에 대하여 저주하고 있는 것이다.

인희는 자기도 모르게 발아래 기어가는 개미를 문지른다.

조금도 불쌍하지 않았다. 오히려 야릇한 쾌감이 느껴지기도 했다. 마치 자기 자신을 발로 밟아 문드려 죽여버린 듯 마음이 시원하였다.

인희가 그러고 있는데 이성태가 찾아 나왔다. 인희는 일부러 고개를 쑥이고 다가오는 그를 못 본 척했다.

'추근추근하게도 찾아다닌다. 차라리 D시로 가는 게 낫지 않을까? 그럼 낮에라도 그로부터 해방이 될 테니 말이야.'

이성태가 슬그머니 인희 옆에 앉는다.

"허 이제 제법 더워졌는데 뭐 시원한 거라도 가져오랄까?"

"괜찮아요."

"당신은 뭐든지 괜찮아요 하는군. 아마 그 말밖에 모르는가 봐."

"마시고 싶지 않은걸요."

"그럼 거리에나 나가볼까?"

"머리가 아파요."

"또 머리가 아파? 온 밤낮 머리가 아프군그래."

정말 인희는 밤낮 머리가 아프다. 이성태를 대하고 있으면 더욱 머리가 아프다.

"저 그냥 집으로 돌아갈 수 없을까요?"

"집으로?"

"왜?"

"여기가 싫어졌어요."

"그럼 다른 데로 갈까?"

"아뇨, 그냥 집으로 가요."

"집으로 가면 따분하잖아? 나도 모처럼 일에서 해방된 기분인데 며칠만 더 묵읍시다. 여기가 싫다면 다른 데루라도 가지."

"아버지가 보고 싶어졌어요."

인희는 일부러 거짓말을 했다.

"어른이 그런 말 하면 쓰나? 아버지한테 장연실 씨가 있는데."

이성태의 표현은 아주 야비했다. 인희는 그 말이 마치 송충이처럼 얼굴에 감겨지는 것을 느꼈다.

"뭣하면 서울로 갈까? 서울 가서 당신 사고 싶은 거나 실컷 사고……."

인희는 서울이라는 말에 귀가 솔깃해졌다. 서울에 간다, 이성태를 좀 피할 수 있다. 은옥의 집에 낮에 놀러 가면 된다.

'아니, 그것은 안 되겠다. 은옥인 낮에 집에 없을 테니까. 그렇지만 여기보담은 자유로울 수 있겠지.'

"서울로 가볼까?"

"그래, 서울로 갑시다. 조용한 곳에서 쉬었으니 이제 화려한 곳에 가봅시다."

이성태는 모처럼 인희가 자기 의견에 동의한 것이 기뻤던 모양이다.

"그럼 오늘 저녁차로 떠날까?"

"그러세요."

인희는 대답을 하면서 강진호를 생각하였다.

"불가피했던 것이 아니었을 거예요. 핑계를 삼았을 뿐입니다. 인희 씨는 가정의 사정보다 자기 자신에 대하여 반발하고 있는 것입니다. 좀 더 시간을 기다려 냉정히 자신을 정리해 보실 수는 없을까요?"

어디서 들려오는지 강진호의 목소리였다. 인희는 다시 이성태의 기름이 번질거리는 목덜미를 쳐다보았다. 하늘과 땅의 차이다. 가장 추악한 것과 가장 아름다운 것, 그것은 외모에서보다 정신적인 문제라 생각하였다. 동시에 그것은 또 주관적인 문제라 생각하였다. 하늘 아래는 이성태 같은 남성도 하늘처럼 섬길 여성이 있을 것이니 말이다.

이성태와 인희는 밤차를 타고 서울로 올라왔다.

서울역에 내렸을 때 인희는 일종의 해방감을 느꼈다. 그와 동시 강진호가 이곳으로 쫓아왔던 생각이 났다. 인희는 그때 기차에서 뛰어내리지 못한 것이 한스러웠다. 어떠한 고통이 있더라도 지금 현재 자기가 당하고 있는 고통보다는 낫겠다는 마음이 들었다.

인희는 해방감과 후회가 교차되는 기분으로 자동차에 몸을 실었다.

시내 사보이 호텔에서 짐을 풀었다.

"밖에 나가보지 않겠소?"

이성태는 인희를 쳐다보며 말하였다.

"그러죠."

인희는 방에 그와 마주 보고 앉았는 것이 싫었다. 그렇다고 해서 당장에 친구 집으로 가겠다고 말할 수도 없었다.

호텔 밖은 바로 번화한 명동이다.

즐비하게 선 다방 스탠드바. 그러나 오전이 되어 그런지 별로 오가는 사람들이 많지는 않다.

"미도파로 갈까?"

"아무 데라두."

"그럼 영화관으로 먼저 갑시다. 영활 보구 점심을 한 뒤 물건은 천천히 사지."

인희는 인형처럼 표정이 없다.

마치 고역을 치르듯 영화를 보고 점심을 같이했다.

미도파에 갔을 때도 인희는 막연히 따라 걷고만 있었다. 어떠한 물건을 봐도 사고 싶고 좋다는 생각이 나지 않았다.

이성태는 양품점 앞에 서서 파티용인 화려한 드레스를 쳐다보며,

"저거 어떻소? 마음에 들거든 사구려."

인희는 마음속으로 냉소를 하며 아무 말도 않고 앞을 지나쳐 버렸다.

이성태의 유치하고 천한 취미에 경멸감을 느꼈던 것이다.

'말광대에서 춤을 추는 여자가 입었으면 꼭 알맞겠군.'

이번에는 양산이 진열된 가게 앞에 왔다. 인희는 즐빗이 걸어 놓은 양산을 보았을 때 다 찢어진 우산을 받고 우두커니 서 있던 할멈 생각이 났다.

인희는 그 상점 앞으로 뚜벅뚜벅 다가갔다.

"저거 좀 보십시다."

인희는 큼지막한 우산을 가리켰다.

점원은 얼른 그것을 내어놓았다. 살이 단단하고 쓸 만하다.

"이거 얼마예요?"

"만오천 환입니다. 일제가 돼서 비싸죠."

잠자코 있던 이성태가,

"아, 그건 뭘 하려구? 작고 예쁜 걸 하지."

"아니, 이걸 하겠어요."

이성태는 할 수 없이 돈을 치른다.

"어머님과 아이들 것두 사야겠는데 당신이 좀 생각해 보우."

인희는 그 말을 들었을 때 반감을 표시하던 그의 큰딸과 눈매가 사납던 시어머니라는 사람의 얼굴이 떠올랐다.

포장한 우산을 들고 인희와 이성태는 또다시 양품점 앞으로 왔다.

"애들은 옷이나 사주지. 그리구 어머님도 옷감으로 사다 드리는 게 낫겠지."

인희가 말이 없으니 성태 자신이 결정을 했다.

양품점에서 아이들의 옷을 고르고 있을 때 양장한 여자가 물건 구경을 하노라고 쑥 다가왔다.

그는 인희를 보자 낯빛이 확 변한다. 인희도 여자의 시선을 느끼고 고개를 쳐들었다. 인희 역시 낯빛이 변했다.

강진호의 약혼자인 성자였던 것이다.

아무것도 모르는 이성태는 블라우스를 하나 쳐들어 보이며,

"여보, 이게 어때?"

인희는 귀뿌리로부터 머리끝까지 열이 치솟는 것을 느꼈다.

성자는 호기심에 찬 눈으로 인희를 훑어보았고 이성태를 살펴보았다.

인희는 이성태가 오거나 말거나 종종걸음으로 그 앞을 피하여 걸어갔다.

"여보, 여보, 어디 가우. 이걸 사야지."

이성태가 뒤에서 불렀으나 인희는 무작정 발이 닿는 대로 걸어갔다.

성태가 씩씩거리며 다가왔다.

"왜 그게 마음이 안 들어 그러우?"

"어서 나가세요. 내일 사면 되잖아요. 전 고단해 죽겠어요."

호텔로 돌아왔다.

"낯빛이 나쁘구려. 정말 피곤해 보이는데?"

이성태는 인희의 어깨 위에 손을 얹으며 위로한다. 그러나 인희는 어깨 위에 놓인 이성태의 손이 천근같이 무겁게 느껴졌다.

이성태는 인희를 안았다. 인희는 의지 없는 인형처럼 반항하지 않았다.

이성태의 멎을 줄 모르는 욕정에 대한 고통마저 이제는 마비된 것 같았다.

이성태는 인희의 마음이 어디 있건 그것을 따질 필요가 없었다. 다만 손아귀에 들어온 이 귀한 물건을 애무하고 가지고 놀면 되는 것이다. 신성한 실과와 같이 향긋하게 풍겨오는 인희의 매력은 그의 온갖 정력을 빼앗고 말았다.

성태는 인희를 침대 위에 쓰러뜨렸다. 내리운 커텐 사이로 석양이 비쳐 들어와 방 안은 아직 밝았다.

성태는 간밤의 기차 속에서 이루지 못한 욕망을 배설하는 것이었다.

행위가 끝난 뒤에도 성태는 오래오래 인희를 애무하였다. 인희는 죽은 듯 눈을 감고 있었다. 수치심도 없고 징그러움도 없고 분함도 없었다. 어느 사막지대에 뜨거운 햇볕을 쪼이며 누워 있는 것만 같았다.

강진호의 얼굴도 이성자의 얼굴도 없었다.

미도파에서 돌아오는 길에 생각하였던 창피함과 패배감도 없었다.

"피곤하면 이제 자지, 응?"

성태는 인희의 흐트러진 머리를 쓸어주며 말하였다. 맹수처럼 덤벼들던 기세는 어디로 갔는지 고양이처럼 부드러운 입김을 인희 얼굴 위에 풍겨준다.

기름진 목덜미와 투박한 입술이 사람을 잡아먹은 늑대 같기만 하다.

인희는 눈을 뜨고 이성태의 얼굴을 물끄러미 바라보았다. 그리고 그를 행복한 족속이라 생각하였다. 배가 고플 때 밥을 먹듯이 욕정을 느낄 때 여자를 쓰러뜨리고 행위를 자행하고 나면 온갖 세상이 즐겁고 살맛이 절로 나는 이 사나이를 행복한 족속이라 생각하지 않을 수 없었던 것이다.

아무리 징그러운 사나일지라도 이렇게 동물적인 것이라고 인희는 미처 생각지 않았다. 인희는 사나이의 세계를 너무나 몰랐던 것이다. 욕정이란 그 자체를 몰랐던 것이다.

강진호와 송건수의 세계도 이런 것인가 생각해 보았다. 그러나 인희는 이 마당에서 그들을 생각는 것이 얼마나 더러운 일인가 이어 뉘우쳤다.

'그러나 송건수도 그랬었다. 그는 이방의 여성에게 임신을 시키지 않았느냐. 사랑하지도 않으면서 임신을 시키지 않았느냐.'

인희는 침대에서 벌떡 일어나 앉았다.

이성태는 화장실에 갔는지 방에 없었다. 인희는 언제까지고 그러고 앉아 있었다.

이성태가 문을 열고 들어왔다.

"안 자는구려. 한숨 자지 그래."

인희는 침대에서 내려와 옷자락을 털었다.

"저 좀 나가보겠어요."

"어딜?"

"동무 집이에요."

"내일 가지? 피곤하지 않우?"

"아니 곧 다녀오겠어요."

"어딘데?"

"신당동이에요."

"그럼 내가 데려다줄까?"

이성태는 수중에 든 보석을 잃은 듯한 기분이 들었든지 불안한 표정으로 말하였다.

"아니에요. 곧 다녀올 걸요."

인희는 완강히 거부하였다.

이성태도 할 수 없었던지 부시시 응낙을 했다.

"빨리 와요."

인희는 호구에서 빠져나가는 듯 총총걸음으로 계단을 밟았다.

밖으로 나온 인희는 그 길로 은옥의 집으로 향하지는 않았다.

그는 거리를 헤매어 다녔다. 고독이라는 것이 이렇게 귀중한 것이었다는 것을 지금껏 생각해 본 일이 없다.

이성태가 옆에 없고 혼자 길을 걷고 있다는 사실이 이를 데 없이 귀중하게 여겨졌다.

인희는 거리를 마구 쏘다니다가 가등에 불이 켜지고 거리에 황혼이 찾아들 무렵 발길을 돌려 은옥의 집으로 찾아갔다.

인희는 은옥의 집으로 찾아드는 길모퉁이의 가게에서 계란과 버터 그리고 빵을 샀다.

'지금쯤은 은옥이 와 있겠지. 아직 안 왔다면? 정식 씨 혼자라면 어색할 텐데…….'

인희는 은옥이 와 있기를 빌면서 문을 밀고 들어갔다.

전에 한 번 보아 눈에 익은 식모가 얼굴을 내밀었다.

"이 층에 사람 그대로 있어요?"

"네, 올라가 보세요."

"학교에서 돌아왔어요?"

"돌아왔어요."

인희는 반가운 생각이 들어 얼른 계단을 밟았다. 은옥을 만난다는 사실이 반갑기보다 그가 없어 돌아가지 않으면 안 될 지경을 면한 것이 반가웠던 것이다. 우정이고 오래간만에 만난다는 기분보다 하나의 도피구逃避口가 있었다는 것에서 온 안도감이었던 것이다.

인희는 방문을 두드렸다.

"누구세요? 아래층 아줌마세요?"

은옥의 목소리다.

"아니야 나야. 인희가 왔어."

그 말을 하고 보니 별안간 울음이 북받쳤다.

"뭐? 인희라구!"

은옥은 문을 화다닥 열어젖히고 뛰어나왔다.

"정말 인희구먼."

은옥은 그렇게 말하더니 인희의 어깨를 껴안고 운다. 왜 우는지 알 수 없었지만 하여튼 인희도 따라서 울었다.

한참 동안을 그렇게 서서 울었다.

"들어가아."

은옥이 먼저 눈물을 거두었다.

방으로 들어간 인희는 사방을 살펴본다.

"이정식 씨는?"

"잡혀갔지 뭐."

인희는 어이가 없었다. 그리고 은옥이 자기를 붙들고 우는 이유도 알았다.

"어떻게 그리 됐니?"

"헌병이 와서 잡아갔지 뭐."

"그럼 어떻게 되지?"

"어떻게 되긴? 영창 신세지 별수 있니?"

"그럼 형을 받는 거니?"

"탈주병이니 면할 도리가 없어. 그렇지만 그인 죽을 거야."

"왜!"

"몸이 약하거든. 매 맞고 영창 생활하면 죽지 뭐."

은옥은 눈에 눈물이 글썽했다.

인희는 참으로 세상일이란 뜻대로 되지 않는다는 생각을 했

다. 자기 자신 일에 정신이 팔렸던 은옥은,

"그래 인희는 행복해? 결혼 생활의 감상은?"

은옥은 억지로 웃어 보였다. 그 웃음을 인희는 말없이 지켜보았다.

"얼굴이 안됐구나. 서울에는 왜 왔니? 혼자 왔니?"

인희는 도리를 저었다.

"그분하구 왔니?"

"그랬단다."

"신부답지도 않고 왜 얼굴이 그 모양이냐?"

"……."

"신랑이 변변찮아?"

"아니."

"그럼 왜 그리 맥이 없니?"

"지옥이야."

인희는 내뱉듯이 말하였다.

"지옥이라니?"

"결혼이라는 게 말이야."

"넌 너무 결백해서 그래."

"결백이라구? 나처럼 불순한 인간은 없다. 죽이고 싶도록 내가 미워. 미워."

"넌 역시 송건수 씰 못 잊는구나."

"못 잊어 그러는 게 아니야."

"그럼 왜 그러니?"

"넌 모른다. 알 필요도 없어."

인희는 방바닥에 발을 쭉 뻗고 드러누웠다.

"나 피곤해 죽겠어."

은옥은 잽사게 베개를 꺼내어 인희 머릿밑에 고여준다.

"참 좋구나. 여긴 낙원이야."

인희는 정말 이곳이 낙원인 것만 같았다. 이대로 누워 그냥
눈을 감아버렸으면 싶었다.

"왜 그런 소릴 하니? 얘길 좀 해봐."

"이야기할까?"

인희는 은옥에게로 돌아누우며 눈을 치뜨고 은옥을 쳐다보
았다.

"남편 된 사람은 말야, 늙은 동물이야. 그건 인간이 아니구 동
물이야. 알겠니?"

"널 학대하니?"

"차라리 학대라도 했음 얼마나 행복하겠니? 난 싫어서 싫어
서 그만 죽어버릴까도 생각했어. 나는 여태 사람을 이렇게 미워
한 일은 없었다. 매일매일이 천년만년 같구나. 은옥아, 어쩌면
이런 고통에서 빠져나올 수 있을까?"

인희는 눈물을 흘렸다.

은옥은 인희의 결혼이 얼마나 불행한 것인가를 이어 알았다.
송건수의 배신을 말할 때도 인희는 울지 않았다. 인희는 은옥

앞에 눈물을 보인 일이 없다. 그러나 오늘은 들어서자마자 울었다. 얼마나 괴로우면 울었을까 싶었다.

"저녁은 먹었니?"

"저녁 생각은 없어."

"그까짓 정 싫으면 살다 그만두는 거지 결혼했다고 꼭 살아야만 하나? 낙관해. 어렵게 생각지 말어. 깊이 생각하다간 사람은 다 미쳐 죽는다. 내 경우만 해도 그렇지."

인희는 양팔을 올려 베개를 안으며,

"아아, 오산이야. 정말 오산이야."

"오산이라니?"

"내 결혼이…… 난 견딜 수 있으리라 생각해서 내 자신을 내던져 버린다면."

은옥은 인희가 사 온 마른 빵을 뜯어 먹고 있었다. 버터도 같이 사 왔는데 잠시 일어나서 구워내는 일조차 하기 싫었던지 그냥 마른 채 뜯어 먹고 있었다.

인희와 은옥이 그러고 있는데 창밖은 어두웠고 어느새 열 시가 가까워 왔다.

"너 안 가도 되니?"

은옥이 불안스레 물었다.

인희는 천장을 멀뚱멀뚱 쳐다보며,

"글쎄……."

힘없이 말했다.

"가보아, 신랑이 눈이 빠지게 기다리겠다."

인희는 신경질적으로 웃었다.

"헤어질 때는 헤어지더라두 신혼여행에서 신부가 없어지면 되겠니?"

인희는 부시시 일어났다. 일어나 앉아서도 움직이지 않고 우두커니 방바닥을 내려다보고 있었다. 정말로 가기가 싫은 모양이었다.

얼마 후 인희와 은옥은 거리로 나왔다. 은옥이 지나가는 자동차를 하나 잡더니 먼저 자기가 올라탄다.

"넌 어디 가려구?"

인희가 의아하게 은옥을 쳐다본다.

"너 데려다주려구."

"싫다, 이 애. 내 혼자 가겠다."

인희는 강경하게 거절을 했다.

"암만해두 너 혼자 보내는 게 불안하구나. 무슨 일을 저지를까 봐."

인희는 운전수를 힐끗 쳐다보며,

"이 애, 내려. 나 혼자 갈 테다."

"아니, 어서 타. 그 앞에까지만 갈게. 너 신랑 보지 않을게."

은옥은 웃으며 인희의 팔을 잡아끌었다. 인희도 하는 수 없이 자동차에 오른다.

"어딜 갈갑쇼?"

"명동으로 가세요."

자동차 안에서 둘은 말을 하지 않았다.

둘은 퇴계로에서 자동차를 버리고 명동으로 들어갔다.

"어디 있니? 명동에 숙소가 있니?"

"사보이 호텔이란다."

"야, 호화판이구나. 너 신랑 부자인 모양이지."

"흥."

"돈이라도 있으면 그걸 막 쓰는 거야. 그런 싫은 것쯤 잊어버리다."

"주책 떨지 마아. 사람이란 밥 먹구 옷 입으면 되지. 돈은 뭣에다 쓰니?"

"넌 모르는 소리야. 난 하도 돈 땜에 고생을 해서 돈이라면 눈이 번쩍한단다. 이정식 씨만 해두 돈만 있었음 잡혀갔겠니? 난 학교구 뭐구 다 집어치울 테야. 취직을 해서 돈을 벌어야지."

"니까짓 게 돈을 벌면 얼마나 벌겠니?"

"그렇지 않다. 수단껏 하면……."

은옥은 입을 다물었다.

사보이 호텔까지 온 인희는,

"이제 가아. 또 틈 봐서 한 번쯤 찾아갈게."

"응. 빨리 너나 올라가아. 난 너 들어가는 것 보구 갈 테야."

인희는 무거운 발걸음으로 호텔 문을 밀었다.

서울서 며칠 머물다가 인희는 D시로 돌아왔다.

이성태의 가족들은 차가운 눈으로 인희를 바라보았다. 그러나 인희는 그것이 큰 괴로움이 되지 않았다. 이성태와의 생활에서 오는 고통에 비하면 그것은 아무것도 아니었기 때문이다.

큰딸 선자는 서울서 사 온 원피스를 펼쳐 들고,

"이게 뭐야? 유치해서 어떻게 입는담. 취미가 그렇게 저속한 줄은 몰랐는데?"

하며 투덜거렸다.

그러고 보면 그 원피스는 형편없었다. 이성태가 마음대로 산 물건이기 때문이다.

"아버지, 이거 누가 고르셨어요?"

"허, 그거 너 새어머니가 골랐지."

이성태는 좋게 하노라고 일부러 거짓말을 했다.

"치! 별수 없군. 취미가 고상하지 못해요."

"왜 그게 어때서 그러냐?"

"그래 아버진 이게 좋아요?"

"암 좋구말구."

선자는 쪽 찢어진 눈을 치올리며,

"아버지는 그이가 한 것이라면 콩을 팥이라 해도 곧이듣겠네요."

하며 자기 방으로 가버린다.

시어머니인 진 씨의 불만도 이만저만이 아니었다.

"무슨 놈의 성질이 그렇담. 웃는 낯을 못 보겠더라. 밤낮 방에만 들어앉아 무슨 꿍꿍이 수작을 하는지. 온 별놈의 꼴을 다 보겠다. 신식 공부를 한 여자는 살림도 모르고 시어미 공경할 줄도 모르나? 입이 붙었는지 왜 말은 또 안 하는 거야. 큰 업을 모셔 왔다니까."

시어머니의 말대로 인희는 밤낮 방에만 들어박혀 있었다. 말을 하지 않는 것도 사실이다. 부엌일이나 집안사람도 일체 식모에게 맡겨두고 간섭하지 않았다.

"내가 뭐랬어? 나어린 것 데려와 이 살림 못 맡긴다 하잖았나."

누가 뭐라 하건 인희는 자기가 거처하는 방을 마치 하나의 독립된 성곽처럼 지키는 것이었다.

그는 아무도 없는 방일지라도 낮이 되면 천국 같았다. 밖에서 어떤 잡음이 들려와도 그것은 고통이 되지 않았다. 그러나 해가 지고 밤이 오면 그는 다시 지옥으로 떨어지는 것이었다.

이성태가 돌아오는 발자국 소리는 그의 마음에다 심한 전율을 일으키게 했다.

이러한 날이 한 달이 지나갔다. 또 한 달이 지나갔다. 이른 가을이 찾아왔다. 그러나 창밖의 은행나무는 아직도 싱싱했다.

해 질 무렵 밖에서 전화벨이 요란스레 울렸다.

한참 후 마루를 굴리는 소리가 들려왔다.

"전화 받으세요."

선자의 야무진 목소리였다.

"전화?"

"네. 전화 왔어요, 아버지한테서요."

선자는 그렇게 말하더니 방문을 탕 닫아버리고 가버렸다. 인희는 되도록 느린 동작으로 응접실로 나갔다.

"여보세요."

"아, 인희요?"

"네."

"빨리 회사로 나와요."

"왜요?"

"장인이 졸도하셨어."

"뭐라구요!"

인희는 울부짖는 소리를 질렀다.

"병원에 입원했는데 위독한 모양이오. 빨리 나와요."

이성태 쪽에서 먼저 전화를 끊었다.

인희는 눈앞이 캄캄하여 발이 어디에 놓이는지 알 수 없었다. 병원으로 인희가 달려갔을 때 최진구 씨는 혼수상태에 빠져 있었다. 뇌일혈이었다. 의사는 마지막으로 최선을 다하기 위하여 채혈採血을 한 모양이나 거의 가망이 없는 표정이었다. 인희는 최진구 씨가 별로 비대하지 않았으므로 혈압이 높으리란 생각도 해본 일이 없는데 이런 일을 당하고 보니 기가 막혔다.

병실에는 회사 직원과 이성태가 있었고 환자 머리맡에는 벌써 연실이 와 앉아 있었다. 그는 슬퍼서 못 견디겠다는 듯 손수건으로 얼굴을 가리며 울고 있었다. 그러나 그의 지나친 표시는 흡사 연극만 같았다. 최진구 씨의 집안 사정이나 장연실이란 여자의 인간됨을 대강 알고 있는 회사 직원들은 부자연스럽기 짝이 없는 장연실의 울음을 오히려 귀찮게 바라보았다. 장연실과 반대로 인희는 눈물 한 방울을 흘리지 않았다. 덜 서러워야 눈물이 난다는 말이 있듯 인희는 눈물을 흘릴 마음의 여유조차 없었던 것이다. 그러나 그의 절박한 심정은 하얗게 바래진 입술과 멍하니 뜬 눈동자에 충분히 나타나 있어 주위 사람들의 가슴을 아프게 하였다.

아무리 맑은 정신이 흐려 장연실이란 요물에게 빠졌다 할지라도 최진구 씨는 인희에게 있어 둘도 없는 아버지로 또 딸을 생각하는 그 정이 지극하였던 것만은 사실이다.

인희는 신혼여행에서 돌아와 그 길로 아버지를 찾아보지 못한 것도 이렇게 되고 보니 한이 되지 않을 수 없었다.

아버지의 병은 사업의 실패보다 딸의 혼인에 그 원인이 있었던 것 같기도 하였다.

연실은 여전히 손수건으로 눈을 가리고 우는 시늉을 하고 있었다. 인희는 의자에 겨우 몸을 가누며 오들오들 떨고 있었다.

병실에서 나간 서너 명의 회사 직원들은 병원 대합실에 모여 앉아 쑥덕거리고 있었다.

"그 참 따님이 안됐더군. 기왕 이렇게 될 바에야 좀 더 버텨볼

걸 그랬지. 참 아까운 따님을……."

"아, 버티게 됐어야 말이지. 이 사장의 빚도 빚이려니와 그 여
우 같은 여자가 들쑤시는데 견뎌 배기느냐 말야."

"재산 잃고 자식 버리구 병이 나게도 됐지 뭐야. 이 판에 호박
이 굴러들어 오는 편은 어느 쪽일까? 이 사장? 장연실?"

"그 여자야 뭐 벌써부터 실속은 다 차렸을걸. 얌전하게 최 사
장 죽기를 바라만 보고 있을 여잔 아니지. 아무튼 늙은 영감으
로부터 해방이 될 테니 오죽이나 속이 시원할까? 죽는 사람만
불쌍하지."

이미 죽은 사람이나 다를 바 없는 최진구 씨를 두고 객담이
다. 사람의 인심처럼 요사한 것은 없다. 최 사장이 성할 때는 갖
은 존칭을 다 붙여 굽실거리더니 이 지경 되니 남의 말하기 좋
다고 함부로 말을 뇌까리고 있는 것이다.

"미인박복하다고 하더니 얼굴 잘난 것도 탈이지. 온 최 사장
따님이 박색인들 이성태한테 시집을 가겠냐 말이다. 고생길에
들었지. 칫칫……."

혼수상태에 빠져 있던 최진구 씨는 잠시 동안 의식을 회복하
였다.

해가 떨어지기 직전의 밝음과도 같고 촛불이 꺼지기 직전의
밝음과도 같은 빛이 그의 눈에 서렸다.

의사가 인희를 돌아보았다. 인희는 뛰어가 최진구 씨의 손을
잡았다.

"아―아버지!"

비로소 인희의 눈에서 눈물이 쏟아졌다.

멍하니 인희를 쳐다보는 최진구 씨의 눈에 슬픔이 가득 고인다. 그는 팔을 들어 인희의 팔을 잡을 듯했으나 그것이 불가능해지니 다시 눈을 감는다.

인희는 아버지의 굳어진 듯한 손을 잡았다.

"가, 가엾은 내 딸! 용서해 다우……."

최진구 씨는 그 말을 하더니 다시 의식이 흐려진 모양으로 눈을 뜨지도 않았고 말을 하지도 않았다.

"여보, 영감!"

연실이 최진구 씨를 불렀다. 그러나 최진구 씨의 안면 근육이 심히 경련을 일으켰을 뿐 대답이 없었다.

"날 어쩌려 영감은 이러는 거요!"

연실이 울음을 터뜨린다.

"우시지 마세요. 조용히 하셔야 합니다."

연실의 천덕스러운 울음을 의사가 나무라듯 말하였다. 그리고 이성태를 보고,

"이제 임종을 기다리는 도리밖에 없습니다."

최진구 씨는 저녁에 숨을 거두었다. 유언 한마디 없이 임종하고 말았다.

인희는 아버지의 시체가 있는 병실에서 밤을 밝혔다.

그의 쇠잔한 얼굴에는 이제 눈물도 말라버린 듯 더욱 희고 푸

른빛만이 남아 있었다.

이성태가,

"여보, 당신 이러다가 병나겠소. 집에 돌아가서 좀 쉬구려."

제법 남편 구실을 했다.

이런 중에도 연실은 시기에 찬 눈으로 이들 부부를 바라보는 것이었다.

이튿날 최진구 씨의 유해는 자택으로 옮겨져 갔다.

장례식이 끝나고 인희는 시가로 돌아왔을 때 그는 자기 방으로 들어가 울었다.

'아버지! 아버지! 전 누굴 믿고 살아요! 아버지.'

인희는 울부짖었다.

그날 밤 이성태는 늦게 돌아왔다.

"참 큰일 났는데…… 앞으로의 재산 정리가 큰 두통이야."

입맛을 쩍쩍 다셨다. 인희는 오늘만이라도 이성태가 옆에 있어 주지 말았으면 싶었다. 그러나 이성태는 피로를 모르는 듯 슬픔에 거의 멍청이가 된 듯한 인희를 괴롭히며 그를 범하는 것이었다.

'이건 짐승이다. 사람이 아니다. 짐승이다.'

인희는 육중한 그의 가슴을 물어뜯어 주고 싶었다. 물어뜯어 그의 가슴에서 선혈이 철철 흘러내린다면 얼마나 속 시원할까 싶었다.

인희를 놓아준 이성태는 담배를 피워 물고 한다는 말이,

"거참, 장연실이란 여자가 문제야. 어쨌든 최 사장의 마누라였으니까 한몫 단단히 가지려 할 거란 말이야."

이성태는 연기를 뿍 뿜더니 다시,

"빚투성인데 어떡헌담? 나도 최 사장의 사업이 그렇게 엉망진창이 된 줄 몰랐는데? 잘못하다간 내 돈도 다 못 건지겠는걸……."

"못 건지다뇨? 당신은 날 사 오지 않았수?"

5. 부란腐爛한 애욕愛慾

인희는 자기도 모르게 어성을 높였다.

"왜 화를 내우? 이러나저러나 당신과 내 재산될 거 아니오?"

"재산이고 뭐고 다 일 없어요! 아버지가 돌아가신 지 며칠도 못 되는데 마치 이리 떼처럼 재산 문제만 갖구 모두 야단이에요!"

인희는 밤중이라는 것도 잊고 울음을 터뜨렸다.

"여보, 밤중에 이게 뭐요. 자 그만, 기왕 죽은 사람은 죽은 사람이구 일은 일대로 냉정히 사무적으로 정리해야잖소."

이성태는 제법 침착하게 말하는 것이었다. 그러나 그의 심중은 시꺼멓게 어느 계획을 이미 세우고 있었다. 부채를 빙자하고 사위라는 위치를 이용하여 최진구 씨의 사업체를 송두리째 집어삼킬 작정인 것이다. 물정에 어두운 인희는 문제 밖이고 그의 적수는 장연실이다. 확실히 장연실은 만만치 못한 존재인 것이다.

장례식 때도 엷은 화장을 하고 있던 장연실의 모습이 눈앞에 떠오른다. 기회 있을 때마다 던지던 추파와 교태 그러한 여자의 교태에는 언제나 민감한 이성태였다.

'흥…… 쓸 만하지. 아무렴 장연실을 농락해 볼 필요가 있다. 일석이조—石二鳥란 말이 있겠다? 아무튼 이성태는 팔자 좋은 놈이야. 막 운이 트이는걸. 최 사장의 무남독녀와 그의 재산을 몽땅 공짜로 받았으니 말이다. 흐흐흐…….'

이성태는 자기도 모르게 소리를 내어 웃었다.

인희가 그의 웃는 얼굴을 매섭게 노려본다. 이성태는 겨우 단꿈에서 깨듯 늘어지게 기지개를 켜고 자리에 들었다.

'그것뿐인가? 최 사장의 애첩까지 나를 살뜰이 생각하는 모양이니 팔자는 상으로 타고났어. 모든 게 제대로 척척 되어간단 말이야. 이젠 국회에 출마하는 일만 남았지. 그것도 문제없어. 이성태가 마음먹어 안 되는 일이 있었나? 돈, 계집, 명예 이만하면 나도 남아로 태어난 보람이 있지. 아 암, 있구말구…….'

이성태는 자기의 기름진 얼굴을 한 번 만져보고 또다시 벙시레 웃었다.

"여보, 불 끄구 이제 잡시다."

"혼자 주무세요. 전 잠이 안 와요."

"어, 그러지 말구 이리 와요. 미래의 국회의원 부인이면 좀 대범해져야 할 게 아니오. 죽은 사람 따라갈 수 없을 바에야 눈물일랑 싹 거두어요. 자, 이리 오우."

이성태는 인희의 팔을 잡아끌었다.

인희는 팔을 착 뿌리치며 경멸에 찬 눈으로 그를 보았다.

'맙소사, 국회의원 부인이라니 구역질 나는 소리 짝짝 하지. 저따위가 국회의원? 아무리 엉터리 세상이로서니 저치들이 정치를 했다간…….'

이성태는 이내 코를 골기 시작했다.

인희는 책상 앞에 가 앉았다. 한참 그러고 있으니 은옥이 생각이 났다.

'지금 뭘 하고 있을까?'

은옥이 생각을 하니 잡혀갔다는 이정식이 생각도 났다. 목이 기다랗고 눈이 커다랗던 얼굴이 생각났다. 그러나 이내 강진호의 얼굴이 떠올랐다.

'부정하다. 내가 이렇게 더러운 몸인데 그를 생각하다니 나는 불결한 여자야. 누구에게도 구원받지 못할 여자야.'

인희는 머리에다 손가락을 쑤셔 넣고 책상 위에 엎드렸다.

"사장님 이거 좀."

경리과장이 굽실거리며 이성태 앞에 서류를 내어놓았다. 결재를 받으러 온 모양이다.

이성태는 한번 쭉 훑어보더니 아무 말도 하지 않고 도장을 찍어준다.

경리과장이 또 절을 꾸벅하고 나가려고 하는데,

"김 과장!"

"네?"

경리과장이 주춤하며 돌아선다.

"그거 말이야, 어떻게 좀 알아보았소?"

"네. 오늘 만나 공작을 할 작정입니다."

"그럼 잘하게."

경리과장이 막 나가자 전화가 딸! 울렸다.

"여보세요."

"이 사장 계세요?"

여자의 목소리다.

"제가 이성탠데요?"

"아, 그러세요? 저 장연실이에요."

"아, 안녕하십니까?"

이성태의 얼굴에 웃음이 번진다.

"좀 만나실 수 없어요?"

"왜 못 만납니까, 언제든지 만날 수 있죠. 이리루 오세요."

일부러 이성태는 사무적으로 나갔다.

"제가 거기에 가야만 만나게 되나요?"

"언제든지 사무실에 있으니까요."

"그건 알아요. 그렇지만 사무실에서 할 얘기가 따로 있죠? 전 회사 직원이 아니니까요."

"그럼 어떻게 할까요?"

이성태는 어디까지나 능청을 부린다. 연실의 속심을 뻔히 알면서,

"제가 지적하는 곳으로 나오세요. 여러 가지 집안 문제를 의논해야겠으니까요."

"그럼 어디로?"

"저녁 일곱 시 영일관으로 오세요."

"네, 알았습니다."

이성태는 전화를 끊고 빙그레 웃었다.

'어디 누가 이기나 한번 해보자.'

이성태는 일찍부터 이발소에 가서 머리를 깎고 사무실로 돌아와 책상 서랍 속에서 향수병을 꺼내어 머리에 뿌렸다.

'인희라면 몰라도 장연실쯤 문제 있나. 무식하니까 그 계집은 건강하구 힘센 사내를 기다리고 있는 거야.'

이성태는 일곱 시 정각에 영일관으로 갔다.

미리 연락이 다 되어 있는지 계집애가 이성태를 보자 이내 이층으로 안내를 했다.

이성태는 안내를 받으며 이 집에 있어서 장연실의 존재가 크다는 것을 느꼈다.

'어쩌면 이 집을 장연실이 비밀리에 경영하고 있는 것이나 아닐까?'

그렇게 생각하니 그럴듯했다. 본시 요정의 접대부였던 연실이니 최진구 씨가 살았을 때 그 호주머니를 긁어내어 이런 뒷수작을 할 여지가 얼마든지 있었을 것이다.

이성태가 방으로 들어가니 장연실은 요염하게 웃고 일어섰다.

장밋빛 치마에 흰저고리를 입고 있었다.

"어, 상제가 벌써 분홍치마요?"

"내가 무슨 상제요?"

"최 사장의 마누란데 상제가 아니요?"

"흥! 하긴 밖에선 소복을 하죠. 여기 와서 치마만 갈아입은 거예요."

연실은 눈 밑으로 곱게 성태를 바라본다. 이성태는 연실의 적극성에 약간 떠밀리는 기세다.

"늙은 영감한테서 해방이 되었으니 날아갈 듯 아주 몸이 가뿐해요."

이성태는 정말 날아갈 듯 옷을 차려입은 연실을 바라보았다. 정숙한 여자의 매력보다 탕녀의 매력이 순간적으로 확실히 강력하게 왔다.

"거 섭섭한 얘기하지 마시오. 적어도 내 장인 영감인데 잘 죽었다는 식으로 대접을 받아서야 쓰겠소."

"그렇지만 저를 장모라 부르시는 게 얼마나 참혹한 일인지 그것쯤은 이해하시겠죠?"

연실은 요염하게 웃는다.

"허, 그건 좀 곤란하지. 장모라 부를 수야 없지. 더군다나 꽃다운 청춘이 홀로 됐으니."

"거보세요."

술상이 들어왔다. 접대부가 장연실을 보고 찡긋 웃었다. 장연실도 빙긋 웃어준다.

접대부가 나간 뒤 연실은 익숙한 솜씨로 술을 따르며 권한다.

"나한테 웬일로 술을 사는 겁니까?"

"그걸 몰라서 묻는 거예요?"

"모르겠는데?"

"이 선생님은 저의 재산관리인이 아니세요?"

"다만 그 뜻에서 술을 사는 겁니까? 그럼 좀 섭섭한데……."

"그 이상의 것은 상상력에 맡기죠."

"신경이 둔해서 상상력이 충분치 못한데요?"

"술이나 드세요."

서로 주거니 받거니 시시한 얘기를 하다가 술이 거나해지자 연실은 옷고름마저 풀어 헤치고 담배를 벅벅 피운다.

"아아, 시집살이 몇 해 동안 청춘은 다 가고…… 여자의 팔자란……."

욕정 어린 눈을 흐리멍텅하게 뜨고 성태를 바라본다. 성태도 욕정이 타는 눈으로 연실을 바라본다.

"그래, 젊은 부인을 둔 소감이 어떻시유……."

"젊은 부인?"

"인희 말이요."

연실은 시기에 찬 눈으로 성태를 바라본다.

"쑥맥이지 뭐……."

"우리 같은 팔자야 이 선생하곤 천리만리지만……."

"천리만리가 뭐야? 바로 지척인데."

"정말로 지척이라 생각하나요?"

"그럼."

"집에 돌아가 부인께 변명하노라고 얼굴이 푸르락누르락 되지 않을까?"

"그런 못난 놈은 아니지. 아내란 꽃병과 같은 거라 방 안에 모셔놓으면 되는 거야. 고급 양복을 입어야 행세를 하는 거와 마찬가지로 실속하고는 딴판이지."

"그럼 우리 같은 여자는 고급 양복이 아니라 작업복이란 말이네요."

"그런지도 모르지. 고급 양복은 거북하고 조심스럽지만 작업복은 만만하고 의무롭고 또한 실속이 있거든."

이성태는 야비하게 웃었다.

"사람을 모욕을 해도 유분수지. 그런 법이 어딨어요?"

연실이 토라져 눈을 흘긴다.

"오해하지 말아요. 그건 찬사 아니요? 여자의 매력을 말한 것이지. 거북하다는 건 매력이 없다는 뜻이거든."

"인흰 매력이 없나요?"

연실이 기분이 좋아서 물었다.

"아직 비린내가 나."

"자아, 한잔 부어주세요. 장연실의 매력을 위하여 축배를 들겠어요."

연실은 술잔을 쑥 내밀었다.

일이 이쯤 되면 속도가 빨라진다. 계집이 무엇인가를 너무나 잘 알고 있는 사나이와 사나이가 무엇인가를 잘 알고 있는 계집이 자리를 같이하였으니 귀찮은 예의나 야금야금한 신경적 장난은 필요가 없다.

성태는 옷고름을 풀어 헤친 연실의 가슴으로 손이 갔고 연실은 기다렸다는 듯 성태의 팔에 안긴다.

포옹하고 키스하고 그들은 서로 사무적인 요담을 일시 밀어버린 채 말초적인 신경의 쾌락을 맛보는 것이었다.

성태는 몹시 매끄러운 연실의 묵직한 몸이 꿈틀거릴 때마다 인희한테서 느낄 수 없었던 부패 직전의 과일과 같은 향취를 느끼는 것이었다. 이성태는 벌떡 일어섰다.

"우리 장소를 바꿉시다."

"어디루?"

"교외루 나가요. 조용한 데루 가요."

"왜요?"

연실은 뻔히 알면서 일부러 노닥거린다. 그것은 사나이의 마음을 간지럽게 하였다.

이성태는 연실의 상기된 볼을 꼬집어주며,

"알면서 능청은……."

"그렇지만 조건이 있어야지."

"무슨 조건?"

"이 선생은 최진구의 미망인 장연실의 재산관리인이죠?"

"……."

"가엾은 장연실의 재산관리를 잘해주시겠죠?"

"그게 조건인가?"

"물론이죠."

"나한테 그럼 애정은 없나?"

"이 선생한테는 인희라는 어엿한 어부인이 계신데 애정을 가졌던들 무슨 소용이 있겠수."

"그럼 인희가 없으면?"

"그때는 연구해 보겠어요."

이쯤 되면 장연실은 수세고 이성태는 공세다. 이성태가 초조하게 덤비는 대신 장연실은 나자빠져서 거드름을 피운다. 그것이 사나이의 마음을 뜰뜨게 하는 것인 줄 잘 알고 있는 연실의 수법인 것이다.

"이러지 말고 일어나. 연실에게 해롭게는 하지 않을 테니까."

이성태는 연실의 팔을 잡아끌었다.

연실은 못 이기는 체하며 일어섰다. 이성태는 연실이 일어나자 꼭 껴안았다. 머리냄새가 얼굴에 푹 풍겨왔다. 관능을 모조리 뒤쑤셔 놓은 냄새다.

이성태는 우악스럽게 연실의 몸을 흔들고 키스를 했다.

사무적인 서로의 타산을 머리에 두고도 이들의 유희는 충분히 가슴 떨리는 것이었다.

더욱이 연실은 그러했다. 최진구 씨가 아닌, 보다 건강하고 젊은 이성태의 포옹이 그의 욕정에 불을 지른 것은 사실이다.

이들은 윤리나 도덕 같은 것을 발싸개만치도 생각지 않는다. 어떤 외형적인 형식이 있다 할지라도 남이 없는 곳에선 벌거벗은 계집과 사나이가 될 뿐이고 또한 그것이 잘못일 수도 없다고 생각하는 것이다. 아니, 숫제 그런 것은 생각지 않는 것이다.

고양이처럼 매끄럽게 감겨드는 연실을 밀어내며,

"자, 빨리 가요. 어딜 갈까? 절로 가지. 조용한 절로……."

이성태는 몹시 쌔근거리며 문을 밀고 나섰다. 연실은 흘러내린 머리를 쓰다듬고 이성태 뒤를 따랐다.

밖으로 나온 그들은 택시를 집어탔다. K산사山寺로 향하는 것이다.

달이 휘영청 밝았다.

"빨리 몰아!"

이성태는 운전수에게 소리쳤다.

산사로 향하는 가로가 달빛을 받아 하얗게 뻗는다.

연실은 이성태 무릎 위에 얼굴을 묻는다. 찬 바람을 쏘이니 더 한층 취해지는 모양이다.

뜨거운 입김이 이성태의 무릎을 타고 심장에까지 온다. 연실의 손이 간지럽게 허리에 감겨진다.

인희한테서 도저히 맛볼 수 없었던 쾌감이 자동차의 진동에 따라 가슴을 흔들었다. 그리고 마치 지금껏 굶주리고 있었던 것처럼 여자의 짙은 체취를 맡아보는 것이었다.

언제나 초상화처럼 꼿꼿이 머리를 쳐들고 있던 인희, 얼음장처럼 차갑게 빛나던 인희의 눈동자, 또랑또랑 수은처럼 굴러다니던 목소리, 어디를 찔러도 흐트러진 곳이라곤 한 군데도 없던 인희다. 그런 인희에게 사실 이성태와 같은 탕아가 오래 견딜 수는 없는 일이었다. 연실이 아니라도 어차피 군것질을 해야만 할 이성태의 생리였던 것이다. 이성태는 인희를 생각하니 은근히 화가 났다. 도도하게 구는 것이 밉기도 했다.

눈곱만치도 아내를 배반하여 미안하다는 생각은 없었다. 오히려 그 앞에서 지금까지 쩔쩔매던 것이 우스꽝스럽고 연실을 안고 비만한 곳을 깔리고 있는 것에 가벼운 보복감을 느껴 기분이 썩 좋았다.

이성태는 운전수가 있다는 것도 아랑곳없이 연실의 묵직한 유방에 손을 밀어 넣었다.

"아이, 간지러!"

연실은 킬킬거리며 몸뚱어리를 비비 꼬았다.

"까불지 마, 가만있어."

이성태는 제법 의젓한 목소리로 꾸짖으며 손은 여전히 연실의 가슴을 더듬는 것이었다.

"이 사장?"

"왜?"

"생각이 안 나세요?"

"뭐가?"

"어부인 생각……."

"재수 없게…… 기분 잡친다."

"가엾게도 외롭게 기다리고 있겠네요."

"기다리면 기다렸지, 내가 무슨 상관이야."

"말만 그러지 말아요. 속으론 걱정이 될 텐데……."

"사내대장부가 그까짓 걸 걱정해? 어림도 없다."

이성태는 넓적한 손으로 연실의 머리칼을 잡아 흔들었다.

"아야!"

"그러기에 그런 말 하지 않는 거야."

시시덕거리는 것이 하도 아니꼬웠는지 운전수는 개나리 봇짐을 지고 가는 사람이 앞에 어른거리자 팡팡하고 클랙슨을 누른다.

"아아, 기분 좋다. 그년의 코뿌리를 부숴주니……."

연실은 몸을 일으켜 쿠션에 비스듬히 기대어 눈을 스르르 감으며 말하였다.

자동차는 쾌속으로 달리기 시작하였다. 길변의 가로수가 휙 획 달아난다.

이제는 시가지도 멀어지고 물빛마저 보이지 않게 되었다.

연실은 여러 가지를 다 합산合算해 봐도 이 드라이브는 썩 마음에 드는 일이었다. 말할 수 없는 해방감이 그를 유쾌하게 하였다.

연실은 첫째 이성태를 농락하여 되도록 최진구 씨의 유산을 한 푼이라도 많이 차지하는 일이요, 둘째는 바위처럼 튼튼한 이성태의 육체에서 오는 매력이다. 그동안 미흡하였던 욕정을 채운다는 것은 정욕적인 연실에게 있어서 정말 신이 나는 기대가 아닐 수 없었다. 셋째로는 인희에 대한 감정이다. 그 거만스럽고 도도한 인희를 골려주고 쓰러뜨리고 말 것이라는 승리감이 그를 유쾌하게 하였던 것이다. 항용 경멸의 대상이 되어온 이런 류의 여자에게 있어서 있을 수 있는 악랄한 생각인 것이다.

얼마 후 그들은 산사에 도착하였다. 운전수는 요금을 받자 침을 딱 뱉고 자동차를 돌렸다.

얼마간 걸어 올라가는 산길에서도 이들 추잡한 인간들은 시시덕거리며 못된 장난을 즐겼다.

"우리 그만 여기서 자버릴까?"

이성태가 풀 위에 풀썩 주저앉는다.

"아이, 그만 가세요."

연실이 팔을 잡아끌었다.

절에 다다랐을 때 중이 등불을 들고 나왔다.

그들은 야밤 손님의 내방의 뜻을 짐작하고 서둘러 그들을 안내하였다.

불도를 닦는 일보다 이러한 남의 눈을 피하여 찾아온 남녀에게 침소를 제공하고 그로써 적잖게 굴러들어 오는 돈맛을 알아버린 중들은 조금도 주저하는 빛없이 마치 '펌프'처럼 익숙한 솜씨로 손님을 조용한 방으로 안내하였다. 그리고 이내 술상을 차려 들여갔다.

이성태와 연실은 술을 퍼마셨다.

연실은 몸에 물이 난다 하며 저고리를 후딱 벗어 던졌다. 방탕한 계집이 술을 진탕 퍼마셨으니 사양이 있을 수 없다. 그는 치마도 벗어 던졌다.

"자릴 깔갑쇼?"

중의 아낙인 듯한 여인이 눈 가장자리에 잔주름을 모으며 방 안을 기웃거렸다.

"그럭허슈."

이성태는 그렇게 말하고 넥타이를 끌렀다.

아낙이 이부자리를 깔아놓고 나가자 사방은 괴괴하여졌다.

중들의 처소와 아주 동떨어진 별당에는 쥐새끼 한 마리 얼씬하지 않는다.

산에서 이따금 부엉새가 부흥부흥하고 울었다.

이성태는 창문을 활짝 열고 촛불을 훅 불어 껐다.

달빛이 방 안에 밀려들어 왔다. 연실과 성태의 얼굴이 창백하게 보인다.

성태가 빙긋이 웃는다.

"우리가 오기도 아주 안성맞춤으로 왔군. 그야말로 천당이구 극락인데? 참 죽어도 한이 없는 밤이구려."

"이 밤이 가면 당신이야 뭐 천리만리의 사람이 될 텐데 그러세요."

연실이 공연히 집적거린다.

"그러지 마. 연실은 내 사람이야. 나한텐 연실이 같은 여자가 맞어. 우리 밤낮 이렇게 만나면 되잖아?"

"남의 눈을 피하여……."

"남의 눈을 피한다는 게 얼마나 재미나요? 아마 그것이 없으면 맥이 풀릴 거야."

창에서는 여전히 달빛이 물처럼 흘러들어 오고 연실의 얼굴은 귀신처럼 아름답고 요열하였다. 열어둔 창밖에 나무들이 흔들린다.

"잠옷이 없어 어떡허나?"

연실이 투덜거렸다.

"없음 어때. 그냥 벗구 자지."

이성태는 그 커다란 손으로 연실을 낚아챘다. 그리고 속치마 끈을 잡았다. 연실은 뱅글뱅글 웃으며 이성태가 하는 대로 내버려두었다.

실오라기 하나 감지 않은 나체가 마치 인어人魚처럼 아름다웠다. 굴곡을 짓는 모양은 정히 한 폭의 그림이다.

이성태는 여태까지 여자의 나체를 많이 보아왔지만 연실이처럼 아름다운 몸을 본 일이 없다. 그저 황홀해질 따름이다.

"과연 그 근엄한 최 사장이 홀딱 반할 만도 하구려."

연실은 눈을 흘겼다.

"왜 재수 없게 송장의 말은 하는 거예요? 그 영감은 살아서도 송장이나 다름없었지만."

아이 한 번 낳아보지 못한 연실의 단단한 젖가슴이 흔들렸다.

이성태는 연실을 바라보다가 자기도 옷을 후딱후딱 벗었다.

산사의 밤은 죽음같이 고요하고 달빛은 한층 그 차가운 빛을 발하고 있었다. 이따금 부엉새의 울음이 한층 직정을 북돋아 준다.

그들은 마치 에덴동산에서 희롱하는 아담과 이브처럼 서로의 몸이 얼섞인다.

부란한 애욕의 밤을 드세우고 햇볕이 들창에 비쳤을 무렵 두 남녀는 피곤한 잠에 빠져 있었다.

해가 중천에 떠올랐을 때 이성태는 잠이 깨었다.

"익! 늦잠을 잤군."

그는 아직도 깊이 잠들은 연실을 깨우지 않고 옷을 주섬주섬 집어 입었다.

옷을 집어 입고 담배를 피워 물고는 집 일이 좀 걱정이 되었다. 아무 연락도 없이 집을 비운 것이 마음에 개운치가 않았던 것이다.

그는 밖에 나가서 세수를 하고 들어왔다. 그새 연실도 잠이 깬 모양으로 이불 밖에 발을 내던지고 천장을 바라보고 있었다.

"어떻게 간담? 사곤데?"

이성태가 넌지시 연실을 바라보며 말하였다.

"난 걸어서는 못 가요."

연실이 야무지게 대답한다.

올 때는 아무 계산도 계획도 없이 왔건만 갈 때 일이 걱정이다. 두 사람이 버젓이 갈 수도 없었거니와 자동차를 잡는 것도 쉬운 일이 아니었던 것이다.

"어쨌든 조반이나 먹어야지."

조반이 끝나자 이성태는 섭섭잖게 중에게 돈을 주고 연실을 돌아본다.

연실은 거울을 들여다보며 부지런히 콧등을 파우더로 두들기고 있었다.

"그럼 나 먼저 가겠어. 가다가 자동차 잡으면 여기까지 보내줄 테니까 연실은 기다려요."

"이 사장은 그럼 혼자 먼저 가실 테요?"

"그렇게 할 수밖에, 남의 눈이 있으니까 둘이 같이 갈 수는 없잖소."

"그럭허세요. 남의 눈을 피하는 슬픈 사랑이니까 호호호……."

연실은 까드라지게 웃었다.

그러나 그런 말을 하는 연실이나 듣는 이성태도 슬픈 사랑이라는 말이 어설프지 않을 수 없었다.

"그럼 또 언제 만나?"

이성태는 잠자코 생각하더니,

"언제라도…… 연실이 회사에 전활 걸구려."

이성태 연실을 절에 남겨놓고 혼자 내려왔다. 연실에 대한 매력이 되살아나 걸음이 자꾸만 뒤졌다.

인희는 아침에 눈이 떴을 때 옆에 이성태가 없음을 깨달았다. 벌써 일어났나 싶어 고개를 들고 방 안을 살폈으나 이성태는 보이지 않았다. 보이지 않았을 뿐만 아니라 방 안은 어제저녁 잠이 들 때처럼 말끔했고 이성태가 돌아온 흔적이 없었다.

"안 왔구나."

이상하다고 생각했지만 그런대로 기분이 좋았다.

정오가 지나고 저녁때가 되어도 이성태한테선 아무 연락도 없었다. 겨우 일곱 시쯤 해서 전화가 왔다. 이성태한테서다.

"인희요?"

"네."

"미안하오."

'미안하긴 얼마나 속이 시원했는데.'

인희는 마음속으로 중얼거렸다. 그러나 이성태는 인희가 노

하여 대답이 없는 줄 알았던지,

"회사 일루 중역들과 술을 마셨는데 그만 술이 과해서 잠이 들어 미쳤나 보오. 용서하시오."

겨우 인희는,

"괜찮아요."

"오늘 밤도 좀 늦어질 게요. 그렇지만 꼭 들어가리다."

인희는 수화기를 먼저 놓아버렸다. 오늘 밤도 못 돌아가겠소, 했다면 얼마나 좋을까 싶었다.

인희가 복도에 막 나왔을 때 안에서 청년이 한 사람 나왔다. 선자에게 영어를 가르치러 오는 사람이다. D시의 어느 사립 중학의 영어 선생이라 했다. 제법 희여멀쑥하게 생긴 얼굴이다. 키도 크고 눈도 시원스러웠다.

"아…… 이번에 불행한 일을 당하셔서……."

청년은 인희 앞에 허리를 꾸부렸다.

인희 아버지가 돌아간 것을 언짢게 여겨 하는 말인 모양이다. 인희도 선자를 가르치는 선생이라 소홀히 할 수는 없었다.

"누구나 다 한 번은 당해야 하는 일인걸요."

"졸지간에 그렇게 되어 상심이 크겠습니다."

"할 수 없죠."

그러자 뒤에서 선자가 쫓아 나왔다.

"아, 윤 선생님 아직 안 가셨어요?"

"응."

청년이 뒤를 돌아본다. 선자는 뒷짐을 지고 인희를 한번 훑어 보더니,

"내일도 오시죠?"

"내일? 내일은 일요일인데?"

"아이, 그래도 오세요. 놀러 오시란 말이에요."

"틈이 있으면."

"일요일인데 무슨 일이 있어요?"

인희도 가만히 있을 수 없어서,

"선자가 저러니까 오세요. 점심 대접이나 할까 싶어요."

"어, 이거 미안합니다. 그럼 오죠."

윤영철尹永哲은 황송해하며 인사를 하고 나갔다.

선자는 인희가 오래간만에 어머니 구실을 해준 것이 과히 기분에 틀리지 않았던지,

"열심히 가르쳐주시는데 너무 여태 선생님을 푸대접했어요."

"성실한 분인가 본데?"

인희는 이성태가 없는 밤을 보냈기에 기분이 좋아 선자에게 인심이라도 쓰는 듯 말하였다.

"아주 그만이에요. 실력도 있구 인격적으로도 훌륭해요."

선자는 맞장구를 치면서 어느 때보다 인희에게 친밀감을 표시하였다.

이성태는 전화에서 말한 것을 어기지 않고 저녁에 집으로 돌아왔다.

그는 그래도 내심으로 무안했던지 인희를 보고 씩 웃었다.

"술이 과한 것도 탈이야."

인희가 묻지도 않는데 혼자 중얼거렸다. 설상 그는 연실과 전화로 약속한 바가 있다. 내일이 일요일이니 아침부터 그 절로 다시 놀러 가자고 한 것이다.

그러니 오늘 밤은 인희 옆에 있어주어야겠다는 생각으로 돌아온 것이다.

일요일 아침에 이성태는 서둘러 나갔다. 선자가,

"아버지, 오늘 윤 선생님한테 점심 대접하기로 했는데 어디 가세요?"

"아니 좀 바빠서. 새엄마하구 같이하면 되잖아?"

"아버진 참, 자식에 대하여 성의가 없어."

선자가 투덜거렸으나 들은 체 만 체 나가버린다.

낮에 윤영철은 약속을 어기지 않고 찾아왔다. 어느 때보다 깔끔하게 차리고 나타난 것이다.

인희는 식모가 준비해 놓은 방으로 그를 안내하였다. 그리고 선자를 돌아보며,

"할머니 모시고 와야지?"

"할머닌 뭐…… 안 오실 거예요."

"그래도…… 아주머니?"

인희는 식모를 불렀다.

"어머님 모시고 오세요."

"저 나가셨는데요?"

"어디?"

"불공드리러 가신다고 아침부터 나가셨어요."

"그래요? 아무 말씀도 않구?"

인희는 그렇게 뇌었으나 조금도 이상할 것은 없었다. 고부간이 서로 한집에 살면서도 오가지 않고 마음대로 행동하기 때문에 새삼스러운 일이 아니기 때문이다.

세 사람만이 조촐하게 차린 점심상 앞에 앉았다. 점심을 먹으면서도 선자가 혼자 지껄였을 뿐 별로 말이 없었다. 밥상이 물려지고 홍차와 과실이 들어오자 어느 정도 방 안의 분위기는 누그러졌다. 윤영철이 띄엄띄엄 말을 했다.

영화의 얘기로부터 문학 음악 그림에 이르기까지 화제는 별로 지체없이 진행되었다. 윤영철은 제법 아는 것이 많아 인희를 싫증 나게 하지 않았다.

인희도 오래간만에 사람과의 대화를 갖는 듯 기분이 가벼워졌다. 선자는 영철에게 대단한 관심을 갖는 모양이었다. 그것은 단순한 사제 간의 관심이 아닌 듯했다. 선자의 나이 벌써 열아홉이니 이성을 그릴 나이도 되기는 했다.

그러나 윤영철은 어디까지나 선자를 아이 취급을 하는 것이었다. 선자는 그것이 불만인 모양이다.

윤영철은 불란서 문학 얘기를 하면서 카뮈가 어떻고 사르트르가 어떻고 말로가 어떻고 하며 아는 대로의 얘기를 늘어놓았다. 인희는 그 이야기가 나왔을 때 싫증이 났다.

'너도 별수 없는 청년이구나. 잘 알구 하는 얘기가 아니라 그저 아는 체하고 싶은 모양이구나.'

그러나 선자는 신묘한 얼굴로 영철의 말에 귀를 기울였다.

"여긴 도무지 말 상대가 없어요. 모두 무식하구 생각하는 일이 없거든요."

영철은 그렇게 말하면서 인희를 힐끗 쳐다보았다. 당신쯤 된 여성이라야 내가 하는 말을 알아들을 수 있다는 뜻이다. 인희는 마음속으로 가소롭다 생각했지만 표정에는 내지 않았다.

"고향이 여기세요?"

인희는 화제를 돌렸다.

"아닙니다. 서울이죠."

"그런데 어떻게 여길?"

"서울에선 취직이 어려워요. 그래서 여기로 귀양 왔죠. 형편 봐서 서울로 가야죠."

"오신 지 오래되셨어요?"

"일 년 남짓 됩니다."

인희는 이제 이 작자가 가주거나 선자 방에라도 가주었으면 싶었다. 그러나 영철은 계속하여 이야기를 늘어놓았다.

선자가 무슨 일로 잠시 자리를 떴을 때 영철은 여태까지의 이야기를 끊어버리고,

"부인 말씀은 참 많이 들었습니다."

하며 이상한 눈으로 인희를 쳐다보았다.

"제 얘기라뇨?"

"모두들 아깝다구 야단이더군요. D시의 젊은이들의 동경의 적이었다고 하더군요."

영철은 퍽 대담하게 나왔다.

"실례된 말씀이군요."

인희는 쌀쌀하게 대꾸하였다. 그래도 영철은 무안을 느끼지 않는 모양으로,

"도무지 대하고 있음 부인 같지가 않고 아직도 학생인 것만 같습니다."

인희는 실소를 했다. 그의 말이 우습다기보다 자기 자신이 서글퍼졌기 때문이다.

학생 같다는 영철의 말은 이상스럽게도 서울에 있는 은옥을 생각하게 하였다. 얼마 전에 은옥의 편지 생각도 났다.

그의 편지에 의하면 이정식이 신병으로 제대되었다는 것이다. 병은 폐결핵으로 몇 번이나 각혈을 했다는 것이다. 급격하게 진행된 병은 걷잡을 수 없을 만치 악화되어 거의 가망이 없다는 얘기였다.

'불쌍한 은옥이⋯⋯.'

인희는 마음속으로 중얼거렸다.

편지에는 학교도 다 그만두고 어느 외국 상사에 취직을 했다는 것이며 죽어라고 버는데 약값으로 다 들어간다는 것이다. 집

에서는 아주 손을 끊고 돈 한 푼 보내주지 않는다는 사연도 적혀 있었다.

"왜 그리 슬픈 얼굴을 하십니까?"

영철이 또 물었다. 퍽 친근해진 사람처럼 물었다.

"제가요?"

인희는 어리둥절해하며 반문하였다.

"네…… 하긴 언제 봐두 그렇습디다만."

"슬플 일이 있나요? 아버지는 나이 드셨으니까 돌아가셨구……."

"참 의문입니다."

"……?"

"함부로 그렇게 결혼을 하실 수 있을까요?"

"왜 가정파괴를 꾀하십니까? 안 되겠는데요? 주인한테 일러바쳐야겠군요."

인희는 일부러 웃었다. 우쭐거리는 꼴이 보기 싫었으나 이성태처럼 징그럽지는 않았다. 젊었던 탓인지도 모른다.

"허, 따끔한 일침인데요?"

영철은 어슬프게 응수를 했다.

"선자의 영어 실력은 어떻습니까?"

인희는 재빨리 화제를 전환했다.

영철은 쑥스럽게 웃었다.

"그저 그렇죠."

흥미 없는 대답이다.

"명년엔 대학에 들어가는데……."

"여자대학에야 설마 못 들어가겠어요?"

말을 하다 보니 인희도 쑥스러웠다. 자기가 선자의 어머니라고 생각하니.

최진구 씨가 돌아간 후 어느덧 두 달이 지나갔다.

첫눈이 창밖에서 내리고 있었다.

인희는 창가에 턱을 고이고 밖을 내다보고 있었다.

인희는 몇 번 서울로 달아나 버리려고 생각했는지 모른다. 그러나 인희는 그럴 자신이 없었다. 인희는 완전히 자기에 대한 자신을 잃어버린 여자가 되었다. 그렇다고 해서 이 지긋지긋한 생활을 이겨나갈 수도 없었다.

최진구 씨가 세상을 떠났다는 것은 인희에게 있어 외형적인 기둥마저 꺾인 것이 되고 말았다. 이성태는 이제 인희를 대수롭게 여기지 않을뿐더러 최진구 씨의 재산이 어떻게 처리되었는지 이성태의 말에 의하면 모든 것을 다 정리하여도 여전히 부채가 남는다는 것이다. 인희는 그것을 따질 기력도 없었지만 흥미조차 느끼지 않았다. 완전한 무기력 상태에 빠져버린 것이다.

인희는 서울로 가버리겠다는 생각을 할 때마다 강진호를 연상했다. 강진호를 연상한다는 것은 그에게 희망보다 절망을 갖게 하였고 패배감을 심화深化시키는 결과가 되고 말았다.

'이제는 어쩔 수도 없다.'

인희는 강진호를 생각할 때 서울로 가는 것이 무서워졌고 서울행을 단념하지 않을 수 없다.

인희는 우산을 들고 집을 나섰다. 답답하고 마음이 붙일 곳 없이 외로워지면 아무래도 찾아갈 곳이라곤 할멈 집밖에 없었다.

인희가 얼마 걷지 않아 뒤에서,

"선자 어머니!"

하고 불렀다. 인희가 돌아보았을 때 윤영철이 성큼성큼 걸어오는 것이었다.

인희는 쓰게 웃었다. 선자 어머니라고 불리워질 때마다 인희는 쓰게 웃는 버릇이 어느덧 생겨버린 것이다.

"어딜 가세요?"

윤영철이 빙그레 웃었다.

"선림동에 갑니다."

"아, 그러세요? 저 하숙도 선림동인데 같이 되었군요."

윤영철은 만면에 화색을 띄우며 말하였다. 인희는 그러한 윤영철이 과히 싫지 않았다. 걸핏하면 우쭐거리고 나서는 윤영철이었으나 사람됨이 나쁘게 보이지 않았고 유치하긴 해도 일면 순진한 면도 없지 않았기 때문이다. 그러나 그보다는 사면초가와 같은 집안 분위기 속에서 윤영철은 말벗이 되어준 점이다. 신간新刊 책도 곧잘 갖다주고 인희의 처지에 심심한 동정도 표시하여 주었다. 인희는 그러한 동정이 싫었으나 차츰 자신을 잃어가는 요즘에 와서 영철의 동정에 적잖은 위로를 느끼게끔 되었다.

"선림동엔 누가 사세요?"

"전에 우리 집에 살던 할멈이 있죠."

조용히 나리던 눈은 어느새 눈보라가 되었다.

바람이 이는 모양이다.

"눈은 역시 낭만적이군요."

한참 동안 말없이 걷고 있던 윤영철의 말이었다.

"낭만이기보다 비참이에요."

인희는 서슴지 않고 말하였다.

윤영철은 인희의 차가운 옆얼굴을 바라본다.

"전에 제가 생각했습니다. 최인희 씨를 얼음 같은 분이라구……
그러나 이렇게 눈을 바라보니 얼음 같다기보다 역시 눈 같은 분이군요."

윤영철은 선자 어머니라 하지 않고 최인희 씨라고 불렀다. 인희는 고개를 휙 들고 윤영철을 쳐다본다.

"저 자신이 비참하다는 것쯤 잘 알고 있어요."

인희의 목소리는 싸늘하였다.

"오해하지 마세요. 최인희 씨는 눈을 비참한 것으로 비유하셨지만 저는 눈을 낭만으로 알고 있습니다. 싸늘하지만 얼음보다는 꿈이 있지 않습니까?'

윤영철은 시인처럼 말을 했다.

"왜 저 이름을 부르세요? 선자 어머니가 아니던가요?"

인희는 화를 내지 않았다.

"그야말로 비참한 얘깁니다. 저는 사실 댁에서 선자 어머니라고 부를 때마다 비참하다고 생각했습니다. 저 아닌 다른 사람들도 아마 저와 같은 생각을 했을 거예요."

"재취댁이니 할 수 있나요? 엄연한 선자의 계모죠."

"지나친 무리예요."

"스스로가 택한 무리니 할 수 없죠."

"왜 무리를 스스로 택하셨습니까?"

"이유가 있었겠죠."

"울분을 느낍니다."

"왜 윤 선생이 울분을 느끼세요?"

윤영철은 대답이 없다가 한참 만에,

"우정에서."

"절 친구로 아세요?"

인희는 대답했다.

"네. 존경하는 친구로 저 혼자서 생각하고 있죠."

"외롭지 않군요. 호호호……."

인희는 퍽 가벼운 마음으로 웃었다. 윤영철이 우정이라 한 말이 마음에 들었던 것이다. 인희가 웃으니 윤영철도 기분이 좋은 모양이었다.

"최 선생 저 말을 소홀히 듣지 마세요."

윤영철은 서두를 폈다.

인희는 이번엔 최 선생이 되었구나 생각했다. 아무튼 무슨 명칭으로 불리워지든지 선자 어머니보담 낫다고 생각하였다. 윤영철이 말대로 선자 어머니는 비참하다고 생각하였다.

"최 선생은 서울로 가셔야 합니다."

"서울로요?"

"네. 서울로 가세요. 아주 가세요."

"왜 그런 말씀을 하세요?"

인희는 자기의 마음을 윤영철이 알고 있었구나 싶어 놀라지 않을 수 없었다.

"이유는 최인희 씨 자신이 더 잘 알 게 아닙니까?"

"모르겠는데요?"

인희는 불쾌한 목소리로 대답하였다. 왜 윤영철이 그런 말을 하는가 하는 의심보다 그의 입장으론 외람된 말이라 생각되었던 것이다.

"지금 이곳에서는 아주 좋지 않은 소문이 떠돌고 있어요."

"좋지 않은 소문이라뇨? 이상한 말씀을 하시는데요?"

"확실히 상식을 벗어난 소문이긴 합니다."

"세상이란 아주 귀찮은 거군요. 본인들의 생각이 어떻건 사회에 또는 어느 개인에 해가 미치는 결혼을 한 거라 생각지 않는데요?"

인희는 짜증을 내었다.

"아닙니다. 인희 씨에 관한 소문은 아니에요."

"그럼 누구의 소문입니까? 다른 사람의 소문이라면 저하곤 관계가 없어요."

"이성태 씨에 대한 추문인데 인희 씨가 그렇게 모욕을 받아서는 안 됩니다."

인희는 비로소 얼굴에서 노기를 풀고 웃었다.

"윤 선생은 참말 오해를 하구 계시는군요."

인희는 코웃음 쳤다. 영철의 의도를 알 수 있었던 것이다.

이성태의 외박이 잦은 것은 벌써 오래전이다. 인희는 그것으로 모욕을 느껴본 일은 한 번도 없었다. 얼마나 고마워했는지 모른다.

"하여간 저의 말을 함부로 듣지 마세요."

윤영철은 그 이상 말을 하지는 않았다. 그들이 길모퉁이로 돌아갔을 때 눈은 멎고 바람도 멎었다.

"그런데 선림동 어디쯤 가세요?"

윤영철이 물었다.

"교회당 밑에요."

"전 거기서 좀 더 갑니다."

그런 말을 주고받는데 우산을 접으며 다가오는 여자가 있었다.

"어마! 인희 아니야?"

장연실이었다.

"오래간만이구나."

장연실은 인희가 미처 대답을 하기도 전에 연거푸 말을 하였다.

참말로 우스꽝스러운 대면이 아닐 수 없었다.

"집을 파셨다죠?"

인희는 마치 남의 일처럼 물었다.

"집을 팔았나? 뭐 빚에 넘어갔지."

연실은 윤영철을 힐끔힐끔 쳐다보았다.

윤영철은 아니꼬운 듯 상을 찌푸렸다.

"요즈음 재미가 어때?"

연실은 눈웃음을 치며 물었다.

"재미요?"

인희는 억지로 웃는 듯했다.

"가보아요. 재미 많이 보구."

연실은 그 말을 하면서 윤영철에게 힐끗 시선을 주었다.

인희는 걸핏하면 재미 말을 꺼내는 연실을 경멸하였으나 이제 아무런 유대도 갖지 않는 그에게 노여움이나 별다른 관심을 그 말 속에서 찾으려 하지 않았다.

연실이 지나가 버리자 윤영철은 침을 탁! 뱉았다.

"저 여자가 바로 그 여자로군."

혼잣말처럼 중얼거렸다. 인희는 연실과 이성태의 관계를 모

르기 때문에,

"계모였던 사람이에요."

"알고 있어요. 정말 구역질 나는 상판이군."

인희는 얼굴을 찌푸리며,

"적어도 과거의 저 계몬데 저 앞에선 그러지 마세요."

"하하하…… 인희 씬 참 순진하군요. 정말 계모라 생각하세요?"

"계모는 계모였으니까요."

"좋습니다."

윤영철은 비꼬듯 말하였다.

"세상이 다 아는 일을, 선자 할머니도 다 아는 일을 인희 씨만 모르시는군요. 아무튼 짐승 같은 족속들이야."

"무슨 일인데 혼자서 그리 흥분하세요?"

"말하지는 않겠습니다. 저 입이 더러워질 것 같아서요."

인희는 윤영철이 혼자서 분개하는 일을 우습게 생각하였다. 그리고 세상일에 흥미를 갖는 그를 부럽게 생각하였다. 세상일에 흥미를 갖는 것은 즉 자기 자신에 대한 흥미를 갖는 때문이라 생각하였다. 그러는 일면 남의 일에 대하여 열중하고 흥분하는 그를 싱거운 사람이라고도 여겼다.

"이제 다 왔군요. 전 저리루 가야 해요."

인희가 교회당 옆의 자그마한 함석지붕의 집을 가리켰다.

"아, 그러세요? 전 이리루 갑니다."

윤영철은 반대 방향을 가리켰다.

"그럼 안녕히 가세요, 윤 선생님."

"네, 다녀가세요. 그리구 아까는 실례된 말이 많았던 것 같습니다. 우정이라 생각하시구 불쾌하게 생각지 마십시오."

윤영철은 걸음을 옮기는 인희의 등 뒤로 말을 던졌다.

"걱정 마세요."

인희는 손을 들어 보였다.

'사람은 선량한 것 같은데 좀 덤비는 게 탈이야.'

인희가 코트의 눈을 털면서 할멈 집으로 들어갔을 때,

"그동안 어찌 안 오셨슈? 얼마나 기다렸는데……."

하며 할멈이 반색을 했다.

"나오기가 싫어서."

인희는 그동안의 변화가 없나 싶어 사방을 둘러보았다. 좀 나은 집으로 옮겨온 후 할멈의 조카사위도 밑천이 생긴 덕택으로 시장터에 장사를 시작했다. 그들의 생활은 차츰 안정되어 가는 모양이었다.

"도배를 했군요."

할멈은 벙실 웃었다.

"색시가 온다우."

"색시가?"

"아주 얌전한 과부가 있었어……."

"참 잘되었군요."

인희는 진심으로 그렇게 말하였다.

"사람 하나 구하는 것도 쉽지 않습니다. 사람이 좋으면 딸린 자식이 있구…… 홀몸이면 사람이 시원치 않고 참 그것도 연문 인가 어째 이번에 우연히 말이 되어……."

할멈은 극히 만족스러운 웃음을 웃었다. 색싯감이 마음에 드는 모양이었다.

인희는 친정에나 돌아온 듯 믿음과 안정감을 느끼며 오리오리 주름진 할멈의 얼굴을 쳐다보았다.

자기 자식도 아니요, 그것도 이미 조카딸 없는 조카사위인데도 불구하고 그들에 대하여 온갖 지성과 순수한 애정을 바치는 할멈의 모습은 신기하지 않을 수 없었다. 장하다거나 착하다는 마음보다 인간이 이렇게 순수할 수 있다는 것이 신기하기만 했다.

할멈은 인희를 앉혀놓고 부랴부랴 밥을 지었다.

"아이참, 그냥 얘기하면 되는데 밥은 또 왜 짓는다구 야단이유?"

인희는 아이들과 놀다가 부엌을 내다보며 말하였다.

"찬은 없어두……."

할멈은 인희를 위하여 밥을 짓는 일이 즐거운 모양이었다.

할멈은 장독대로 왔다 갔다 하면서,

"우리 아범도 아가씨 은혜를 언제 갚구 죽겠느냐구 야단이라오? 정말 머리털을 뽑아 신발을 삼아 드려도 그 인공은 못다 갚겠다구……."

"그런 말 아예 말아요. 자꾸 그러면 이제 난 안 올 테요. 돈이
나 많이 벌어서 할멈과 아이들 고생이나 시키지 말라고 하세요."

인희는 아이들의 콧물을 닦아주며 나무라듯 말하였다.

"사람이야 참……."

할멈은 조카사위의 자랑을 늘어놓으려다가 부엌의 밥이 넘는
것을 보고 황급히 뛰어간다.

성찬이 아니라도 깔끔하게 차린 밥상이 들어왔다. 가난한 밥
상이나 할멈의 음식 솜씨는 여전하였다.

인희는 밥을 짓지 말라고 말렸으나 맛나게 먹었다. 밥상이 물
려지고 숭늉을 마실 때 할멈은 인희를 가만히 쳐다보았다.

인희를 바라보는 할멈의 낯빛은 어두웠다. 그리고 한숨을 들
이마시는 것이었다.

"아가씨?"

"왜 그래요?"

"어떻게 그 집에 사세요?"

"할 수 있어?"

"영감님도 노망을 하셨지. 세상에 금지옥엽같이 기른 아가씨
를 어쩌자구 그런 집에다 출가를 시켰는지……."

할멈은 흐느껴 울기 시작했다.

"다 운명이니 할 수 있어? 사람의 일이란 마음대로 안 되는
거예요."

"그렇지만 세상에 그런 법이 어디 있겠수?"

할멈은 눈물을 거두지 않았다. 인희는 할멈이 울면 딱 질색이다. 요즘에 와서 별로 인희는 혼인에 대하여 말을 하지 않던 할멈이었다. 인희와 같이 할멈도 팔자라 생각하고 체념을 했는지 모른다.

그러나 오늘의 할멈 태도는 그렇지가 않았다.

"할멈이 이러면 난 정말 못 오겠어. 울지 말아요."

"아가씨는 모르세요?"

할멈은 눈물을 닦고 물었다.

"무얼?"

인희는 아까 윤영철이 하던 말을 생각했다. 세상이 다 아는 일을 인희만이 모르고 있다는 말이었다.

"정말 모르시는군."

"무슨 말인지? 난 모르겠어."

"그 독사 같은 년이 정말 하늘이 무섭지 않은지. 오늘 밤에라도 벼락이 있었으면 그년부터 때려 죽이지. 참 하나님도 무심하고……."

"대체 누굴 그러우?"

"아, 연실이 그년 말이오."

"왜 그이가 어쨌다는 거요? 아버지 재산을 몽땅 먹었다는 얘기유?"

"아아 딱하기도 해라. 그것도 천벌받을 짓인데 그보다 더 끔

찍한 짓을 하지 않았겠소.”

“무슨 짓을 하건 이젠 상관이 있겠어요? 아버지도 돌아가시고 젊은 사람이니 마음대로 하는 거지. 이러구저러구 할 필요 없어요.”

할멈은 또다시 한숨을 들이마셨다.

“무슨 지랄을 하건 상관이 없지만 기가 막히지 않소? 상대가 누군 줄 아시우?”

할멈은 인희를 빤히 쳐다보았다.

“……”

“이 사장인가 뭐 그 이성탠가 하는 사람이니 기가 막히지 않아요.”

할멈은 그 말을 해놓고 얼른 고개를 돌려버렸다.

“무어요? 이성태라구요? 선자 아버지 말이요?”

“그렇다오.”

인희의 얼굴빛은 순간 변했다. 그로서는 전혀 상상할 수 없는 일이었기 때문이다.

“그년이 농간을 부린 모양입디다. 재산 때문에…….”

“할멈은 뉘한테 그런 말을 들었어요?”

“우리 애아범도 둘이 자동차 타고 가는 걸 두 번이나 봤다오. 그리고 그년이 잘 가는 절에 밥 짓는 아낙이 그런 말을 합디다. 벌써 여러 번 와서 자고 갔다는걸요.”

인희는 아무 말도 하지 않았다.

처음에는 놀랐으나 이내 그럴 법하다는 생각이 들었다. 탕녀와 탕아가 가까운 거리에 있었으니 그렇지 않겠는가 싶었다. 인희는 이성태가 얼마나 더러운 인간인가를 너무나도 잘 알기 때문이다.

"왜 이러고 있어?"

당황하는 영철의 목소리였다. 인희도 이상한 생각이 들어 영철 옆으로 다가가며 문밖으로 내다보았다.

인희의 얼굴에 열이 모였다. 선자가 벽에 찰싹 달라붙어 있는 것이 아닌가?

선자는 자기의 비열한 태도에는 무안을 느끼지 않는 듯했다. 번쩍번쩍 빛나는 눈으로 영철을 쏘아보는 것이었다.

"선자 무슨 일이 있어?"

인희는 애써 목소리를 눌렀다. 그러나 선자는 요기妖氣에 찬 눈으로 인희를 힐끗 쳐다보더니 마루를 탕탕 굴리며 안으로 뛰어가 버리는 것이었다.

"저 애가 웬일일까?"

인희는 우두커니 선자의 뒷모습을 바라보며 중얼거렸다.

"꼭 여우 새끼 같다."

영철은 내뱉듯 말하였다.

"윤 선생이 야단치셨어요?"

"야단을 치다뇨? 야단을 쳤다고 저러겠어요? 우릴 정찰하러 온 거지."

"정찰하러 왔다구요? 무슨 까닭으로?"

"인희 씨하고 저하고 친한가 싶어 그러는 거죠. 조심하십시오. 무서운 앱니다."

인희는 기가 막혔다.

"그럼 가보겠습니다."

윤영철은 인사를 하고 돌아서면서,

"이 집은 인희 씨를 위해 마의 소굴 같은 곳입니다. 아무래도 견뎌 배길 수 없을 거예요."

윤영철이 나간 뒤 인희는,

"마의 소굴? 마의 소굴이 아니라 짐승의 소굴이지."

소리를 내어 중얼거렸다. 그리고 영철이 방바닥에 놓고 간 책을 들어 책상 위에 놓았다.

책을 읽을 기운은 없었다.

"선자가 왜 그러는 것일까? 윤 선생이 이상한 언질이라도 준 것일까? 하긴 나에게 호의를 표시하기도 했지만 그건 단순한 것이 아니었을까?"

그러나 인희는 그러한 복잡한 일들을 생각지 않기로 했다. 조금도 중대한 일 같지 않았기 때문이다. 의심을 받는다고 해서 조금도 두려울 것이 없었다. 알뜰한 남편이면 몰라도 이 집에 영원히 살아보겠다는 생각이 있다면 몰라도 현재의 인희 심정 같아서는 시시하기 짝이 없는 일이기도 했다.

이성태는 밤늦게 돌아왔다. 이제는 외박을 하고 돌아와도 인희에게 미안타거나 사정이 있었다는 변명도 하지 않았다. 도리어 오늘 밤에는 불쾌한 얼굴로 인희에게 말도 걸지 않았다.

인희도 장연실과의 관계를 안 후의 첫 대면이었지만 아무런 감정의 표시도 하지 않았다. 또 실상 애정이 없는 그에게 괘씸하다는 감정이 솟을 수도 없었다. 다만 어느 때보다 그를 인간 취급을 하지 않았을 뿐이다.

이성태는 양복저고리를 후딱 벗어 던지고 인희의 얼음같이 냉정한 옆모습을 사나운 눈초리로 바라보았다. 그리고 샅샅이 뒤지듯 인희의 몸을 훑어보았다. 자기의 마음에 비추어 남을 생각하듯 이성태도 그러한 예에 빠지지 않았다.

자기의 더러운 정욕에서 남을 추측한다. 그리고 쉽사리 단정을 내린다. 단정을 내릴 뿐만 아니라 자기의 행위는 선반에 올려놓고 남의 행위만은 죄악시한다.

"어제는 어디 갔지?"

"……."

"어제 어디 갔느냐구 묻잖아?"

이성태는 인희의 팔을 왈칵 낚아챘다. 그리고 거칠게 숨을 몰아쉬었다.

인희는 앞으로 푹 쓰러졌다.

이성태는 그 이상 추궁치 않고 인희를 안았다.

인희는 몸을 획 털었다.

"놓으세요!"

총알 같은 목소리가 튀어나왔다.

"왜 이래?"

이성태의 눈이 휘둥그레졌다.

인희는 돌아앉아 흐트러진 머리를 쓸어 넘기며,

"전 이 집에서 나가겠어요."

이성태의 얼굴에 노기가 모인다.

"나간다는 이유는 뭐야?"

"……."

"나가는 데는 이유가 있을 게 아니야."

"이 집에 더 이상 머물고 있어야 할 이유가 없어요."

"이제 좋은 놈이 생겼단 말이지?"

말소리는 낮았으나 양 볼이 부풀어 올랐다. 인희는 형용할 수 없는 무서운 눈으로 이성태를 노려보았다. 얼굴을 쩍 할켜주고 싶었다. 아니 그 기름진 목을 졸라 죽이고 싶었다.

"대체 어떤 놈팡이 놈이야? 어제 같이 갔다는 그 사내놈 말이야."

인희는 윤영철과 같이 가다가 장연실을 만난 생각이 났다. 그러니까 저절로 허튼 웃음이 나왔다.

"말을 삼가세요. 짐승의 눈에 띄는 것은 사람도 짐승으로 보이나 부죠?"

"말을 삼가라구? 흥! 점잖군그래. 서방질하는 년이 점잔 빼면 그만이야?"

인희는 획 돌아앉았다. 주먹이 부르르 떨었다.

"날 노려보면 어떡헐 테야. 연놈이 온전할 줄 알아? 콩밥 먹을 생각을 왜 못 하누."

"같이 걸어간 것이 간통죄가 된다면 남의 재산을 송두리째 빼앗은 것은 사기죄가 아니구 장인의 여자를 절로 끌고 간 것은 간통죄가 아닌가요?"

인희의 목소리는 냉랭하였다.

이성태는 찔끔하였다.

"뭐? 어, 어쩌구 어째?"

심히 말을 더듬으면서 주먹으로 인희의 가슴을 쳤다. 인희는 푹 쓰러졌다. 쓰러진 채 꼼짝하지도 않았다.

이성태는 겁에 질린 듯 인희를 흔들었다. 인희는 입술에 피가 배이도록 이를 악물고 있었다.

이성태가 그를 안아 일으키려 했을 때 그는 이성태의 팔을 뿌리친 채 신발도 신지 않고 밖으로 뛰어나갔다.

"인희! 인희!"

이성태가 부르며 황급히 뛰어나갔으나 인희의 모습은 보이지 않았다.

'내가 지나쳤구나. 같이 걸어갔다구 반드시 연앨 한다구 할 순 없지 않는가. 요사스런 장연실의 말을 들은 게 탈이지.'

이성태는 혼자 중얼거렸다.

바람이 횡횡 불어왔다.

'어디 가서 죽어버리면 어떡허나? 야단인데?'

이성태는 초조하게 담배를 붙였다. 냉기가 담배 연기와 더불어 가슴 깊이 스며든다.

이성태는 아무리 연실이 찧고 까불어도 인희하고 이혼할 생각은 없었다. 연실의 매력을 잊을 수 없다 할지라도 그를 정처로 맞아들일 생각은 추호도 없었다.

'아무튼 찾아와야지, 달래는 수밖에 없다.'

바람이 무섭게 휘몰아쳐 온다.

6. 수난受難의 기록記錄

인희는 하룻밤을 할멈집에서 드새고 이튿날 이성태가 없는 틈을 타 간단히 꾸려놓은 짐을 갖고 나왔다.

저녁에 집으로 돌아온 이성태는 인희가 짐을 갖고 나간 사실을 알았다.

그와 동시 선자로부터 이상한 편지 한 장을 받았다.

"이게 뭐야?"

성태는 기가 푹 죽어 딸의 얼굴을 쳐다보았다.

"연애편지예요. 보시면 알잖아요?"

선자는 찢어진 눈꼬리로 이성태를 흘겨본다.

이성태는 조급하게 편지를 폈다.

　인희 씨 이런 편지 쓰는 것을 용서하세요. 인희 씨를 존경하고 사

랑하는 마음에서 외람된 말을 여쭙는 것이니 과히 나무람 마시기
바랍니다.

그런 서두로부터 시작된 편지에는 서울로 인희가 떠나는 것
이 좋겠다는 둥 미약하나마 힘이 되어드리겠다는 둥 대개 그런
말이 쓰여져 있었다.

"이 편지 어디서 왔어?"

이성태는 공연히 딸에게 눈을 부라렸다.

"책 속에 있었어요."

"어느 책 속에?"

"누가 가지고 온 책이에요."

"음…… 그래서 나간다고 했구나. 죽일 년 같으니라구……."

이성태는 우악스럽게 편지를 구겨 쥐었다.

"아버지?"

"……."

"편지 보낸 사람이 누군지 아세요?"

"넌 아느냐?"

"흐흐흠……."

선자는 갈끈거리는 이상한 웃음을 웃었다.

"누구냐!"

이성태의 어성이 높아졌다.

"놀라시면 안 돼요."

"빨리 말이나 해……."

"저 말이죠? 윤 선생이에요."

"뭐? 윤 선생이라구? 우리 집에 오는 윤 선생 말이냐?"

"네, 바로 그 윤 선생이에요."

이성태의 눈에는 핏발이 섰다. 주먹을 불끈 쥐며 당장에라도 뛰어가서 윤영철의 멱살을 잡을 기세였다.

"넌 어떻게 그걸 알았냐?"

"처음엔 나도 몰랐는데 이 방을 자주 윤 선생이 드나들지 않겠어요? 그래서 이상하다고 생각했는데 윤 선생은 새엄마한테 책을 주고 가잖아요? 전에도 가끔 책을 가져오곤 하더군요. 그래서 오늘 낮에 이 방에 들어와 봤으나 아무도 없길래…… 처음엔 아무 생각 없이 책상 위에 놓인 책을 들춰봤어요. 그랬더니 글쎄, 편지가 나오잖아요. 책 속에서……."

선자는 장황한 설명을 늘어놓았다.

"나쁜 놈의 자식 당장 목을 짤라놔야지."

이성태는 벌떡 일어섰다.

"아버지 그러지 말고 윤 선생을 오게 해요. 아무 말 말고 오거들랑 족치세요. 지금 학교에 가도 없을 거예요."

"음……."

"제가 하숙으로 찾아갈게요."

"너가?"

"네, 집으로 데리고 오면 되잖아요?"

이성태는 한참 생각하다가,

"나랑 같이 가자. 그년이 거기에 숨어 있는지도 모르니까."

"안 돼요. 아버지 제가 가서 눈치껏 할 테니까 염려 마세요."

선자는 자신만만하게 말하는 것이었다.

선자는 적의 생살권을 장악한 전권대사全權大使처럼 신이 나서 집을 뛰쳐나왔다.

복수를 즐기는 피가 쾌적하게 혈관을 감돌았다.

선자가 선림동 어귀에 채 못 미쳤을 때 그의 옆으로 자동차가 한 대 스쳐갔다. 자동차 안에는 젊은 여자가 한 사람 앉았고 그 옆에 노파가 한 사람 앉아 있었다. 선자는 걸음을 멈추고 멀어져 가는 자동차를 바라보았다.

'새엄마 같은데? 아닌가?'

선자는 한참 바라보다가 발길을 급히 돌렸다. 궁금하고 불안한 마음이 들었다.

'윤 선생하고 어디로 달아나는지도 몰라?'

선자는 자기도 모르게 뛰었다. 외투 자락이 무릎에 할딱거렸다. 날씨는 추운데도 이마에 땀이 배어났다.

겨우 윤영철 하숙 앞에까지 간 선자는 냅다 대문을 흔들었다.

"누구세요?"

윤영철의 목소리였다.

선자는 숨을 푹 내쉬며 안심을 했다.

"선생님 저예요. 문 좀 열어주세요."

선자는 어리광 부리듯 콧소리를 내었다.

"아, 선자야?"

영철은 약간 당황하는 목소리를 내더니 신발을 질질 끌고 나와 빗장을 빼고 문을 열었다.

"웬일이야?"

"볼일이 있어 왔어요."

"볼일?"

윤영철은 경계하는 눈빛으로 선자를 살폈다.

"들어가도 되죠?"

"올라와."

방으로 들어간 선자는 따뜻한 아랫목에 발을 쭉 뻗는다. 심히 버릇이 없다.

"선생님?"

"왜 무슨 일이 있었댔나?"

윤영철은 자기의 편지가 큰 문제를 일으키고 있는 것은 꿈에도 모른다.

다만 이 깜찍스러운 계집애가 자기를 유혹하러 온 줄만 알고 경계심을 풀지 않는 것이다. 윤영철은 자기의 의지가 약한 것을 잘 알고 있었기 때문이다.

"무슨 일이 있었음 어떡허실래요?"

"무슨 일인가 그것부터 알아야지."

"알고 싶으세요? 아시지 않는 게 마음이 편하실 텐데……."

"너 날 놀리는 거냐?"

윤영철은 불쾌하게 말을 뱉었다. 그러나 선자의 미끈한 다리로 눈이 자꾸만 가지는 것이었다.

그것은 생리적인 흥분으로서 어쩔 수 없는 것이다.

윤영철은 자기 하숙방이라는 데서 더욱 기분이 흔들렸던 것이다.

"아이, 놀리긴 누가 놀려요? 전 걱정이 되어서 찾아왔는데……."

"왜 그리 자꾸만 말을 빙빙 돌리는 거야? 빨리 말을 해봐."

영철은 달래듯 말하였다. 자꾸만 흔들리는 감정을 억제하면서,

"선생님……."

"……?"

선자는 슬쩍 옆눈으로 윤영철을 훑어본다.

"선생님은 우리 새엄말 좋아하시죠?"

윤영철의 얼굴빛이 변한다.

"그, 그런 소리 하면 못쓴다."

"얼굴빛이 변하는걸. 역시 좋아하시나 봐. 전엔 참 친절하셨는데…… 선생님은 요즘 마음이 변하셨어. 아주 냉담해지셨어요."

선자는 별안간 발작처럼 울기 시작한다.

윤영철은 불시에 당하는 일이라 어리둥절할 수밖에 없었다.

"이봐, 선자 왜 이러는 거야. 남이 들어, 울지 마. 울지 말고

말을 해봐요."

선자는 더욱 크게 울었다.

"허, 참. 왜 이럴까?"

윤영철은 할 수 없이 선자의 어깨를 흔들었다. 선자는 윤영철 앞으로 쓰러졌다. 완전히 발육한 선자의 몸은 묵직했다. 윤영철은 자기도 모르게 선자를 껴안아 버리고 말았다.

순식간에 일어난 광란狂亂의 상태였던 것이다.

윤영철은 선자를 놓아주면서 이내 후회를 했다. 그러나 이미 하는 수 없었다.

선자는 쭉 찢어진 눈을 내리깔고 한 손으로 치마를 만지작거리고 있었다. 역시 부끄럽기는 했던 모양이다. 그리고 자기가 띠고 온 임무를 생각하는 모양이다.

윤영철은 담배만 뻑뻑 피우고 있었다. 괴로운 감정보다 자기 자신이 싫어졌다.

'이런 계집애한테 넘어가다니 어리숙하게……'

윤영철은 담배를 눌러 끄고 벌떡 일어섰다. 물을 마시고 싶었다. 냉수를 들이키고 싶었다.

"선생님?"

윤영철은 문고리를 잡다가 귀찮게 돌아보았다.

"큰일이 났어요."

"큰일이 날 줄 알면서 왜 찾아왔지?"

윤영철의 음성은 노기 띤 것이었다.

"그게 아니에요."

"그럼 뭐야!"

"선생님의 편지도, 들켰어요."

"뭐? 내 편지라구!"

윤영철이 외쳤다.

"새엄만 어젯밤 도망을 쳤어요."

"인희 씨가 도망을 쳤다구?"

"네."

"편진, 그, 그럼 편진?"

윤영철이 다급하게 물었다.

"책갈피에 넣어둔 것 아버지가 보셨나 봐요."

선자는 천연스럽게 꾸며댔다.

윤영철의 얼굴이 하얗게 질린다. 그는 냉수 생각도 잊고 자리에 주질러 앉았다. 그리고 떨리는 손으로 담배에다 불을 당기는 것이었다.

"사실은 저 선생님 모시러 온 거예요. 아버지가 학교로 가시겠다고 야단야단하시는 걸 제가 말렸어요. 선생님 오시게 하여 조용히 말씀드리는 게 좋을 거라구요."

"그럼 왜 진작 그 말을 못 했니?"

맥이 빠진 듯한 목소리였다.

"말하기가 거북해서요."

말만은 그럴듯하게 했다.

한동안 침묵이 흘렀다.

"선생님?"

"……?"

"선생님이 새엄마 생각 안 한다면 선생님 구해드릴 방안이 하나 있어요."

"……."

"사실 아버지는 굉장히 노하구 계세요. 가만 안 두겠다고 벼르고 있어요."

윤영철은 입맛을 다셨다. 무슨 말을 한 데도 받을 수밖에 없는 처지였기 때문이다. 더군다나 인희가 집을 나가버렸다 하니 책임을 면할 도리가 없게 된 것이다.

'왜 편지를 없애지 않고 그냥 두었을까?'

인희가 보지도 못한 것을 윤영철이 알 턱이 없다.

"선생님 그 편지 제가 썼다고 하면?"

서울로 간 인희는 별수 없이 은옥을 찾았다.

그동안 편지 내왕으로 주소가 여러 번 변경된 것을 알고 있었지만 가장 최근에 본 편지의 주소대로 지금 있는지가 의문이었다.

"그새 이사나 가지 않았을까?"

인희는 의구심을 갖고 혜화동행 합승을 탔다. 당분간 쓸 돈은 준비되어 있었지만 가진 거라곤 옷이 서너 벌 들어 있는 트렁크 하나뿐이었다.

인희는 은옥의 집을 찾아야겠다는 것 이외 아무 생각도 하지 않았다. 어떠한 계획도 인희 머릿속에는 떠오르지 않았던 것이다.

은옥의 집을 찾았을 때 다행히 그들은 거기에 살고 있었다.

그리고 뜻밖에도 단칸방이 아니고 독채를 빌려 쓰고 있을 뿐만 아니라 조그마한 계집아이도 하나 데리고 있었다.

풀쑥 들어선 인희를 보자 은옥은 놀라기도 하고 반가워하기도 했다.

"아이구 내 꿈이 들어맞었어. 그러잖아도 아침에 널 꿈에 보았다고 말을 하고 있었는데…….”

은옥은 동의를 구하듯 누워 있는 정식을 쳐다보았다. 정식이 그것을 동의하듯 고개를 끄덕였다.

"그간 안녕하셨어요?"

인희는 정식에게 고개를 숙였다. 고개를 숙이는데 자기도 모르게 방바닥 위에 눈물이 출 쏟아졌다.

'망발이야, 이게 무슨 꼴이람?'

인희는 울음을 들어마시는 데 무던히 애를 썼다.

"마침 오늘은 일요일이라서 안 나가기 잘했구먼.”

은옥은 노란 스웨터의 단추를 끼우면서,

"우리 저 방으로 갈까?"

하며 건넌방을 가리켰다. 인희가 눈물을 참는 것을 은옥이 본 때문이다.

건넌방도 방은 따뜻하고 깨끗했다.

건넌방으로 건너오자마자 인희는 소리가 나지 않게 입을 손수건으로 틀어막고 우는 것이었다. 그동안 눈물이 말라버린 것만 같았던 인희의 눈에서 그칠 줄 모르게 눈물이 쏟아지는 것이었다.

은옥도 눈에 눈물이 글썽거렸다.

"그만, 그만 울어."

은옥은 인희의 어깨를 마치 나어린 동생처럼 쓸어주는 것이었다.

인희는 손수건으로 부지런히 눈물을 닦으면서,

"은옥이? 나 취직시켜 줄 수 없을까?"

코 먹은 소리로 첫마디를 떼놓았다. 은옥의 얼굴이 잠시 흐리더니,

"오—케이!"

하고 웃었다. 인희의 얼굴에 안도의 빛이 돈다. 그러나 이내 불안한 얼굴로,

"취직이 쉽겠니?"

"문제없어. 인희처럼 미인이구 총명한 여성이 취직을 못 하면 누가 하누?"

은옥은 낙관적인 얼굴로 말하는 것이었다. 그러나 마음까지 낙관적이었던 것은 아니었다. 몇 군데 줄이 있기는 했어도 확정

적이랄 수는 없다. 그러나 은옥은 우선 인희를 안심시켜 둘 필요를 느꼈다.

"애두 취직하는데 얼굴이 무슨 소용이니?"

인희도 다소 안심이 되어 웃었다.

"천만에. 아름답지 못한 사람보다 역시 아름다운 사람이 항상 유리하다는 걸 알아야 해."

인희는 은옥의 말을 들으며 방 안을 살펴본다.

"생활이 안정된 것 같은데 시골집하구 화핼 했니?"

"화해? 어림도 없다. 어머닌 딸자식 하나 없는 셈 친다는 거야. 할 수 없지. 우리가 잘 살게 되면 자연히 노여움도 풀어지겠지."

그 말을 할 때의 은옥의 표정은 약간 서글퍼 보였다.

"그럼 너 혼자서? 어디서 돈이 나서 이런 집을 얻었니?"

인희는 눈이 휘둥그레져서 은옥을 쳐다본다.

"사람이란 막다른 골목에 다다르면 별수 없어. 체면이구 뭐구 다 던져버리면 돈도 벌 수 있는 법이야. 너두 절망하지 말어."

은옥은 담배 한 가치를 쑥 뽑더니 피어 문다.

익숙한 솜씨였다.

"대체 뭘 하니?"

인희는 은옥이 상당히 변했다고 생각하였다.

"차차 알게 된다. 그러나 너가 궁금할 테니 말해주마. 외형적으론 외국 상사에 취직을 했지만 실속은 딴 데 있어. 딸라장수

248

외국 물품의 암거래의 중개 역할 수단껏 하는 거지."

은옥은 담배 연기를 뿍뿍 내어 뿜었다.

"때론 외국인도 상대하구 장사꾼도 상대하구 간이 다 썩었지. 그렇지만 궁상스럽게 웅크리고 앉아 배고픈 생각을 하는 것보담은 낫잖아?"

인희는 말대답을 못 하였다.

"넌 맹추야. 아무리 실패를 했기로서니 아버지 재산 한 푼도 못 물려받았단 말이냐? 너만 약았음 그 서방인가 난방인가 하는 작자로부터 얼마든지 돈을 긁어낼 수 있었을 텐데 애가 도무지 세상물정을 모른단 말이야. 하긴 네가 그렇게 된다면 난 슬프겠다만……."

인희는 그날부터 은옥이 신세를 지게 되었다. 인희는 몇 번이나 하숙으로 옮겨가겠다고 우겼으나 은옥은 들어주지 않았다.

"취직이나 되고 봄이 오거들랑 하숙으로 옮겨."

하는 것이었다.

은옥은 어느 날 밤술이 취하여 늦게 돌아왔다. 흔히 그런 일이 있는 모양으로 이정식이나 식모애는 조금도 놀라지 않았다.

"인희야? 나 술 먹었다구 경멸하니? 타락한 여자라구 말이야. 허, 허긴 타락한 계집이지. 시초부터 그, 그러나 난 한계선은 어디까지나 엄격하게 지키는 여자야. 술을 마시는 것도 사교요, 춤을 추는 것도 사교요, 담배를 피우는 것도 사교란 말이야. 난 남자들처럼 일을 해야 하는 거야. 그 협잡꾼들을 상대로 배짱을 부려야 한단 말이야."

"누가 뭐랬어? 괜히 그러네."

은옥은 잠꼬대처럼 연신 한계선을 어디까지나 엄격하게 지키는 여자야 하고 떠들어대는 것이었다. 그리고 난 이정식이란 저 폐병 환자밖에 사랑한 일이 없노라고 소리 지르는 것이었다.

그러다가는 엉엉 소릴 내어 우는 것이 아닌가.

"왜 병이 났어? 왜 폐병이 들었어? 오래오래 살아야지. 내 순진한 베이비 이정식 씨!"

그러다가 은옥은 인희 옆에서 잠이 들고 말았다.

안방에서는 이정식의 기침 소리가 나고 멀리서 개 짖는 소리가 들려왔다.

인희는 은옥에게 이불을 끌어당겨 주었다.

햇빛이 미닫이문 깊숙이 뻗쳐 들었을 때 은옥은 눈을 번쩍 뜨고 일어났다.

"앗, 늦겠다. 야단났군."

그는 못에 걸린 수건을 획 잡아당겼다. 눈이 새빨갛게 충혈되어 있었다.

그는 부랴부랴 세수를 하다가 비누 묻은 얼굴을 쳐들고,

"내가 깜박 잊을 뻔했구나. 인희? 저 말이야 낮에 한 시 정각에 P상사 옆에 있는 역마차 다방으로 나와야 해?"

방에 앉아 있던 인희는 방문을 열었다.

"왜?"

"너 취직 땜에, 바빠서 자세한 얘긴 못 하겠구나. 잊지 말고 한 시에 나와."

은옥은 밥도 먹는 둥 마는 둥 하고 뛰어나가면서 꼭 나와야 한다는 말을 되풀이하였다.

은옥의 집에 온 지도 어느덧 십여 일이 지나갔다. 인희는 꼭 취직이 되었음 싶었다. 취직이 되어 은옥의 집에서 나가고 싶었다. 미안하기 때문이다.

인희는 한 시 정각에 역마차 다방으로 나갔다. 그러나 은옥이 보이지 않았다.

인희가 막 커피를 시키고 있었는데 은옥이 헐레벌떡 나타났다.

"아, 왔구나!"

하더니 다방 구석지기의 좌석을 향하여 손을 번쩍 들었다. 그러자 소프트(테두리가 넓은 군용모자)를 쓴 사나이가 일어서서 이쪽으로 걸어왔다.

사나이는 인희에게 가벼운 목례를 하고 은옥 옆에 앉았다.

"자, 그럼 소개하겠어요. 말씀드린 최인희 양, 이분은 S잡지사의 주간 이광민 씨, 인사해요, 인희."

은옥은 인희에게 눈짓을 했다.

"처음 뵙겠습니다."

인희는 열심히 인사를 했다. 이광민李光民도 모자를 벗으며 고개를 숙였다. 얼굴빛이 검고 눈이 작았다.

"과연 미인이시군요. 난 또 미스 김의 허풍인 줄만 알았죠. 하하하……."

이광민은 구김살 없는 웃음을 웃었다.

"이 선생도 사람을 어떻게 보구 하는 말씀이세요?"

은옥이 눈을 흘긴다.

차를 마시면서 인희는 안심이 되었다.

이광민의 얼굴이 못나기는 했어도 허튼소리를 할 사람 같지가 않았다. 그리고 구체적인 취직에 관한 이야기는 없었으나 이광민의 표정으로 하여 희망적인 기분을 인희에게 주었다.

그들은 광고廣告에 관한 얘기를 주고받고 있었다.

찻잔이 비워지자 은옥이 먼저 일어섰다. 그리고 시계를 들여다보면서,

"점심이나 하면서 조용히 얘기하십시다."

하며 앞장서 나가는 것이었다. 인희는 은옥의 사람 대하는 태도가 퍽 능숙하다 생각하였다. 어느새 저렇게 세련이 되었는가 싶었다. 그리고 보니 자기 자신은 은옥의 말대로 맹꽁인 것만 같이 느껴졌다.

은옥은 식당에 가서도 메뉴도 보지 않고 마음대로 음식을 척척 시켰다.

"이 선생 식성을 제가 잘 아니까."

하며 눈을 찡긋했다.

이광민은 그저 허허 웃기만 했다.

음식이 들어와 미처 먹기도 전에,

"어떻습니까? 이 선생, 오케이 물론이죠?"

단도직입적이다. 이광민은 인희를 쳐다보며 얼른 입 속에 음식을 밀어 넣고,

"저 생각으론……."

자기 생각으론 괜찮다는 말인 모양이다.

점심을 같이하고 헤어진 뒤 은옥은,

"원체 사람이 실속이 있어 간단히 말을 잘라 하지는 않아도 거의 확실하다."

그 말을 들으니 인희도 안심이 되고 뭔지 이제부터 좀 정신을 차려 살아보자는 생각이 들었다.

"난 다시 회사로 들어가야겠으니 넌 구경이나 하구 가려무나."

"구경은 무슨 구경?"

"집에 가도 갑갑하지 않어?"

그렇기도 하다는 생각을 하며 인희는 돌아서고 은옥은 회사 있는 쪽으로 바삐 걸어간다.

인희는 혼자 구두 소리를 또각또각 내며 걸어갔다. 외투 주머니 속에 양손을 찌른 채 그렇게 모질던 겨울 날씨도 얼마만큼 풀리어 제법 봄을 연상케 한다.

은옥과 헤어져 혼자 걷고 있노라니 스쳐가는 중년 신사가 모

두 이성태같이 느껴져 가슴이 철렁한다.

'설마 날 찾아올라구? 다 버리구 왔는데 무엇을 찾겠다구 날 데리러 올까? 이젠 연실이하구 떠벌리고 살면 되지.'

이성태와의 생활은 그야말로 구역질 나는 추억이 아닐 수 없다. 할 수만 있다면 머릿속에서 싹 쓸어내어 버리고 싶었다. 그러나 그럴 수는 없었다. 낙인처럼 그의 더러운 자국이 온몸에 찍혀버린 것 같아 인희는 전율하는 것이었다.

젊은 남자가 인희 옆을 스쳐 지나갈 때 그는 그들이 모두 강진호만 같았다. 그는 그럴 때마다 길 위에 머리를 떨어뜨리고 스스로 자기를 감추어 버리듯 걸음을 빨리하였다.

'나하구 무슨 상관이야? 그분은 그의 약혼자하구 결혼을 했겠지. 이제 아무것도 생각지 말자.'

종로까지 혼자 걸어온 인희는 신신백화점으로 들어갔다. 양말을 사려고 들어간 것이다. 미도파에는 이성태와 같이 가서 강진호의 약혼자인 성자를 만나 불쾌한 기억이 있어 양말을 사야겠다는 생각을 하면서도 그 앞을 그냥 지나쳐버렸던 것이다.

인희가 양말과 손수건을 사가지고 신신백화점에서 막 나왔을 때였다.

몇몇 사람의 청년들과 어울려 웃으며 걸어오는 허술한 남자, 바로 강진호였던 것이다. 바로 조금 전까지 생각하고 있었던 그 사람이었다.

강진호는 얼른 인희를 알아보지 못했다. 인희는 백화점 쇼윈도 옆으로 몸을 사리며 외면을 했다.

그러나 강진호는 친구들과 같이 웃다가 쇼윈도에 비친 인희의 얼굴을 보았다.

"인희 씨!"

강진호가 외쳤다.

다음 순간 인희는 달음질쳤다. 본능적으로 그는 달아나야 한다는 생각을 했던 것이다.

"잠시 실례하겠네. 먼저들 가게."

강진호는 의아해하는 친구들을 남겨놓고 인희가 달아난 곳을 뒤쫓아 갔다.

안국동으로 가는 길 위에서 강진호는 인희를 막아섰다.

"인희 씨!"

인희는 거의 절망적인 얼굴로 그를 쳐다보았다.

"왜 도망을 치십니까?"

강진호는 날카롭게 인희를 바라보았다.

"자, 다방에나 가십시다."

강진호는 인희의 팔을 끌었다.

"안 됩니다."

인희는 나직이 중얼거렸다.

"왜 안 됩니까?"

강진호는 인희의 얼굴을 들여다보았다.

"이유는 없어요."

인희는 고개를 푹 수그렸다.

"이유가 없다면 가십시다."

강진호는 인희를 끌고 가까운 다방으로 들어갔다.

"그간 어떻게 지내셨죠."

"묻지 마세요."

인희의 눈에는 눈물이 고였다. 강진호는 낮게 한숨을 들이마셨다.

"여기 커피 주세요."

강진호는 그렇게 말하고 담배를 피워 문다.

"부군과 같이 오셨습니까."

강진호는 이맛살을 찌푸리며 물었다. 인희는 수치심에 얼굴이 노오래졌다.

"지난 초여름에 서울 오셨댔지요?"

인희는 그의 약혼자가 그에게 말한 것을 알았다. 그것은 당연한 일이라 생각했다.

"지난 이야기 하시지 마세요. 제발."

"괴로우시다면 안 하겠습니다. 그러나 현재 어떻게 계시는지…… 그건 물어봐도 상관없겠죠."

강진호는 약간 미소를 띠웠다.

"동무 집에 있어요."

인희는 풀쑥 말을 하고는 이내 후회를 했다.

"동무 집이라뇨, 그럼."

"도망 왔어요. 견딜 수가 없었어요."

뚜껑을 열어버린 듯 그의 입에서는 저절로 말이 나왔다. 말을 하는데 연방 눈물이 쏟아졌다.

강진호는 다시 한숨을 들이마셨다. 주위에서 그들에게 시선이 모이는 것도 잊어버리고 강진호는 우는 인희를 바라보았다.

"자, 그럼 일어나세요. 장솔 옮깁시다."

강진호는 테이블 위에 찻값을 놓고 일어섰다.

레지가 주문한 커피를 가져오다가,

"어마, 커피 안 마셔요?"

하며 의아해했으나 강진호는 대답도 하지 않고 인희의 등을 밀 듯 다방 밖으로 나갔다.

강진호는 그냥 돌아가겠다고 부득부득 우겨대는 인희를 가까스로 달래어 어느 중국요릿집을 찾았다.

"인희 씨, 좀 더 자세한 얘기 해주실 수 없을까요?"

"들으신들 무슨 소용이 있겠어요? 공연히 주책없이 울었나 봐요."

인희는 자기 자신이 미웠다. 강진호를 뿌리쳐 버리고 가지 못한 것이 가슴을 물어뜯는 듯 후회스러웠다.

"울고 싶으면 울고 웃고 싶으면 웃어야죠. 그러지 못하고 감정을 억제하는 때문에 불행하지 않아도 좋을 일이 불행해지는 경우가 있습니다."

간단한 요리가 들어왔다. 강진호가 먹기를 권하였으나 인희는 음식에 손도 대지 않았다.

"왜 안 잡수세요?"

"방금 먹었어요. 동무하구 같이."

점심을 치른 뒤기는 했지만 설사 점심 전이라 한들 목에 음식이 넘어갈 리가 없었다.

"지금이 몇 신데요?"

강진호는 팔을 들어 시계를 보았다.

"네 시가 다 돼가는데 점심이면 벌써 치르셨을 텐데요."

하며 다시 음식을 권했다. 그러나 인희는 끝내 먹지 않았다.

강진호는 하는 수 없이 혼자서 배갈을 마시며 음식을 먹었다.

"아버님께서 걱정을 하시겠군요."

강진호는 무심코 물었다.

"걱정을 하실 아버님이 세상에 계신다면……."

강진호는 약간 당황해하며,

"그럼……."

"돌아가셨어요."

한동안 말은 중단되었다. 인희보다 강진호가 더 무거운 침묵을 지뤘다.

창에서는 둔중한 석양이 희미하게 비쳐들었다.

거리에서는 전차 소리 자동차의 클랙슨 소리가 간단없이 들려오고 있었다.

겨울 해는 짧다. 인희가 말수 적게 자기 이야기를 하고 있을 때 어느덧 방 안은 어둑어둑해 왔고 전등이 희뿌옇게 테이블 위에 식은 음식을 비춰주었다.

인희는 말을 하면서 가끔 흐느꼈다.

이 세상에서 아주 버려지고 만 자기를 들추어 말하는 것이 말할 수 없는 고통이 되는 모양이었다. 더욱이 강진호 앞에서 자기가 울고 있다는 것도……. 그러나 인희는 어쩔 수 없이 이야기하고 울곤 하는 것이었다.

인희의 이야기를 다 듣고 난 뒤에도 강진호는 한동안 말이 없다가 자기도 모르게 깊은 한숨을 들이마셨다.

"지나간 일을 지금 와서 후회한들 무슨 소용이 있겠습니까만, 그때 인희 씨는 왜 기차에서 내리지 않았습니까? 그때 그 기차를 내리기만 했어도 인희 씨는 다른 길을 걸으셨을 것입니다."

"어차피 마찬가지였을 거예요."

인희는 테이블을 만지작거리며 지친 듯 말하였다.

강진호는 한참 동안 생각에 잠기다가 무겁게 입을 열었다.

"이제 지나간 일 생각지 마십시오."

"생각하구 싶지 않아요."

"이제부턴 앞으로의 일을 생각하셔야 합니다."

"미래도 현재도 생각하구 싶지 않아요. 생각한다면 그건 두려움뿐이에요."

"그런 생각이 인희 씨를 망치게 했습니다. 그런 어리석은 말을 하지 마세요. 우리의 앞날은 아직도 멉니다."

강진호는 우리라는 말에 힘을 주며 화난 목소리로 말했다.

"앞날이 멀다는 말씀 두려워요. 오래 살아야 한다는 건 욕된 일이에요."

인희의 눈에 다시 눈물이 번득였다.

"많이 울었어요. 이젠 눈물이 말라버린 줄만 알았어요."

인희는 손수건으로 눈물을 닦으며 자기의 비루한 꼴을 제발 용서해 달라는 듯 강진호를 쳐다보았다.

"눈물이 마르지 않았으니 아직은 희망이 있습니다. 많이 우십시오."

강진호는 가슴이 뻐근했다. 인희를 꺼안아 주고 싶었다. 그러나 전등불이 몹시 눈부셨다. 그리고 인희의 얼굴은 창백하였다. 피곤에 지친 듯한 인희의 모습은 거칠은 포옹을 받아들일 수 없을 것만 같았다.

"춥죠?"

"아니……."

강진호는 배갈을 부어 인희 앞에 내밀었다.

"마셔보세요. 따뜻해집니다."

인희는 겁먹은 눈으로 강진호를 바라보다가 쓴 약을 먹는 듯 술잔을 받아 마셨다.

"자아, 그럼 나가보십시다. 걸어가면서 얘기하죠."

강진호는 일어서서 인희에게 외투를 입혔다. 인희는 또다시 놀라운 눈으로 강진호를 쳐다보았다.

밖에 나왔을 때 사방은 완전한 어둠 속에 묻혀 있었다.

그들은 별로 말도 하지 않았던 것 같았으나 어느새 그런 많은 시간이 지나갔는지 알 수 없었다.

그들은 돈암문을 지나 창경원 뒷담을 끼고 걸어갔다.

낮에는 제법 날씨가 풀리더니만 밤이 되어 그런지 바람이 쌀쌀하게 코끝이 쓰리다.

"춥죠?"

강진호는 인희를 자기 옆으로 바싹 다가세웠다.

어느새 창경원 뒷담이 끝나고 창경원 앞을 걷고 있었다.

거리에는 겨울밤이라 그런지 지나는 사람도 드물었다.

강진호는 인희의 손을 꽉 잡았다. 인희는 손을 뽑으려고 했으나 강진호는 놓아주지 않았다.

"난 결혼할 수가 없었어요. 난 인희 씨의 환상을 떨어버리려고 무척 애를 썼습니다. 그러나 그렇게 되지 않습디다. 난 인희를 잃고 동시에 파혼을 했어요. 인희 씰 만나지 않았더라면 저도 그 평범한 결혼을 했을 겁니다."

"그런 말씀 하심 안 돼요."

"감정을 밀폐하며 사람은 살아야 합니까? 그것이 인간을 행복하게 질서 있게 하는 겁니까? 인희 씨는 자신의 감정을 억제했기 때문에 자신은 물론이거니와 남까지 고통을 주지 않았습니까? 인희 씨가 감정에 충실하였다면 더 손쉽게 행복을 찾을 수 있었을 것입니다. 이렇게 먼 길을 둘러서 우리가 만나지 않아도 좋았을 것입니다. 원망스럽습니다. 이제부터라도 감정에 충실하여야 합니다.”

인희는 강진호의 손을 뿌리치고 외투 주머니에다 양손을 넣는다.

“설사 동정의 말씀이라 하더라도, 그런 말씀…… 그런…… 받아들일 자격이 없어요, 제겐.”

인희는 흥분을 하였다.

“저는 망쳐진 여자예요. 이 세상에서 가장 추악한 남자와 살던 여자예요. 저의 영혼은 더러워요. 강 선생님의 한마디 한마디의 말씀은 모두 저의 가슴에 꽂히는 비수예요. 절 괴롭히지 마세요. 저는 우정이라 생각하고 싶어요. 그래야만 전 마음이 편할 수 있어요.”

명륜동 앞에까지 왔을 때 인희는 일단 말을 끊고 우뚝 서버렸다.

“이제 절 혼자 가게 해주세요.”

“더 걸읍시다.”

“아니에요. 이제 돌아가 주세요.”

“친구 댁이 이 근첩니까?”

“더 멀어요. 미아리예요.”

인희는 거짓말을 했다.

“그럼 자동차로 모셔다 드리죠.”

"절대로 그건 안 됩니다."

인희의 목소리는 단호했다.

"그럼 언제 또 만나주시겠어요?"

"제가 전활 걸겠어요."

인희는 또다시 거짓말을 했다.

"그럼 자동차를 잡아드리죠."

강진호는 그렇게 말하더니 지나가는 택시를 잡았다.

"그럼 꼭 전화해 주세요. 기다리겠습니다."

인희는 말없이 고개를 끄덕였다.

자동차가 먼 거리까지 달렸을 때도 강진호는 가로수 밑에 우두커니 서 있었다.

인희는 혜화동 로타리에 왔을 때 미아리로 향하려는 자동차를 돌려 혜화동으로 방향을 틀었다.

S잡지사의 주간 이광민을 만난 후 일주일이 지난 뒤 인희는 사장과 면접을 했다. 사장은 인희의 인품을 보고 마음에 들었던지 만족한 표정이었다. 미리 이광민과 내약이 되어 있었던 모양으로 인희는 쉽사리 채용이 되었다.

같이 따라온 은옥은 자기 일처럼 기뻐했고 사장실에서 나오자 이광민의 손을 끌고 차 마시러 가자고 했다.

잡지사 근처에 있는 다방으로 간 그들은 모두 반가운 얼굴로 이야기를 주고받았다.

"참말 고마워요. 난 그래도 마음속으로 은근히 걱정을 했는데……."

은옥은 대견한 표정으로 이광민을 바라다보았다.

"고맙습니다."

인희도 다소곳이 고개를 숙이며 감사의 마음을 표시한다.

"뭘요…… 월급이 적어서……."

이광민은 싱그레 웃었다.

"그래도 이 선생이 제일이야. 인희도 지도 잘 받아야지. 얼굴은 검둥이라 못생겼지만 마음이 희고 성실하니까 안심허구 인흴 맡기겠어요."

은옥은 언니처럼 의젓하게 말한다.

"이거 병 주고 약 주는군. 누가 알아요? 마음이 씨꺼멓는지……."

"마음이 검어도 할 수 없죠. 인희는 벼랑에 핀 꽃이니까 손이 닿지 못해요."

은옥과 이광민은 죄 없는 농담을 주고받으며 차를 마신다. 인희는 선보이러 온 처녀처럼 말이 없이 듣기만 한다.

내일 출근하기로 하고 이광민과 헤어진 은옥과 인희는 거리로 나왔다.

"참 잘됐어. 요즘 잡지사란 자금난으로 쓰러지기가 일쑤요, 겨우 유지해도 직원들 월급도 못 받는 형편인데 S잡지사는 든든한 곳이야. 월급이 좀 박하기는 하지만 정확하게 나오니까 그리구 그 사장은 다른 사업체도 갖고 있어 부자야."

은옥은 그런 방면의 일도 잘 알고 있었다.

"다 너가 애써준 덕택이지."

"이 애 쑥스럽다. 너 나 사이에 덕택이구 있니? 극장에나 가자."

은옥은 인희의 말을 막으며 극장으로 발을 옮긴다. 인희는 영화를 보면서 강진호 생각을 했다. 그날 밤 헤어진 뒤 늘 그를 생각했지만 그를 만나고 싶지는 않았다. 만나지 말아야 한다고 다짐도 여러 번 했다.

영화를 구경하고 밖에 나왔을 때 사방은 어두웠다. 비극으로 끝나는 영화 내용 때문에 그들의 마음도 어두웠다.

특히 은옥은 마음이 언짢은 모양이었다. 애인이 병들어 죽는 마지막 장면은 은옥의 마음을 어둡게 한 모양이다.

하이힐 소리를 또각또각 내면서 은옥은 한숨을 들이마신다.

"어째 세상일이 이렇게 마음대로 안 되니? 바빠서 허덕일 때는 잊어버리지만……."

인희는 뭐라고 대답할 수가 없었다. 이정식의 병세는 점점 악화되어 가니 낙천가 은옥도 마음이 우울해지는 것이다.

"난 그이가 있기 때문에 살려고 빠득빠득 애도 썼지. 할 수 있는 일이라면 다 하구……. 요즘엔 결핵도 잘 낫는다는데 어째서 자꾸만 나빠지는지 몰라."

"괜찮겠지, 걱정 말어."

"글쎄, 괜찮겠지 하는 희망이라도 없으면 어떻게 살겠니!"

집에 돌아온 후에도 은옥은 담배만 벅벅 피웠다.

"공연히 영활 봤구나."

"아냐, 영화 때문이 아냐, 그만 자자."

은옥은 자리를 깔았다.

다음 날부터 인희는 출근을 했다. 그가 맡은 일은 당분간 원
고의 교정을 보라는 것이다. 인희는 국문과에 다녔으므로 교정
에는 자신이 있었다.

여사원들은 인희의 미모에 압도당한 기색이었으나 남자들은
싱글벙글 웃으며 까닭 없이 좋아했다.

인희로서는 사회에 첫 출발이다. 그러나 이미 기혼의 여자라
는 생각과 그것을 비밀로 하고 있다는 것이 그에게는 괴로웠다.
그뿐만 아니라 언제 어디서 이성태가 나타날지도 모른다는 두
려움이 그를 우울하게 만들었다.

사내에서는 어느덧 우수부인憂愁夫人이란 인희의 별명이 떠돌
았다. 인희를 미스인 줄 알면서 어떻게 별명이 그리 생기고 만
것이다.

어느 날 인희는 잡지의 발행 날짜가 임박하여 늦게까지 교정
을 보다가 집으로 돌아갔다. 그동안 하숙으로 옮겨가려고 했
으나 적당한 곳이 없어서 그대로 은옥의 집에 눌러 있었던 것
이다.

집에 들어서니 이상하게도 집 안이 괴괴했다.

인희가 돌아온 기척을 알았음인지 방에서 이정식이,

"인희 씨죠?"

했다.

"네, 은옥은 아직 안 왔어요?"

"아마 술 처먹고 돌아다니는 모양이죠."

이정식의 삐뚤어진 목소리였다.

"바빠서 아직 못 오는 게죠. 그런데 순이는 어디 갔을까?"

집에 들어서기가 무섭게 쫓아 나오는 식모아이의 모습이 보이지 않아 인희는 혼자 중얼거렸다. 중얼거리면서도 이정식의 말투가 비위에 거슬렸다. 은옥의 마음도 모르고 야박한 말을 한다고 생각했던 것이다.

"낮에 애비라는 자가 찾아와서 데리고 갔어요."

이정식은 여전히 방 안에서 퉁명스럽게 대답하는 것이었다.

"어머나? 그러세요? 야단났구먼."

인희는 이정식이 토라진 이유를 알았다.

'하루 종일 외로웠구나. 병자를 혼자 두었으니······.'

인희는 측은한 생각이 들어서 방문을 열어보았다.

"저녁은 어떡허셨어요?"

"저녁이구 뭐구 세상만사가 다 귀찮아요."

이정식은 벌떡 일어나 앉으며 담뱃갑을 찾았다.

"담배 피우시면 해로울 텐데요?"

인희는 방바닥에 주질러 앉으며 달래듯 말했다.

"얼마 살지 않을 놈인데 욕망까지 억제할 필요가 있어요?"

이정식은 얼굴을 비스듬히 쳐들고 인희를 노려본다.

인희는 병자에게 있을 수 있는 짜증이라 생각하고 그의 강한 눈길을 피하였다.

"저, 저녁 준비해 드리겠어요."

인희가 일어서려니까,

"인희 씨, 저녁보다 좀 앉으세요."

인희는 그의 마음을 자극하지 않기 위하여 자리에 앉는다.

"인희 씬 저녁 안 하셨어요?"

"먹었어요."

이정식의 눈이 미치광이처럼 빛이 난다.

인희는 이정식의 눈을 보았을 때 전신에 소름이 오싹 끼쳤다.

"왜 그렇게 놀라시오? 내가 허깨비 같아요? 폐병쟁이라 겁이 납니까?"

이정식은 인희의 손을 와락 잡았다. 인희는 방바닥에 엎으러졌다. 도무지 병자 같지 않은 힘이었다.

"정신이 도셨어요? 왜 이러세요?"

인희는 어깨로 숨을 쉬며 잡힌 팔을 빼려고 몸부림쳤다.

그러나 이정식은 아무 말도 없이 인희에게 달려들었다. 굶주린 짐승처럼 숨을 할딱이며 인희를 끌어안았다.

방 안에는 무서운 난투극이 벌어졌다. 병자인 이정식은 어디서 그런 힘이 나는지 움켜쥔 팔에 힘을 가한다.

"난, 난 죽을 거야. 죽을 바엔 욕, 욕망대로 하구요, 욕망대로 한 번……."

뜨거운 입김이 인희 얼굴 위에 쏟아졌다.

인희는 이정식의 팔을 물어뜯었다. 겨우 풀려나온 인희는 신발을 끌고 거리로 뛰쳐나왔다.

이른 봄의 싸늘한 공기가 인희의 뜨거운 얼굴에 스쳐왔다.

너무나 기가 막히는 일이었다. 무기력하나마 선량한 이정식이 그럴 줄은 꿈에도 몰랐다. 정신이 돌지 않고는 그럴 수 없는 일이라 생각했다.

인희는 무한정 걸어갔다. 첩첩이 닥쳐오는 고난 앞에서 인희는 눈물마저 잃어버린 듯 터벅터벅 걷고만 있는 것이다.

'내가 지금 어디로 가는 것일까?'

물론 어디로 갈 곳도 없다.

'이대로 그만 죽어버릴까? 차라리 죽는 것이 낫겠다.'

인희는 번화한 거리를 걷고 있었다.

'어디로 갈까? 이 밤을 어디서 세워야 하나?'

인희는 문득 강진호 생각이 났다. 죽어버리지 않는 이상 이 밤을 보낼 도리를 생각해야 하는 것이다.

'그렇다! 강진호 씨한테 전화를 걸어보자.'

그러나 인희는 이내 절망을 했다. 강진호의 전화번호를 그는 잊어버리고 있었다. 작년 봄 서울에 올라와 한 번 전화를 걸었으니 기억하고 있을 리가 없다.

'참, 전화번호 책을 보면 되잖나? 아니다. 강진호 씨 이름으로 씌어져 있을 리가 없지.'

인희는 담배 가게에 설치된 공중전화를 우두커니 쳐다만 본다. 전화번호를 모를 뿐만 아니라 단돈 십 환도 지닌 게 없으니 그것도 틀린 일이었다.

'그래도 전화번호 책을 한번 뒤져나 보자.'

인희는 뚜벅뚜벅 걸어가서,

"저 전화번호 책 좀 보십시다."

가게 주인이 잠자코 책을 내어 준다. 인희는 일반 전화번호가 기록된 곳을 넘겨 강진호를 열심히 찾았다. 그러나 강진호라는 이름은 없었다. 인희는 크게 숨을 내어 쉬었다.

'서대문구 송월동이었지? 그럼 주소를 찾아보자.'

인희는 송월동을 찾았다. 겨우 송월동이 나타났다. 인희는 얼른 이름을 보았다. "강병노"라 씌어져 있다.

'됐어! 강진호 씨 아버님 이름일 거야.'

인희는 그 전화번호를 마음속에 새겨두고 책을 가게 주인에게 돌려주며,

"죄송합니다. 찾지 못하겠군요."

하며 가게를 나섰다. 가게 주인은 못마땅한 얼굴로 인희의 뒷모습을 바라본다.

인희는 다방으로 들어갔다.

다방으로 들어간 인희는 방금 전화번호 책에서 외워 온 전화번호를 입 속에 새기며 자리에 앉았다가 슬그머니 일어서서 카운터로 걸어가 다이얼을 돌렸다. 전화는 이내 통하였다.

"강진호 선생 댁이세요?"

"네, 그렇습니다."

여자의 목소리였다. 시골 사투리였다. 인희는 우선 안심이 되었으나 가슴이 또다시 뛰었다.

"강 선생님 계세요?"

"네."

"좀 바꾸어주실 수 없을까요?"

"네."

인희는 살았다 싶었으나 역시 가슴이 뛰었다.

"누구시죠?"

강진호의 목소리였다. 인희는 그의 목소리를 들었을 때 가슴이 꽉 메어옴을 느꼈다.

"저예요. 최인희예요."

"네? 인희 씨! 어, 어디서 거는 거예요?"

강진호는 몹시 서둘렀다. 그도 그럴 것이 그는 밤낮 인희한테서 전화가 오기를 기다렸으나 달포가 넘도록 인희에게선 기별이 없었다. 그는 초조하고 원망하고 불안한 날을 보냈던 것이다.

"지금 전 K빌딩 옆에 있는 다방에 와 있어요. 선생님 꼭 뵙구 싶은데……."

"네, 네. 지금 곧 나가죠. K빌딩 옆에 있는 다방이랬죠?"

"네, 죄송합니다. 밤에……."

전화가 끊기고 얼마 되지 않아 강진호는 나타났다. 택시로
달려온 모양이었다.

강진호는 자리에 풀썩 주저앉으며,

"그동안 왜 연락 안 하셨어요?"

원망부터 먼저 털어놓는다.

"만나 뵙구 싶지 않아서요."

인희는 눈을 내리깠다.

"그런데 오늘 밤은 만나고 싶었어요?"

강진호는 인희를 만난 것만도 기쁜지 이내 농담을 하며 웃었
다. 이번만은 놓치지 않으리라는 생각도 들었다.

인희는 대답 없이 한숨만 들이마시다가,

"저 오늘 밤 여관에 좀 재워주세요."

"네?"

강진호가 놀란다.

"전 돈이 한 푼도 없어 전화도 이 다방에 와서 걸었어요. 만일
강 선생님이 안 계셨다면 전 거리에서 잘 뻔했어요."

인희는 서글프게 픽 웃었다.

"그렇게 절박한데 왜 전활 걸어주지 않았습니까?"

"절박한 거야 언제나 절박했죠. 그렇지만 오늘 밤처럼 절박해

보긴 처음이에요. 오늘 밤만 지나면 내일부터는 괜찮아요. 핸드
백만 들고 나왔어도 돈이 있었는데…….”

“무슨 일이 있었습니까?”

“네.”

“무슨 일?”

“불쾌해서 말도 하기 싫군요.”

“친구 댁에 계셨다면요?”

“네.”

“무슨 트러블이라도? 친구하구…….”

“트러블은 친구가 아니라 그의 애인이에요. 폐병을 앓고 있는
남자예요.”

인희는 집어던지듯 말하고 멍하니 전등을 쳐다본다.

강진호도 그 이상 물어볼 용기가 없었는지 말문을 닫았다.

“그야말로 수난의 연속이에요. 병자의 마지막 발작 같은 거라
생각하면 가엾기도 하지만 동무가 가엾어요.”

인희는 묻지도 않는 말을 지껄였다.

인희는 가슴이 답답하여 무엇이고 지껄이고 싶었다. 부끄
러운 마음도 없었다. 참는다는 것도 한도가 있는 일이라 생각
했다.

정말로 절박해지면 무엇이든 할 수 있다는 은옥의 말이 생각
나기도 했다.

“인희 씬 저한테 늘 비밀주의니까 자세한 것 알 수도 없고 의

논도 하시지 않으니까 어떻게 앞일을 처리해야 좋을지 모르겠습니다만, 친구 댁에 계시지 말고 하숙으로 옮기시는 게 어떨까요? 실례가 될지 모르지만 아니 저에게 그런 의무가 있다고 생각합니다만 생활비는……."

"오늘 밤만 도와주세요. 저에게도 직장이 있구 생활비에 궁하지는 않습니다."

인희는 야무지게 대답한다. 강진호는 인희의 야무진 대답을 들었을 때 몹시 섭섭한 표정이 되었다.

"인희 씨는 언제나 저를 실망시키는 말씀을 하시는군요. 좋습니다, 그럼 가십시다. 여관을 정해드리죠."

밖으로 나온 강진호는 남산 기슭에 있는 B호텔로 인희를 데리고 갔다.

"좋은 데 갈 필요 없어요. 아무 데나 하룻밤 지내면 되니까요."

"아닙니다. 여자가 혼자 아무 데나 들면 위험해요."

강진호는 침착하게 말하며 B호텔 안으로 들어섰다.

그는 방을 얻기 전에 시계를 들여다본다.

"늦은데? 돌아가지 못하겠군."

혼잣말을 하더니 그는 호텔 사무원한테 방 두 개를 부탁한다.

"선생님도 주무시게요?"

인희가 불안스리 물으니까,

"왜 안 됩니까?"

강진호는 심각한 표정으로 물었다. 인희는 귀뿌리를 붉히며 대답 없이 강진호를 응시했다. 강진호는 빙그레 웃었다.

"늦어서 가다가 걸립니다. 인희 씰 보호하는 뜻에서. 염려 마십시오."

그렇게 대답하는 강진호의 얼굴도 살짝 물들었다.

이 층으로 올라간 그들은 보이가 안내하는 대로 서로의 방으로 갈라졌다.

인희는 창가에 있는 소파에 몸을 던졌다. 눈 아래 서울의 야경夜景이 굽어 보인다. 인희는 지금까지 일어난 무수한 변화 속에 오히려 실감을 잃고 있었음을 느꼈다.

이정식의 광적인 눈과 담뱃가게에서 초조하게 전화책을 넘기던 일, 찻값도 없이 다방에 들어가 전화를 걸던 일이 마치 꿈속처럼 떠올랐다.

은옥의 일을 생각하니 가슴이 아프다. 자기의 욕을 볼 뻔한 일이 분하고 괘씸하기보다 은옥이 불쌍했다. 인희는 창문을 열었다. 차가운 밤바람이 몰려들어 왔다.

겨울은 가고 봄이 왔건만 자기 앞을 가로막고 있는 것은 험준한 겨울뿐이란 생각이 들었다.

인희는 또한 강진호를 생각했다. 그에게 대한 경계심은 조금도 없었다. 오히려 경계를 해야 할 만치 자기 자신이 그런 자격을 구비치 않고 있다는 생각이 들었다. 그리고 그에게 신세를 지는 일에 대하여 이상하게도 체감을 느끼지 못했다. 마치 사랑하는 사람에게 받는 당연한 일이기나 한 것처럼.

인희는 그런 생각을 하다가 스스로 움칠하고 놀란다.

인희는 창문을 닫았다. 옷을 벗었다. 가진 것이 없으니 속치마 바람으로 잘 수밖에 없었다.

이때 문 두드리는 소리가 들려왔다.

인희는 벗었던 옷을 얼른 집어 입고 문을 열었다. 강진호가 서 있었다.

"이야기가 하구 싶어 왔습니다."

인희는 잠자코 있었다. 강진호는 인희를 떠밀듯 하며 방으로 들어왔다.

강진호는 소파에 몸을 던지듯 앉으며 잠자코 창을 바라보았다. 시가의 찬란한 불빛도 차츰 흐리어지는 듯했다.

밤은 저물다.

천천히 고개를 돌린 강진호는 인희를 쳐다본다.

"난 여태까지 내 감정을 모조리 인희 씨에게 말한 것 같은데…… 그러나 여전히 미진한 것 같아 여기에 다시 왔소. 난 인희 씰 처음부터 사랑했습니다. 결혼하려고 생각했습니다. 그러나 인희 씨는 저에게 아직 한마디도 자신의 감정을 얘기한 일이 없었습니다. 다만 저는 인희 씨도 절 생각하구 있을 것이란 막연한 희망을 가지구 있었을 뿐이에요. 말씀해 주십시오, 솔직하게."

"……."

"저의 말을 부인하시는 건가요?"

"……."

"왜 말이 없으십니까?"

"저의 감정을 지금 말하면 무슨 소용이 있겠어요? 이대로 돌아가 주무세요."

"소용이 없다구요? 저에게는 지극히 소용되는 일입니다. 말씀해 주십시오."

"……."

"아직도 송 군을 생각하구 계신가요?"

"아닙니다."

인희의 목소리는 또렷했다.

"그러면?"

"전 못쓰게 된 여잡니다. 절 괴롭히지 마세요."

"낡은 인습입니다. 사랑한다는 것은 아무 죄도 아닙니다."

"여긴 미국이 아니구 한국이에요."

"말 마세요!"

강진호는 벌떡 일어나 인희를 껴안았다. 오랜 키스였다.

인희는 쓰러져 울었다.

"나가주세요. 절 이대로 내버려두세요."

"내버려둘 수 없소."

강진호는 인희를 안아 일으켰다.

"전 강 선생님을 사랑할 자격이 없어요. 이대로 돌아가 주세요."

인희는 열병 환자처럼 돌아가 달라는 말을 수없이 뇌는 것이었다.

"애정에는 자격이 필요 없어! 사랑하면 되는 거요."

이튿날 아침 강진호는 인희를 자동차에 태워 집까지 데려다주었다.

인희는 그 이상 고집하지 않았다. S잡지사에 있다는 얘기도 해버리고 말았다.

인희는 선뜻 집에 들어서지 못하고 밖에서 집 안의 기색을 살폈다. 은옥이 돌아왔는지 살피는 것이었다. 신돌 위에는 은옥의 신발이 놓여 있었으나 괴괴하니 소리가 없었다. 인희는 문을 뚜들겼다. 문은 저절로 열렸다.

발을 들여놓았다. 은옥을 대하는 일이 무섭기도 하였다. 외박을 한 변명을 어떻게 해야 좋을지 알 수 없었다. 그를 실망시키지 않기 위하여 이정식의 이야기는 절대로 해서는 안 된다고 생각했다.

"은옥아?"

대답이 없다. 인희는 겁이 났다. 건넌방 문을 열었다. 은옥이 없었다. 인희는 한동안 망설이다가 안방 문을 살그머니 뚜들겼다.

역시 그 방에서도 아무 소리가 없었다. 인희는 불길한 생각이 들어 문을 열었다.

　은옥이 엎드러진 채 있었다.

　"은옥아!"

　은옥은 고개를 쳐들었다. 처참한 얼굴이었다.

　"웬일이냐?"

　"죽었어."

　"뭐?"

　"이정식이 죽었어. 자살했단 말이야!"

　은옥은 미친 듯 몸을 흔들었다.

　인희는 반사적으로 누워 있는 이정식을 보았다. 자는 듯 반듯
이 누워 있었다.

　인희는 방문을 와락 열어젖히고 뛰어 들어가 은옥을 안아 일
으켰다.

　"내가 죽였어. 생활을 빙자하고…… 불성실했던 나 때문에 죽
었어! 흐흐흑."

　은옥은 몸부림쳤다.

　인희는 가슴이 답답하여 아무 말도 할 수 없었다.

　'아니야! 아니야! 너 때문이 아니야. 나 때문이야!'

　그러나 그 말을 인희는 입 밖에 낼 수 없었다.

　"아아, 정식 씨. 병 나아서 천년만년 살자 했는데 왜 혼자 가
버렸어. 왜 나만 두고 혼자 가버렸어요!"

　이정식은 간단한 유서를 남겨놓고 갔다.

나는 이미 죽을 사람이다. 내가 세상에 흥미를 잃은 지는 벌써 오래전부터였어. 죽음에는 매질하지 않는다는 말이 있지. 두고 가는 사랑하는 사람들 관용 있길 비오—.

인희는 여기까지 읽다가 눈물이 가려 다음을 읽어 내려갈 수가 없었다.

관용 있기를 비오. 그 말은 인희를 향하여 한 말임에 틀림이 없다.

'용서해 드리리다. 물론 용서해 드리구말구요. 당신이 나빴던 게 아니에요. 절망한 당신의 몸과 마음이 한 짓이었으니까요.'

인희는 눈물을 씻고 다음을 읽어나갔다.

은옥, 선량하고 다정했던 은옥, 행복하시오. 우리의 짧은 인연 잊어버리고 행복하게 살아요. 당신은 슬프겠지, 슬퍼하겠지. 그러나 차차 잊어버릴 것이요. 또 그렇게 되기를 나는 원하는 것이요. 인희 씨 잘 돌보아 주시고 우정 변함없이 지내오.

인희는 견딜 수 없어 은옥을 안고 소리 내어 울었다.

"불쌍한 이정식 씨, 왜 못다 살고 돌아가셔야 했어요?"

은옥과 인희는 서로 끌어안고 울었다. 이튿날 이정식을 홍제동 화장터에 버리고 돌아온 날 밤에는 비가 내렸다.

두 여자는 넋이 빠진 사람처럼 서로 멍하니 쳐다보고 앉아 있을 뿐이다.

이정식이 죽었다고는 도저히 믿어지지 않았다.

그러나 이정식은 아무 곳에도 있지 않았고 그의 기침 소리도 들리지 않았다. 허무한 시간만이 흐르고 있었다.

"내가 늦게 돌아온 탓이야. 내가 죽였지. 그일. 불쌍한 정식 씨!"

은옥은 다시 목을 놓고 우는 것이었다.

"지난가을에 한 분밖에 안 계신 그이의 어머니가 돌아가셨을 때 그는 효자라고 자신을 비웃었어. 어머니 앞에 죽지 않는 것만도 효자가 아니냐는 거지. 그러던 사람이 이제는 없어! 아아, 이제는 없구나."

은옥은 자신의 머리를 부여안고 몸부림치는 것이었다.

7. 은하銀河

이정식이 자살한 뒤 어느덧 봄은 가고 여름이 왔다.

가로수에 뿌연 먼지가 끼인 무더운 여름 나절 인희는 잡지사에 앉아 원고 교정을 보고 있었다.

"이 선생! 아버지 계세요?"

높은 여자 목소리에 인희는 고개를 들었다.

사장의 딸 미혜美惠가 산뜻한 옷차림으로 들이닥친 것이다.

"아, 안 계신데요?"

이광민이 엉거주춤 일어서며 대답하였다.

"아이, 수상해! 전화 걸구 왔는데 도망가셨군. 하는 수 없이 기다려야지."

미혜는 복도로 내다보며,

"들어와. 아버진 안 계셔. 아무튼 좀 기다려보자. 군자금이 툭

툭해야지.”

그러자 미혜 또래의 여학생이 한 사람 쑥 나타났다.

선자였다. 그새 멋쟁이 여대생이 된 선자였다.

인희의 눈과 선자의 눈이 부딪힌다.

“앗!”

인희는 입 속에서 고함을 깨물었다. 선자도 놀란 모양이다. 그러나 이내 심술궂은 웃음이 떠올랐다.

“여기 기세요?”

짓궂게 묻는다.

인희는 얼굴이 창백한 채 말을 못 한다.

“용케…….”

주변에서는 이상한 공기를 깨닫고 인희의 얼굴을 숨어 본다.

선자는 미혜에 이끌려 사장실로 들어가 버렸기에 그 이상 말은 계속되지 않았다.

“탈이야. 사장도 딸 하나가 저 모양이니 아주 소문이 나빠.”

누군가가 수군거렸다.

“공부는 않고 벌써부터 남자들하고 싸돌아다니는가 보던데…….”

인희는 하던 일손을 멈추고 아래층에 있는 다방으로 내려왔다.

그는 냉커피를 시켜놓고 멍하니 창밖을 바라보았다. 선자의 말대로 정말 용케 피해 살아왔다는 생각이 들었다.

한참 만에 이 층 사무실로 올라갔을 때 그들은 사장한테 돈을 옭아내어 돌아간 모양이었다.

"미스 최는 하던 일 내버려두구 어딜 가셨댔어요?"

이광민이가 별반 뜻도 없이 한 말이 인희 가슴에 콱 박혔다.

'설마 선자가 이런 장소에 와서 얘길 했을라구? 그러나 어차피 알게 될 거야.'

인희는 한숨을 쉬었다. 자기도 모르게.

저녁에 집에 돌아온 인희는 은옥에게 선자가 사(社)에 왔다는 얘기를 했다.

"글쎄, 고 계집애가 동무니 얼씨구 좋다고 얘길 하겠지. 그러나 잡지사의 일이라면 괜찮아. 내가 이광민 씰 만나 얘기하지. 좀 속인 것 같아 안됐지만. 그러나 어떠니? 학교 선생님도 아닌데 남의 사생활이 문제될 건 없잖아?"

"그렇지만 내가 있기 거북할 거야."

"마음 약한 소릴 말어. 그러다간 세상을 못 살아간다. 그런 걸 마음에 쓰다간 아무 직장이고 못 붙어 있는 거지. 그보다 고 계집애가 집에 연락이라도 해서 그 이간가 하는 녀석이 찾아오면 사고란 말이야."

"설마…… 잘됐다고 생각하고 있을 거야. 알몸뚱이만 달아나 왔으니까……."

"그래도 그렇지 않다. 남자란 욕심꾸러기야."

은옥은 담배 연기를 내어 뿜으며 말했다. 쓸쓸한 표정이었다.

인희는 마음 한구석이 뜨끔했다. 이정식의 생각을 했던 것이다.

"요즈음 강진호 씰 만나니?"

"가끔……."

"그분한테도 한번 의논해 봐."

"왜?"

"왜라니? 사랑하는 사인데 비밀이 있을 수 있니?"

"비웃는 거니?"

인희의 얼굴이 해쓱해진다.

"비웃는 까닭이 있니? 애두 우습다."

"사랑하는 사이란 말 빼어주었음 좋겠다. 누구도 사랑할 자격은 나에겐 없어."

"언제까지나 낡아빠진 소리만 하구 있어. 감정은 자유야. 좋으면 좋은 대루 표시해야지 왜 억젤 하니? 아무튼 그따위 생각을 하다간 넌 또 실패한다. 평생을 두고 후회를 해야 하는 실패를 한단 말이야. 허긴 나도 인생의 실패자지. 그러나 후회를 하지는 않아. 유감은 없어. 최선을 다했으니까. 인력으로 될 수 없는 일이야 하는 수 없지. 그러나 넌 인력으로 자꾸만 자기의 운명을 막는단 말이야. 처음부터 강진호 씨하고 결혼을 했으면 이런 복잡한 사태가 되지는 않았잖아.

지나간 일 얘기한들 별수 없는 노릇이지만 아무튼 이번만은 너 마음에 충실해 봐. 만일 실패를 하더라도 후회는 없을 거야.

내가 이런 말 하면 어느 쓰레기통에서 놀아먹던 여자의 말이라 할지 모르지만 강진호 씨가 좋거든 같이 사는 거야. 싫어서 헤어지면 그만이구, 좋아서 같이 살았다면 갈라져도 후회 없어. 넌 한 번 결혼한 걸 갖고 영원히 결혼이란 못 할 사람으로 규정 짓고 있지만 말이야. 요즘은 옛날과 달라요. 외국에선 얼마든지 있는 일이고 조금도 이상한 일은 아니야."

"여긴 미국이나 불란서가 아니야. 한국이거든."

"글쎄 그게 틀렸다는 거야. 그럼 백보를 양보하구 말하자꾸나. 한국에선 기혼 여성과 미혼 남성이 결혼 못 한다고 하자. 그렇다면 결혼하지 말고 살라는 거야. 사랑하는데 그따위 형식이고 뭐고 일 없단 말이야."

"너같이 생각하면 세상에 고민은 하나도 없겠다."

"애써 고민할 필요가 있어?"

"누가 사서 고민을 하니?"

"사서 하는 고민이지?"

"모르겠다."

"난 너 마음을 잘 알지. 넌 얌전하구 싶은 거야. 나같이 사는 게 마땅치 않은 거야. 그러나 인희, 내 말 잘 들어. 행복이란 순간이야. 그 순간을 놓치면 영원히 행복을 잡지 못한다. 넌 첫째 번 순간을 스스로 피했고 이번이 두 번째 기회야. 잘 생각해. 나도 이정식 씨 이제 생각 안 할 테야. 내 앞에 기회가 온다면 난 서슴지 않고 잡는다. 그리고 그것에 열중하는 거야. 이정식 씨와의 역사는 이미 끝났거든. 넌 처음 기회가 있을 때도 송건수와의 역사가 끝난 것을 명심하지 못했기 때문에 일이 빗나간 거야. 강진호 씨는 송건수 씨보다 모든 면에서 낫다. 널 생각하는 정열도 그만하면 송건수 이상이야."

인희는 아무 말도 하지 않고 자리를 깐다. 은옥은 빙그레 웃으며 인희의 물들은 목덜미를 바라본다.

비가 내린다. 고요한 밤이다.

선자를 만난 뒤 삼 일이 지났다.

점심시간이 지난 때 이광민이 인희 옆으로 왔다.

"같이 차라도 하실까요?"

인희는 이어 알아차렸다. 자기의 사정을 이광민이 알아버린 것이라고―.

인희는 일어나 이광민을 따라 나갔다.

다방에 가서 자리에 앉았을 때,

"김은옥 씨로부터 얘기 들었습니다."

인희의 긴장된 얼굴은 다소 풀어진다.

선자를 통해 듣지 않았다는 것이 마음에 안도를 느끼게 했다.

"인희 씨가 그 문제에 대하여 상당히 신경을 쓰고 있는 모양인데 여긴 뭐 도의 교육을 하는 학교가 아니니까 사적인 일에 관여치 않습니다. 그야 극단적인 경우엔 그럴 수도 있겠지만…… 듣건대 인희 씨의 경우는 도리어 동정을 해야 할 일이니 아예 직장 분위기에 신경을 쓰지 마십시오. 뭐 기혼자는 안 된다는 사칙이 없으니까요.”

이광민은 온화하게 웃으며 말했다.

“고맙습니다. 저도 애초 비밀로 할 생각은 없었습니다만 은옥이…….”

“네, 알아요. 그렇지만 현재 혼자시니 미스가 아닙니까? 인희 씨는 마음이 약해서 그래요. 만일 사장께서 말씀이 있으면 제가 얘기하죠. 또 우리 사장은 그렇게 낡은 양반이 아닙니다. 자, 차나 드세요.”

이광민은 위로하듯 인희에게 차를 들 것을 권했다.

“이건 좀 이야기가 다릅니다만, 요다음부터 취재를 좀 해주셨으면 싶어요. 인희 씨는 침착하고 문장력도 있으니까…….”

“제가 감당할 수 있을까요?”

“그럼요, 감당하구말구요. 우선 용모에서 상대방을 압도하거든요. 하하하…… 뭐 방문기 같은 것 주로 인상, 분위기, 간단한 대화 같은 걸 쓰면 됩니다. 취재비는 별도로 나오니까 그리고 그편이 회사에 앉았는 것보다 수월합니다. 그럼 들어가실까요?”

이광민은 테이블 위에 놓인 담뱃갑을 들었다.

극히 사무적인 대화였으나 이광민이 인희를 동정하고 위로해주는 빛이 역력했다.

은옥이 입에 침이 마르게 인희를 두둔하고 잘 보살펴 달라고 부탁을 한 때문에 이광민이 그러는 것은 아니었다.

많은 사람을 접촉해 온 이광민은 사람을 보는 눈이 예민했고 따라서 자기가 한번 좋게 본 사람이면 끝내 신뢰하고 그를 도와주려 하는 주의主義에 의한 것이었다.

이광민은 처음부터 인희의 인품을 믿었고 그 후 인희의 겸허하면서도 착실한 태도에 호감을 가졌던 것이다. 그가 인희를 취재부의 기자로 쓰리라는 마음을 먹은 지는 인희의 내막을 알기 이전부터였다. 고상한 용모와 침착하고 요령 있는 대화, 그리고 간결한 문장력에 주목해 왔었다. 이광민은 좋은 기자를 기른다는 뜻에서도 이 일에 흥미를 느꼈고 S잡지사의 대외적인 권위를 위하여도 인희가 적격자라 생각해 온 터이다.

인희는 일말의 불안이 없지도 않았으나 역시 기뻤다. 일에 대한 흥미와 이광민이 협소한 상관이 아니라는 데서 믿음을 느낀 것이다.

인희와 이광민이 사무실로 올라가기 위하여 계단을 밟고 있을 때 계단 위에서 사나이 한 사람이 내려왔다.

"인희 씨!"

인희는 깜짝 놀라며 눈을 들었다.

뜻밖의 사람이었다. D시의 윤영철이었던 것이다.

"어마 웬일이세요? 윤 선생."

인희는 무심코 소리쳤다.

"지금 사무실로 찾아갔더니 다방에 가셨다고 하기에 내려오는 길입니다."

윤영철은 초췌한 얼굴이었다.

"그럼, 말씀하세요. 전 먼저 가보겠습니다."

이광민은 사양하고 먼저 올라갔다.

"바쁘시지 않으면 잠깐 말씀드리고 싶습니다."

윤영철은 인희를 쳐다본다. 인희는 잠시 망설이다가,

"그럭허세요."

인희는 일단 나온 다방으로 도로 들어갔다.

"참 오래간만이군요."

윤영철은 감개무량한 표정이었다.

"정말 여기에 계실 줄은 꿈에도 몰랐습니다."

"어떻게 알구 오셨어요?"

"선자한테 들었습니다."

"선자?"

"네."

"그럼 선생님도 서울 오셨어요?"

"네, 지난봄에 왔어요."

"학교 그만두시구요?"

"집어치웠습니다."

"왜요?"

"그건 이유가 있었죠."

윤영철은 우울하게 대답한다.

한참 동안 침묵이 흘렀다.

"그래 지금은 서울서 뭘 하세요?"

"무얼 하느냐구요?"

영철은 자조하듯 픽 웃었다.

"인희 씬 놀라실 것입니다. 전 지금 선자하구 동서 생활을 하고 있어요."

"네?"

인희의 눈이 크게 벌어진다.

"놀라셨죠? 저 자신도 스스로 놀라고 있으니까요."

"어떻게 그리되셨어요?"

실렌 줄 알면서도 인희의 입에서는 저절로 그 말이 나왔다.

"운명으로 돌리는 게 간단할 겝니다. 그러나 인력으로 돌린다면 그 동기는 인희 씨에게 있었어요."

"네? 저에게 있었다구요?"

"네, 그렇습니다. 그렇다고 해서 인희 씨를 탓하는 것은 결코 아닙니다."

"전 이해 못 하겠는데요?"

"물론 이해 못 하실 것입니다. 인희 씨는 모르는 일이니까요. 오늘 제가 찾아뵌 것은 이 일이 아닙니다만 우선 마저 말씀드리죠. 인희 씨가 선자 집을 뛰쳐나가시던 날 기억하시죠?"

"그야……."

"그날 제가 책을 한 권 드린 일도 기억나세요?"

"글쎄…… 그랬던가요?"

"보시라구 책을 드리지 않았습니까? 그때 선자가 문에서 엿듣고 있어 기분이 나빴던 일까지 있지 않았어요?"

"아, 기억나는군요."

"그 책 열어보지 못했어요?"

"네, 그냥 책상 위에 두었죠. 기분이 산란해서요."

"인희 씨가 그 책을 열어보셨던들…… 하긴 다 소용없는 일입니다만 그 책 속에 전 편지를 한 장 써 넣었어요."

"편지?"

"네, 전 인희 씰 도와드리고 싶었습니다. 인희 씨가 어떻게 생각하시든 전 인희 씰 존경하구 사랑했습니다. 전혀 그건 순수한 것이었어요."

인희 얼굴에 당황한 빛이 돈다.

"무슨 대가를 바라거나 욕망이 관철되리라는 생각은 추호도 없었습니다. 상대방은 우정이라 생각하면 되는 거예요."

영철은 인희의 얼굴빛을 살피며 말을 덧붙였다.

"그런데 그 편지를 선자가 훔쳤어요. 이성태라는 작자가 펄펄 뛰고 야단을 한 모양이에요. 그 기회를 타서 선자는 저를 유혹한 것입니다. 물론 제가 약했던 탓이죠. 선자는 그의 아버지한테 결국 거짓말을 했어요. 그 편지는 인희 씰 쫓아내려고 자기가 꾸민 거라구요. 하여간 전 살아난 셈이죠. 그러나 그 대가를 선자에게 치러야 했습니다."

윤영철은 일단 말을 끊었다.

"이만하면 대강 짐작이 가시겠죠?"

인희는 묵묵 앉아 있었다.

"사람이란 참 묘한 동물입니다. 선자는 본시 아이가 온당치 않았었지만 요즘에 와서 바람을 피우거든요. 저에게 대한 일종의 복수인지는 몰라도 하여간 전 질투를 하구 있어요."

윤영철은 또 한 번 아까처럼 픽하고 웃었다.

"사실은 오늘 이런 얘기 하려고 찾아온 건 아닙니다. 선자가 인희 씰 이용하려고 계획하고 있어요."

"절 이용하다뇨?"

"D시에서는 지금 이성태가 인희 씰 맹렬히 찾고 있거든요. 그래서 선자가 이 소식을 전하고 아버지로부터 돈을 옭아내자는 거죠."

"이성태가 왜 저를 찾을까요?"

"연실인가 그 여자한테 이제 신물이 난 모양입니다. 아니 여자에게 신물이 났다기보다 그 여자가 이성태를 배반한 모양이죠? 그런 사람들의 세계에서는 배반이구 뭐구 없겠지만 하여간 연실이란 여자는 자기 몫을 단단히 챙겨가지구 이성태를 뺄은 눈칩니다. 그러니 이성태가 인희 씰 찾지 않겠어요?"

"철면피 같은 사나이!"

인희의 입에서 저절로 욕설이 나왔다.

"찾는다구 누가 만만히 끌려가나요?"

인희는 또 한 번 쏘아붙인다.

"원체 수단이 좋은 사내니까 인희 씨의 꼿꼿한 마음이나 행동
이 통하나요? 미리 방어 태세를 취해야죠. 전 정말 우정에서 이
런 말 전하러 온 겁니다. 또 무슨 허물을 뒤집어쓸지 모르겠습
니다만."

"고마워요."

인희는 기계적으로 대답했다.

"아무튼 소홀히 생각지 마시구."

"잘 알았어요."

"그럼 바쁘신데 가보시죠."

윤영철이 먼저 일어섰다. 인희는 윤영철과 헤어질 때,

"저 땜에 걱정 너무 끼쳐서 죄송해요. 선자 그 애도 불쌍해요.
사랑해 주세요."

"이젠 제가 불쌍한 놈입니다."

윤영철은 심각한 얼굴로 말하였다.

사무실로 돌아온 인희는 일이 손에 잡히지 않았다. 인희는 한
참 생각하다가 강진호에게 전화를 걸었다. 강진호는 자기 쪽에
서 먼저 지금 전활 걸려던 참이라고 말했다. 인희는 저녁에 만
나자고 약속을 하고 전활 끊었다. 은옥의 말도 있고 하여 강진
호에게 의논을 할 참인 것이다. 인희는 일을 끝마치고 곧장 거
리로 나왔다.

인희는 강진호와 마주 앉았으나 말이 좀처럼 나오지 않았다.

자꾸 마음이 멍멍해지는 것이다.

"무슨 일이 있었댔어요?"

"……별로…….."

강진호는 잠시 인희의 얼굴을 살피다가,

"바다에 안 가시겠어요?"

"바다요?"

"네, 며칠만…… 인희 씨 혼자 가시긴 안 됐음 은옥 씨하구 같이 가도 좋습니다."

"갈 수 없어요."

"왜요?"

"일이 바쁜걸요."

강진호는 실망의 빛을 나타내었다.

"일요일도 일을 하시나요."

"아니에요."

"그럼 이번 주일날 뚝섬이나 정릉에 가실까요?"

"글쎄…….."

강진호는 인희의 힘 빠진 대답을 듣자 다시 의심스러운 표정이 된다.

"무슨 일이 있었어요?"

"……."

"말씀하세요."

"차차 말씀드리겠어요."

"우울하시군요."

"우울해요."

인희는 피시시 웃는다.

"우울증은 당장에 풀어야죠. 댄스홀에 안내해 드릴까요?"

강진호도 애써 경쾌하려고 한다.

"춤도 못 추는데 가면 뭘 해요?"

"구경하죠."

"구경하려면 차라리 영화관엘 가죠."

"그래요. 그럼 영화관에 가십시다."

강진호는 담뱃갑을 호주머니 속에 주워 넣고 일어섰다.

"성미도 급하시네."

"기분 전환을 해야 그 차차 하겠다는 말을 들을 수 있지 않습니까?"

강진호는 아무렇지도 않는 태도였으나 인희가 차차 하겠다는 말에 상당히 신경을 쓰고 있는 모양이었다.

거리에 나왔다.

종일 후줄근하니 처져 있던 가로수가 저녁 바람에 생기를 찾은 듯 잔잔하게 흔들리고 있었다. 자동차 클랙슨을 팡팡거리며 무수히 달리고 있었다.

쇼윈도 앞에는 여인들이 서성거리고 신문을 파는 아이들이 맥 빠진 듯 걸어가고 있었다.

"조용한 다방으로 가세요."

생각에 잠겨 있던 인희가 말했다.

"영화는?"

"그만두구 싶어요."

강진호는 인희의 숙어진 머리를 비스듬히 내려다본다.

"이야기해 드리겠어요. 저의 이야기예요."

"인희 씨 이야기? 우리들의 이야기가 아니구?"

"강 선생님하구 상관없는 일이에요, 공연히 주제넘지요."

"인희 씨 얘기라면 곧 저 이야기가 아닐까?"

"호의는 고마워요, 그래서 주제넘게 되나 부죠?"

"서먹서먹해지는군요."

그들은 어느 다방으로 들어갔다.

여름철이라 모두 바다에 갔는지 다방에는 그다지 손님이 많지 않고 한적했다.

그러나 그들이 자리에 앉자 재즈가 울려 나와 실내공기를 마구 흔들어놓고 말았다.

강진호는 차를 주문해 놓고 인희의 입에서 말이 나오기를 기다렸다.

그러나 인희는 좀처럼 입을 떼지 않았다.

"시끄럽군."

강진호는 레지를 불러 전축의 볼륨을 좀 낮추어 달라고 부탁한다.

"한강에나 갈 걸 그랬죠?"

강진호는 말이 없는 인희의 모습이 안타까워 한 말이다.

"죽어버렸음 좋겠어요."

인희는 피시시 웃었다. 웃기는 웃었어도 진정 죽기라도 했음 좋겠다는 심정이 그의 눈빛에 완연했다.

"살고 볼 일이지 죽을 셈치고 산다면 꿋꿋해집니다."

"거미줄에 얽힌 파리 같아서 살길이 없군요."

"또 그런 소리―. 용기를 내고 살아갑시다. 인희 씨는 혼자가 아니잖아요."

"제게 마련된 일을 강 선생님이 짊어지실 이유가 없어요. 그건 불합리한 일이에요."

"언제까지 정말 인희 씨는 이럴 작정입니까. 저의 인내도 한도가 있습니다."

강진호는 불쾌하게 얼굴을 찌푸렸다.

"전 유부녀예요. 선생님을 감옥에 보내야 합니까?"

"부당한 결혼이니 이혼하면 되잖소."

인희는 한참 말이 없다가,

"요다음 일요일 정릉 가시겠어요?"

엉뚱한 말을 한다.

"바다에 못 가신다면 정릉에라도……."

"그럼 그날 자세한 얘기 하겠어요. 오늘은 역시 얘기할 수 없어요."

강진호는 침울한 얼굴로 앉아 있었다. 그로서도 심상치 않은 것이 있었다는 짐작이 간 때문이다. 그는 도리어 추궁하느니보다 인희 스스로가 내켜서 이야기하기를 기다리는 것이 현명하리란 생각이 들었다.

"그럼 그럭허지요."

돌아오는 길에서 강진호는 저녁이라도 하고 가자 했다.

"은옥이 혼자 쓸쓸해해요. 일찍 가보겠어요."

인희는 굳이 뿌리치고 집으로 돌아왔다.

은옥은 재떨이 위에 담배를 걸쳐놓고 잠이 들어 있었다. 피로한 얼굴이었다.

인희는 은옥의 어깨를 가만히 흔들었다.

"은옥아, 자리 깔고 자야지?"

"으음? 너 왔니?"

은옥은 부시시 일어났다.

"대문도 걸지 않고 잠이 들면 어떻게 해? 도둑이 와서 다 집어가면 어떡헐려구?"

"다 집어가라지 그까짓 껏 인생도 집어던지고 사는데."

은옥은 자포적으로 말을 뇌까리며 인희가 깔아주는 요 위에 철썩 몸을 내던진다.

인희도 세수를 하고 자리에 들었다. 그러나 잠이 올 리가 없다. 은옥도 잠이 오지 않는지 부시럭거렸다.

"인희 자니?"

"으응."

"외로워 이래 살겠나?"

"……."

"누구든지 하나 거머잡아야겠어."

"미친 소리 말구 자요."

인희는 몸을 슬치며,

"오늘 이광민 씨가 얘기했어."

인희는 강진호의 이야기에서 비켜서며 윤영철이 온 얘기—이광민의 얘기를 들려주었다.

인희는 강진호와 약속한 대로 다음 일요일 정릉으로 놀러 갔다.

그들은 사람들이 많이 모인 청수장 근변의 개울을 피하여 더 깊이 산속으로 들어갔다.

북적거리는 도시 한복판에서 살다가 산속으로 들어오니 마치 아프리카의 밀림 속에 들어앉은 것처럼 마음이 상쾌하다.

"참 세상이 좁아요."

인희의 혼잣말이다.

"좁다고 생각하면 좁지만 넓다고 생각하면 한없이 넓죠."

"그럴까요?"

강진호는 담배를 붙여 문다. 한 모금 두 모금 빨고는 시원스럽게 내어 뿜는다.

인희는 솔잎을 뜯으며 먼 산을 쳐다본다.

"밤낮 하는 말이지만 오늘은 좀 확실한 인희 씨의 대답을 듣구 싶습니다. 오늘만은 저도 깊이 결심하구 왔으니까 명확한 해답을 주십시오."

인희는 얼른 고개를 떨군다. 자기가 먼저 말을 했어야 할 것을 하고 후회하는 얼굴로.

"인희 씨?"

"……."

"저하구 결혼 못 하시겠어요?"

"네."

"이유는?"

"……."

"절 사랑하지 못하겠다는 말씀입니까?"

인희는 고개를 저었다.

"그러면?"

"전 결혼했잖아요?"

"이혼하십시오."

"이혼이 되나요?"

"어째서 안 됩니까?"

"그 작자가 절 찾구 있어요. 이혼해 줄 것 같아요? 전 평생 숨어서 살아야 해요. 그 사람과 같이 살지 않는 이상."

"이쪽에서 이혼을 제기하면 되잖소."

"보통 남자가 아니에요."

"그렇지만 그 사나이는 인희 씨의 계모하구 관계가 있다잖아요? 그것만으로도 이혼의 조건이 됩니다."

"아버지 망신시키고 싶지 않아요."

"참 딱하기도 합니다. 돌아가신 분의 망신이 중요합니까, 자신의 생사 문제가 중요합니까?"

"……."

"어째서 인희 씨는 그렇게도 세상을 모를까? 아주 바보예요, 바보……."

"그렇지만 강 선생님은 그 남자를 몰라서 그래요. 자칫 잘못하면 강 선생님한테까지 화를 입힐 사람이에요. 양심이 마비된 인간이 아닌 사람이에요."

인희는 선자가 찾아온 얘기로부터 윤영철에게서 들은 이야기를 강진호 앞에 모조리 털어놓았다.

강진호는 묵묵히 듣고 있었다.

"아무래도 그 잡지사 그만두어야 할까 봐요."

"거긴 그만두시오."

강진호는 대답이 이내 돌아왔다.

"그리고 변호사를 찾아 상의해 보아야겠어요. 언제까지나 이러고 있을 순 없잖아요."

"강 선생님을 희생시키고 싶지 않아요."

"뭐가 희생이요?"

"저하구 만일 결혼하신다면…… 부모님이 용서할 리가 없어요."

"그야 다소 반대하겠지만 부모가 결혼하는 게 아니니까 강진
호라는 사람이 결혼하는 이상 강진호의 의사에 맡길 일이요."

"강 선생님이야말로 어리숙하구 세상을 모르는 말씀을 하
세요."

"인희 씨 정말 이 이상 고집 그만 피우세요. 언제까지나 인습
에 얽매여 살 작정입니까? 전 이제는 다시 인희 씰 안 놓칠 작
정입니다. 사랑하면 그만 아니에요?"

강진호는 인희를 잡아끌었다. 그리고 포옹하며 열렬한 키스
를 퍼부었다.

"인희 씨는 내 사람이요. 알겠소? 자아, 대답하시오."

인희는 눈을 감았다.

"난 계획을 세우고 있어요. 인희 씨하구 결혼하면 외국에 가
려구요. 거기서 이삼 년 살다 오면 부모의 마음도 꺾일 거요. 나
도 좀 더 공부하구 싶소."

두 사람은 오랫동안 푸른 하늘을 바라보고 앉아 있었다.

"자아, 일어나세요. 청수장에 가서 점심이나 하십시다."

그들은 산에서 내려왔다.

개울가에서 각층 사람들이 모여들어 재미나게 놀고 있었다.
장구를 둘러멘 패들은 신나게 춤을 추고 학생들은 부지런히 점
심밥을 짓고 있었다.

"아무리 선경仙境이라두 사람들이 많이 모여드니 좋지 않군.

이거 사람 구경이지. 별것 있어요? 역시 지역이 좁아서 그런가 부죠?"

강진호는 비틀거리는 인희의 손을 잡아주며 말했다.

"바다는 더할 거예요."

"바다야 사람이 없음 재미없죠. 바다에는 사람이 많아야 신이 납니다."

"그렇지만 바다는 불안해요?"

"빠져 죽을까 봐요?"

"누가 그래서 그렇대요? 바닷물이 쉴 새 없이 움직이니까."

"그럼 배 타고 여행 못 하겠군요."

강진호는 명랑하게 인희를 놀려주듯 말했다.

청수장으로 들어가서 점심을 주문하여 막 식사하려고 했을 때 누가 테이블 앞에 와서 강진호의 어깨를 탁 쳤다.

"아이 미스터 강, 웬일이세요?"

강진호의 약혼자였던 성자였다.

"아아, 난 누구라구?"

강진호는 태연하게 성자를 올려다본다.

"실례!"

성자는 인희에게 잠시 목례를 보내더니,

"오래간만이에요. 그간 안녕하셨어요?"

"여전하죠."

"여전하지도 않는 것 같은데?"

성자는 슬쩍 인희를 쳐다보았다.

"반가운 소문 들리더군. 결혼한다면?"

강진호는 앉으라 말도 않고 포크를 들며 말했다.

"미스터 강의 마음에서 가책을 몰아내기 위하여 호호……."

"내가 가책을 느껴야 하나?"

"글쎄, 그건 인간 나름이죠. 전 아무튼 처분되었는데 미스터 강은 어떻게 되죠? 공연히 위험한 불장난일랑 피하셔야지. 옛날의 정리를 위하여 충고해 드리는 거예요."

강진호는 노한 듯 그의 얼굴을 쳐다보다가,

"남의 걱정일랑 그만두고 요리 강습이나 받아요. 공연히 남의 걱정하다간 머리가 센단 말이요."

"어마나, 그러세요? 누가 걱정을 하시나? 요리 강습을 받으라구요? 호호호, 명심하겠어요. 그럼……."

성자는 그의 일행이 있는 테이블로 걸어간다. 강진호는 입맛이 떨어진다는 듯 얼굴을 찌푸렸다.

강진호와 인희는 과히 좋지 않은 기분으로 식사를 끝내자 이내 청수장 밖으로 나와버렸다.

"그분 절 원망하겠어요."

"피차 성격이 맞지 않아요. 성격이 맞지 않는 사람끼리 결혼하는 것보다는 도리어 실패하기 전에 이렇게 되는 게 낫죠."

"그래두 저만 없었음 그분하구 결혼했을 거예요."

"그러나 결국 실패하죠, 듣기에 의하면 이번에 결혼할 상대가 좋다니까 그러구러 안전지를 마련하는 거죠. 공연히 인희 씨가 신경 쓸 필요 없어요."

"그분하구 결혼하기를 부모님도 바라지 않았어요?"

"또 그런 소리 이제 그만하세요."

그들은 개울가에 가서 한참 앉아 놀다가 시내로 돌아왔다.

인희가 집에 돌아가니 은옥이 양말을 빨고 있다가 고개를 들며,

"재미 많이 보았니?"

하고 빙긋 웃는다.

"재미는 무슨 재미?"

"애 거짓말 말어. 얼굴에 쓰여져 있는걸."

"재미구 뭐구 골치 아프다."

인희는 마루 끝에 걸터앉으며 멍하니 처마를 올려다본다.

"애인을 만났는데 골치가 아파?"

인희는 대답을 하지 않고 여전히 시선을 처마에다 둔 채 앉아 있었다.

은옥은 양말을 빨랫줄에다 널어놓고 앞치마에 손을 닦으며 인희 옆에 앉는다.

"왜 무슨 일이 있었니?"

"나 잡지사 그만두어야겠어. 강 선생도 그러는 게 좋겠다구 하더군."

"왜? 이광민 씨가 절대 신임인데? 결혼하겠니?"

"결혼은 무슨 결혼이야? 난 결혼 안 해. 결혼할 처지도 못 되지만."

"그럼 왜 그래?"

"이성태가 찾아올 것이라 하는군."

"누가 그랬어?"

"전에 가정교사하던 사람이 그랬어. 이성태의 딸하구 산다는 거야."

"아, 그때 잡지사에 왔더라는 그 계집애 말이냐?"

"응."

"아직 학생이라면 그도 금년에 입학했다잖아?"

"나이가 문젠가?"

인희는 자세한 설명은 하지 않고 대충 말을 했다.

"거봐, 내가 뭐랬어? 사나이란 욕심꾸러기라 했잖아?"

"욕심도 유분수지. 사람의 탈을 쓰곤 그럴 수 있니?"

"인간 세상의 추악한 면을 모르니까 넌 그러는 거야."

"아주 또 세상을 많이 산 것 같은 말투군."

"그야 너보담은 세상을 좀 더 알지. 그러니까 너보담은 인생에 대하여 욕심이 적다."

"내가 무슨 욕심을 부렸기에."

"욕심이 너무 많아 실패지. 에누리하구 좀 더분더분 살란 말이야. 순수만 찾지 말구."

"순수? 내가 순술 찾을 계제가 되었니? 그건 옛날의 얘기야."

"그렇지 않아. 넌 왜 강진호 씰 받아들이지 않지? 너 생각에는 그 사람을 희생시킬 수 없다고 생각하겠지? 그러나 그게 틀린 일이야. 넌 너 자신을 얌전하게 모셔두구 싶은 거야. 너무 자신을 아낀단 말이야."

은옥은 사정없이 비판한다.

"그런 역설이 어디 있니?"

인희도 약간 부아가 나는 모양이다.

"역설이라구? 천만에. 나 같음 상대자의 갈망을 받아주겠다. 무조건 미래를 계산하지 않는다, 당장에 파탄이 오더라두 말이야, 넌 너무 겁을 내구 있어. 처음부터 넌 감정을 송건수로부터 강진호 씨에게 대담스리 옮겼음 좋았을 걸 그걸 무슨 죄악처럼 생각했거든. 쉽사리 감정을 이동하는 것을 넌 죄악시했기 때문에 비극이 온 거야."

인희는 잠자코 말았다. 은옥의 말은 옳은 것이었기 때문이다.

"싸움은 그만하구 등물이나 쳐라. 덥지 않니?"

은옥은 그 이상 인희를 괴롭히지 않게 하기 위해선지 말을 잘라버린다.

은옥은 대문을 닫아걸고 수돗물을 퍼낸다.

"이 애 등물쳐라."

멍하니 앉았는 인희를 보고 다시 말한다.

"그럴까?"

인희는 옷을 벗고 수건으로 앞가슴을 가리며 수돗가에 왔다.

"자, 엎드려."

은옥은 인희 등에 물을 끼얹어 주면서 어쩌면 이렇게 살결이 희냐? 하고 부러워한다.

"그래, 잡지살 그만두면 어떡허지."

"나두 모르겠다."

인희는 수건으로 몸을 닦으며 시무룩하게 대답한다.

"내일은 나가지?"

"응. 어쨌든 새달 잡지가 나올 때까진 있어야잖아? 책임상."

"그동안에 그 녀석이 찾아오면 어떡허지?"

"그동안엔 안 올 거야."

"어떻게 아니?"

"그 애가 돈을 받아내려구 하는 짓이니 미리 알리지는 않을 거야. 돈을 부쳐주면 알려주겠다는 식이니까."

"고것 참 맹랑한데? 그 애비에 그 딸이로군."

"우리보담 한 수 높아."

인희는 설명이 길어질 것 같아서 윤영철을 유혹한 선자의 수법에 대하여 아무 말도 하지 않았다.

저녁에 자리를 깔고 자면서 은옥은,

"이 애 벌써 나한테 구혼자가 있단다."

"구혼자?"

"응, 우습지?"

"……."

"그런데 그게 엉터리 녀석이야. 아마 내한테 돈이 좀 있는 줄 아나 부지?"

"그게 무슨 뜻이지?"

"아이두 참 맹꽁이야. 돈이 있으면 좀 이용해 보자는 거지. 결혼을 미끼로 해서 말이야."

"아무리 그럴까?"

"이 애는 정말 제 자신이 당하구도 모른단 말이야."

"결혼 동기는 그렇지 않거든. 도리어 이쪽에서 아버지 사업을 도우는 조로……."

"그야 인희는 미인이었으니까 나야 경우가 다르지. 세상을 알면 알수록 여자는 약아지는 대신 불행해지나 봐. 하긴 세상에 그런 자뿐이겠냐만 아무튼 난 요즘 쓸쓸해. 인희처럼 미인두 아니구 목달아 매는 놈도 없으니."

농담이었으나 그것은 어느 면으로는 은옥의 진심이기도 했다.

"이제 자자꾸나."

인희는 전등을 꺼버렸다.

이튿날 인희는 잡지사에 나갔다.

점심시간에 이광민에게 점심을 같이하자고 하여 사원들이 잘 가지 않는 왜식 식당으로 갔다.

"왜 저한테 점심을 사시는 겁니까?"

이광민이 빙글빙글 웃으며 말하였다.

"어려운 말씀 드리려구요."

"어려운 일이란 뭘까요?"

이광민은 대단찮게 생각하는 모양이다. 인희는 사의를 표명하는 데 있어서 사무적으로 하면 그만이겠으나 이광민이 보여준 여러 가지 호의로 말미암아 그럴 수는 없었다. 그래서 그를 점심에 초대한 것이다.

"어려운 일이기보담 죄송하기 짝이 없는 일이에요."

"무슨 미스라도 있었나요."

인희는 한참 말이 없다가,

"저 회사 그만둘까 싶어요."

"뭘요? 누가 뭐랍디까?"

"아니 아무도."

"그러면?"

"순전히 저의 사정이에요. 여러 가지로 이 선생님께서 편리를 보아주셨는데 정말 염치없어요."

"저에게 미안하다구 생각하실 필요는 없습니다만 도대체 왜 별안간 그러십니까?"

이광민은 입맛이 떨어진다는 듯 음식 먹던 손을 멈추었다.

"이 선생님께서 저의 사정을 이해해 주시니까 말씀드리겠습니다."

인희는 잠시 머리를 숙인다. 역시 말하기가 거북했던 것이다.

"저와 결혼했던 사람이 저를 찾는다는 겁니다. 그리구 딸아이가 연락을 할 모양이니 저로서는 피신하지 않을 수 없어요. 제 생각에는 이미 그 사람이 다른 여자하구 사니까 전 찾을 리 없다고 했는데……."

"네? 그래요?"

이광민도 다소 얼굴이 긴장된다.

"이 선생님께서 소개해 준 은옥의 체면도 있구 선생님께 신세도 지구 하여 웬만하면 그냥 있구 싶습니다만 사정이 그래서……."

"은옥 씨 말씀을 들으니 퍽 나쁜 작자라 하더군요. 이해가 가긴 합니다만 할 수 없죠. 그런데 생활을 어떻게 하실랍니까?"

"어떻게 되겠죠."

"뭣하면 다른 직장으루 소개해 드릴까요?"

"당분간은 그만 있어 보겠어요."

"이런 상태로 사신다는 건 불안한 일이 아닙니까? 이혼을 제기하십시오. 은옥 씨 말에 의하면 인희 씨 계모하구 통하여 아버님의 유산까지 몽땅 집어삼켰다니 천하에 그런 못된 놈이 어디 있습니까? 그것만으로 충분히 이혼이 성립됩니다. 그뿐인가요? 사기죄로 처넣을 수도 있습니다."

인희는 얼굴을 붉혔다. 너무나 추한 일이기 때문이다.

겨우 점심이 끝나고 다방에서 차를 마시고 있을 때 이광민은 풀쑥,

"은옥 씬 그냥 독신으로 사실 작정인가요?"

"은옥이요?"

"네."

"결혼해야죠."

"저 같은 사람하구라도 결혼할까요?"

단도직입적이다.

인희는 깜짝 놀란다. 어젯밤 은옥은 청혼하는 남자가 있다는 말을 했다. 그리고 그 남자는 엉터리라고 했다. 아무리 생각해도 이광민은 엉터리 같지가 않았다. 여자의 돈을 바라는 남자라고 생각되지도 않았다.

"은옥한테 청혼하셨어요?"

인희는 하도 궁금하여 물었다.

"너무 서로 잘 알구 있는 사이라서요. 그리구 사람이 죽은 지 얼마 되지 않아서 야박한 것 같아서요."

인희는 겨우 안심을 했다. 그리고 은옥의 새로운 생활이 이룩될 것만 같은 희망에 마음이 흐뭇해 왔다.

"제가 은옥 씰 좋아하는 것은 산뜻한 무슨 연애 감정이기보담 우정 같은 것이라구 할 수 있어요. 저는 처음 결혼에 실패하구부터 여자가 아름답다는 것에는 흥미를 잃어버렸어요. 인희 씨가 미인인데 이런 말 하는 것 실례지만."

"별말씀을⋯⋯."

"은옥 씬 정신이 아름다워요. 그렇게 솔직하구 헌신적인 여성을 전 처음 봤습니다. 미인은 아니지만 하긴 저도 미남은 아니

316

죠. 하하하…….”

“정말 은옥이 같은 앤 없어요.”

“어떻습니까? 인희 씨가 중매 서주시겠어요?”

“물론이죠. 안 오겠다면 은옥의 목이라도 얽어매어 끌구 오
죠. 호호호…….”

두 사람은 유쾌한 기분으로 일어섰다.

“그럼 인희 씬 내일부터 못 나오세요?”

“아니에요. 잡지 나오기까지 있겠어요.”

“책임감이 강하군요. 믿었습니다. 은옥 씨 일두 책임 완수하
셔야 합니다. 하하하…….”

어느덧 날이 가고 잡지 구월호의 교정도 다 끝날 무렵이었다.

인희는 강진호한테서 전화를 받았다.

“인희 씨요?”

“네.”

“나 지금 건너편 커피하우스에 와 있소. 어제 변호살 만나 그
간 일의 경과보고를 받았는데 인희 씨하구 상의해야겠어요.”

“나가겠어요.”

인희는 전화를 끊고 책상 위를 정리했다.

그간 그들은 이혼 문제를 어느 변호사에게 의뢰했던 것이다.

인희는 퇴근 시간도 얼마 남지 않았으므로 아주 나갈 차비를
차렸다.

“이 선생님, 저 먼저 나가겠습니다.”

이광민은 고개를 끄덕였다. 그도 은옥으로부터 강진호의 얘기를 들어 알고 있었다. 그리고 이혼 문제가 진행되고 있다는 사실도—.

인희는 나가다 말고 돌아와서,

"참, 은옥이 만나시죠?"

"네."

"그럼 저 늦게 간다구요."

"누가 늦게 갈지 압니까?"

이광민은 빙그레 웃었다.

인희도 방그레 웃는다. 인희는 경쾌한 발길로 계단을 밟고 거리로 나섰다.

그가 막 길을 횡단하려고 하는 순간 누가 뒤에서 팔을 덥썩 잡았다.

인희는 강진호인 줄 알고 돌아보았다.

"인희!"

인희의 얼굴이 새파랗게 질린다.

"이성태!"

인희는 입 속에서 중얼거렸다.

"어디 가는 거야?"

"……."

"애인 만나러 가는 거야? 그렇게는 못 할걸?"

성태는 지나가는 자동차를 세운다. 인희의 팔을 꽉 잡은 채.

사람들이 무수히 오고 간다. 인희는 고함이라도 치고 싶었으나 목구멍이 막힌 듯 말이 나오지 않고 건너편 커피하우스만 목마르게 쳐다보는 것이었다.

"이거 놓으세요!"

인희는 소리를 바락 질렀다.

"흥!"

이성태는 멎은 자동차 속에 인희를 쓰러뜨린다.

"D시까지 직행이야."

이성태는 운전수에게 말했다.

"안 돼요!"

인희가 소리친다.

운전수는 눈치가 수상하였든지,

"D시까지 갈 가솔린이 없는데요?"

"가다가 넣으면 돼. 돈은 달라는 대루 줄 테니까."

운전수는 그 말에 신이 났든지 핸들을 잡는다.

"안 돼요! 안 돼!"

인희는 몸을 흔들며 소리쳤으나 이성태의 징그러운 손이 그를 옴짝 못 하게 눌러 잡는다.

자동차는 달린다.

달리는 자동차 뒤를 따르는 또 한 대의 자동차가 있었다.

강진호가 탄 자동차다. 그는 인희가 오는 것을 기다려 창밖을 내다보고 있다가 인희가 납치되어 가는 광경을 보고 급히 뛰어나왔던 것이다.

"도망을 가면 몇만 리나 갈 줄 알았나?"

이성태는 인희의 팔을 놓고 담배를 피워 물며 험한 목소리로 말을 했다.

"집에 가기만 해봐라. 밖에 못 나가게 정강이를 부숴 앉은뱅이를 만들어놓을 테니."

이성태는 무서운 표정으로 내뱉었다.

인희는 이빨을 악물었다. 그래도 턱이 덜덜 떨려 이빨이 뽀독뽀독 소리를 냈다.

"깜찍스런 년 같으니 이성태가 그냥 만만하게 물러설 줄 알았나?"

자동차는 쾌속으로 달린다. 시외의 매끄러운 아스팔트 길 위로 미끄러지듯 달린다.

인희는 죽을 수밖에 없다고 생각했다. 차라리 이 사나이를 따라가느니보다 혀를 깨물고 죽어버리는 편이 나을 것 같았다.

입에 담을 수 없는 폭언을 들어도 한마디 응수도 하기가 싫었다. 다만 어떻게 하면 또다시 욕을 보지 않고 죽을 수 있을 것인가? 그 생각만이 머릿속에 가득 차 그 밖의 일은 아무것도 생각하기가 싫었다.

"그간 어느 놈하구 지냈어? 말해봐."

이 무식한 사내는 앞자리에 운전수가 있다는 것도 개의치 않고 성급하게 추달하기 시작한다. 한마디 말도 없는 인희의 태도가 그의 역정을 더 돋운 모양이다.

"개 같은 소리 하지 말아요!"

인희의 입에서 말이 튀어나왔다.

"뭣이?"

이성태는 인희의 뺨을 찰싹 갈긴다.

인희는 무서운 눈으로 쳐다보다가 입가에 웃음을 흘린다. 인희는 온 전신을 저주와 경멸로써 떨었다.

"운전수! 더 빨리! 속력을 내요!"

이성태가 소리친다. 그는 한시라도 바삐 D시로 가서 인희를 마음껏 매질하고 그의 입에서 고백을 듣고 그리고 그를 굴복시키고 싶었던 것이다.

"더 이상 내면 걸립니다."

운전수가 시무룩이 대답한다.

"누가 보나?"

"그리구 여기부터는 길이 험하니까요."

자동차는 낭떠러지를 옆에 끼고 커브를 돌고 있었다.

인희는 자동차 문을 확 열더니 낭떠러지에 내리뛴다.

"아!"

이성태의 입에서 비명이 터져 나옴과 함께 당황한 운전수는 핸들을 획 돌렸다. 그 순간 자동차는 낭떠러지에 굴러떨어진다.

미처 비명을 지를 겨를도 없이 일순간에 일어난 일이었다.

뒤따르던 자동차가 현장까지 달려왔다. 새파랗게 질린 강진호가 미친 듯 뛰어내린다. 운전수도 뛰어내린다.

그들은 자동차가 뒤집힌 곳으로 달려간다. 인희는 풀밭에 푹 엎드려 있었다.

"인희! 인희 씨!"

강진호는 인희를 안아 일으켜 미친 듯 불렀다. 대답이 없었다.

강진호는 블라우스를 찢고 가슴에 손을 얹었다. 가슴이 뛰고 있었다. 약하게.

"운전수! 빨리 병원으로!"

강진호는 인희를 안고 언덕을 기어 올라간다.

"이거 큰일 났군. 어떡헌담?"

운전수는 이성태와 운전수의 참혹한 꼴을 내려다보며 딱한 듯 입맛을 다셨다.

"여보오, 그러고 있을 게 아니오! 빨리 가야지!"

강진호는 언덕 아래를 내려다보며 소리친다.

"아, 이 사람들은 어떡허구요!"

"내버려두어요!"

강진호는 초조한 나머지 소리를 바락 지른다.

"온 그럴 수 있소. 한 사람은 가망 없겠는데? 그래도 운전수는 숨이 붙어 있어요."

강진호는 하는 수 없이 다시 언덕 밑으로 내려갔다. 이성태는 바위에 골이 부딪쳐 무참하게 죽어 있었다. 운전수는 핸들을 꼭 잡은 채 머리를 틀어박고 있었으나 숨은 붙어 있었다.

그러자 마침 지나가던 군용트럭이 사고 현장을 발견하고 머문다.

군용트럭에 탄 사람들이 내려 운전수와 이성태를 트럭에다 운반했다.

그러는 동안에도 강진호는 빨리 가자고 운전수를 못 견디게 굴었다.

부상자는 얼마 후 시내 S병원으로 운반되었다.

강진호는 은옥에게 전화를 걸어놓고 복도에서 안절부절못하며 인희의 용태를 근심한다.

'제발 병신이 되어도 죽지만 말아주십시오.'

강진호는 누구에겐지도 모르게 애소하는 것이었다.

'다 내가 불면한 탓이지.'

강진호는 초조하게 담배를 피워 물었다. 그러나 이내 담배를 창밖에 내던지고 성급하게 복도를 왔다 갔다 한다.

"강 선생님!"

은옥이 울상이 되어 쫓아왔다. 그의 뒤에 이광민도 따랐다.

"웬일입니까, 이게?"

은옥은 강진호의 소맷자락을 잡으며 눈물을 뚝뚝 떨어뜨린다.

"그래 뭐라구 했어요! 의사가 말예요!"

"아직 말이 없습니다."

강진호는 떨리는 손으로 담배를 꺼낸다. 이광민이 재빨리 라이터를 켜 준다.

"어떻게 빨리 알아봐야잖아요? 인흰 그래 어디 있어요."

강진호는 눈으로 수술실을 가리킨다.

"아아, 불쌍한 인희, 죽으면 안 돼! 죽지 말어!"

은옥이 양손을 싹싹 부빈다.

수술실 문이 열린다.

안경을 번득이며 의사가 걸어 나왔다.

강진호가 쫓아간다. 은옥도 쫓아간다.

강진호는 의사의 눈을 뚫어지게 쳐다본다.

"전뇌가 약간 상한 것 같습니다. 간단한 수술이 필요합니다."

"생명엔?"

"걱정 마십시오."

강진호와 은옥은 동시에 숨을 몰아쉬며 복도에 놓인 의자에 푹 주저앉는다.

깊은 안도감에서 그들은 할 말을 잊은 듯 한동안 침묵 속에 잠겨 있었다.

"그자는 죽었다죠?"

은옥이 새삼스레 생각난 듯 물었다. 강진호가 고개를 끄덕인다.

"미웠지만 역시 불쌍하군요."

"죽음에는 원수가 없으니까."

강진호도 언짢은 뜻을 표시한다.

"아무튼 반갑습니다. 불행 중 다행입니다."

말없이 보고만 있던 이광민이 손을 내밀어 강진호에게 악수를 청했다.

강진호는 창백한 얼굴에 미소를 흘리며,

"감사합니다."

"전 이제 안심하구 가보겠습니다. 은옥 씨는?"

"전 더 있겠어요."

이광민은 은옥과 강진호를 남겨두고 혼자 가버렸다.

"인희의 수술만 끝나면 모든 일이 다 무사히 끝나는군요."

은옥의 얼굴은 밝았다.

"은옥 씨도 그렇구……."

"저야 뭐……."

은옥의 얼굴이 빨개진다.

"결혼하셔야죠. 지난 일은 다 흘러가 버린 역사입니다."

"어마, 제가 인희한테 한 말을 강 선생님도 하시는군요."

"서로의 의사가 통했던 모양이죠?"

강진호도 웃었다.

"그런데 며칠이나 입원을 해야 하는지요."

"글쎄……."

"오래되면 걱정인데요?"

"욕심 부리지 마십시오. 생명에만 관계없다면 일 년인들 어떻겠습니까."

"강 선생님은 순정파셔."

"이거 칭찬이십니까?"

"그러나저러나 참 놀라셨죠?"

"말씀 마세요."

"탐정극 같았죠?"

"탐정극이 다 뭡니까? 당하는 사람의 심정……."

"물론 아슬아슬했겠죠. 스릴이 있어 좋잖아요?"

"농담이지요. 제발 그따위 스릴 같은 것 아예 두 번 다시 맛보구 싶진 않습니다."

강진호는 아까 낭떠러지에서 자동차가 굴러떨어진 순간을 눈앞에 그려보고 전신을 오시시 떨었다.

"인희, 만나고 싶어요."

"저 역시 그렇습니다, 그렇지만 의사의 지시를 기다려야죠."

"이젠 강 선생이 인흴 꽉 붙잡아야 합니다. 그 앤 자기 자신을 아주 못쓸 여자인 줄로만 알구 있어요. 강 선생 이상으로 열렬히 사랑하면서 사랑하기 때문에 자꾸만 피할려구 하거든요. 정말 놓치시면 안 돼요."

"걱정 마십시오. 하늘 끝까지 따라갈 테니까요."

강진호는 유쾌하게 웃는다.

"너무 그러시면 샘납니다."

"아닌 게 아니라 아까 두 분이 오셨을 땐 샘이 납디다. 하하 하……."

인희의 수술 경과는 좋았다.

그렇게 미워하던 사나이였건만 이성태가 죽었다는 일이 인희에게도 언짢았든지 며칠 동안은 우울해했다.

그는 죽은 이정식도 자기 때문에 죽은 것 같아 새삼스레 가슴이 아팠고 자기로 말미암아 두 남자가 죽었다는 생각을 하니 자기의 운명이 저주스럽기도 하였다.

그러나 은옥의 밝아지는 얼굴, 강진호의 따뜻한 애정 속에서 차츰 그러한 상처는 잊어가는 듯했다.

퇴원하는 전날 밤 강진호는 찾아왔다. 강진호는 모자를 벗어 탁자 위에 놓고 인희를 포옹했다. 인희의 가냘픈 몸이 으스러지도록 강한 포옹이었다.

"기쁘지 않어?"

강진호가 속삭인다.

"기뻐요."

"이젠 그런 무모한 짓 말아요."

강진호는 인희의 머리를 쓰다듬어 준다.

"어떠한 일을 당해도 살아야지. 산다는 것만은 우리가 만날 수 있다는 희망이 아니겠소? 인희가 죽었다고 생각해 봐요. 내가 어떻게 되겠는가."

"그땐 정말 죽으려고 했어요. 죽는 것밖에 생각지 않았어요."

"강진호는 생각지 않았다 말이지?"

"생각하면 뭘 해요?"

"또 그 소리, 때려줄까?"

강진호는 인희의 뺨을 소리 나게 때린다. 그러고는 스스로 놀란다. 그러나 이내 무안한 듯 픽 웃었다.

"이제 그런 말 안 하기로 하구 퇴원한 후의 얘기나 하지요."

"퇴원한 후?"

인희의 얼굴이 흐려진다.

"왜 또 걱정이 되우? 어떻게 해서 도망을 칠까 궁리하는군. 그렇지만 그렇게는 안 될 거요."

"……"

"미국에 갈 수속을 밟구 있소. 둘이 말이야. 인희도 중단했던 공부 다시 하구 나도 좀 더 연굴 해야겠어. 미국의 하늘은 넓구 온갖 인종이 살고 있소. 우리들의 존재는 먼지처럼 미미할 거요. 그렇지만 우린 뚜렷하게 아무 거리낌 없이 살아갈 게요. 그곳에 가서 결혼합시다. 그렇다구 해서 내가 이 한국 사회를 겁내어 하는 짓은 아니오. 인희의 마음을 단련시켜 가지구 한국으로 돌아올 작정이요."

인희는 어느새 흐느끼고 있었다.

"그곳에 가면 송건수가 있구. 그들은 우리들의 행복한 모습을 보구 맘을 놓을 거요."

그러나 인희는 옛날처럼 송건수의 이름을 들어도 마음이 아프지 않았다.

"그동안 서신 연락으로 송 군은 우리들의 사정을 이미 알구 있어요. 그는 우리들이 결합되기를 진정으로 바라구 있죠."

"……."

"인희 알아들었소?"

"……."

"인희 말을 해요."

강진호는 인희의 어깨를 흔들었다.

"알아들었어요."

인희의 목멘 대답이다.

"자, 내려와 저 창가에 갑시다."

강진호는 인희의 손을 끌었다.

창밖의 무한한 밤하늘이 펼쳐져 있다. 무수한 별이 흐르고 있다.

"저 은하를 바라보시오. 사람의 수와 같이 많다는 별이 무수히 무수히 흘러가는 은하―."

밤바람이 열띤 두 얼굴에 스쳐온다.

작품 해설

타락과 허위에 부딪치며
성장하는 청년 여성

최배은(숙명여대 한국어문학부 초빙교수)

1. 박경리 소설의 남다른 통속성

『토지』를 비롯한 박경리 소설은 오랫동안 잘 알려져 읽히고 있다. 이러한 생명력은 박경리 소설의 대중성과 떼어놓고 생각할수 없다. 박경리 소설은 발표 당시에 대중들의 사랑을 받았음은 물론이고 영화, TV 드라마 등으로 여러 차례 만들어져 큰 인기를 끌었다. 달리 말하면, 박경리 소설이 통속성을 띠고 있다는 말이다. 그래서 『토지』의 일부 장면들만 부각시키면 1974년에 개봉한 영화 〈토지〉처럼 애욕 서사로 다시 쓸 수도 있다. 그러나 박경리 소설은 일반 통속소설과 다른 점이 있다. 조동일의분류에 따르면, '순통속'이 아니고 '잡통속'이다.

순통속소설이 흥미 본위로 별다른 주제 의식을 나타내지 않

333

는 데 비해, 박경리 소설은 주제 의식이 장르 관습을 압도한다. 이런 측면에서 박경리 소설의 통속성을 일반 통속소설의 상업성과 동일시하는 것은 온당치 않아 보인다.

『은하』는 1960년 4월 1일부터 8월 10일까지 《대구신문》에 연재했던, 통속성이 강한 연애소설이다. 신파성이 강한 이야기에 주로 쓰이던 여성 수난을 제재로 삼아 언뜻 보면, 순정파 남성이 가련한 여성을 구원하는 이야기 같다. 여성이 가련해지는 요인도 계모의 농간, 남성의 배신, 집안의 몰락 등 익숙한 것이고, 주인공 여성을 시기, 질투하는 다른 여성이 등장하여 갈등하는 점도 통속 드라마에서 흔히 보는 장면이다. 그뿐인가. 비와 우산을 활용한 심리묘사, 기차역에서의 아슬아슬한 엇갈림 등 클리셰로 느껴질 법한 수사들이 독자들의 심장을 쥐락펴락한다. 그럼에도 불구하고 『은하』가 어떤 작품인지 한마디로 소개하라면, '연애소설'보다 '여성 성장소설,' '상업소설'보다는 '계몽소설'이라고 하겠다.

『은하』는 서울 K대학에 다니는 여성 최인희가 주인공이고, 주로 그의 초점에서 사건이 서술된다. 최인희는 '가늘한 목덜미,' '여읜 모습,' '가련한 풍치'와 같이 외모에서는 연애소설 주인공의 전형성을 띠고 있으나, 심리적 측면에서는 개성적이다. 대개의 통속적인, 가련한 여성 서사에서 여성들은 순종적, 의존적, 수동적이고 이성적 사고 능력이 떨어지며 감정적 존재이다. 하지만 『은하』의 주인공 최인희는 자존심이 세고 지적이다. 무엇보다 성찰하고 사유하는 인물이다. 인희는 갑작스러운 시련에 맞닥뜨려 잘못된 선택을 하지만, 자기 삶을 스스로 해석하고 판단하며 자기 의지로 결정하고 행동한다. 그래서 인희는 변하고 성장한다. 또 소설 곳곳에서 3인칭 서술자가 권위적 목소리로 미숙한 인물의 심리나 판단을 지적하여 작가의 계몽적 의도를 드러낸다. 요컨대『은하』는 1960년대 한국 사회를 배경으로 타락과 허위에 부딪치며 성장하는 청년 여성의 삶을 그린 소설로서, 1960년대 사회 문화 및 청년 여성의 성장 문제 등을 환기한다. 주인공 최인희의 갈등을 분석하며 그에 대해 좀 더 본격적으로 살펴보겠다.

2. 타락한 가부장제의 희생자

박경리는 대표작『토지』만 보아도 알 수 있듯이 핍진하고 생동감 넘치는 인물의 창조에 능하다. 인물의 욕망을 깊이 이해하고, 그것을 추구하는 과정에서 생기는 여러 모순을 다각도로 탐구했기에 가능한 성취였을 것이다. 그래서 박경리 소설은 갈등이 분명하지만 단순하지 않다.『은하』에서 인희는 다른 인물들과 대립하는 한편, 내적 갈등을 겪는다. 또 인희와 갈등하는 인물들은 전형성과 상징성을 띠고 있어서 인물 간 갈등은 사회문화적 맥락에서 해석할 수 있다. 먼저 인희와 갈등하는 인물들은 크게 인희를 배신하고 욕망하는 남성들과, 시기하는 여성들로 나눌 수 있다.

이 모든 사건의 발단은 애인 송건수와 아버지 최진구의 배신이다. 송건수와 최진구 둘 다 누구보다 인희를 사랑하고 아끼지만, 나약하여 육욕에 굴복하며 인희와의 약속을 지키지 못한다. 하지만 인희는 그들을 원망하지 않는다. 송건수의 배신에 대해 인희는 자신을 '패배자'로 여기며 자존감에 상처를 입는다. 최진구가 사업 자금을 위해 이성태의 후처로 결혼하라고 해도 오히려 아버지를 동정한다. 결국 인희는 최진구의 채권자이자 포악한 이성태와 결혼한다. 만약 인희가 이러한 불행의 원인을 자기 자신에게 돌리지 않고, 애인과 아버지의 문제로 직시할 수 있었다면 그런 경솔한 선택을 하지 않았을 것이다.

인희는 물질적이고 탐욕적이며, 저급한 취향을 가진 이성태를 갈수록 싫어하고 미워한다. 그럼에도 이성태의 일방적인 성폭력을 감내한다. 법적으로 부부이기 때문이다. 이런 인희의 태도와 행동은 현재의 관점으로 보면 답답하기 짝이 없다. 그러나 가부장의 권한이 막강했던 60여 년 전에는 인희의 태도에 공감과 안타까움을 느끼는 독자들이 많았을 것이다. 한마디로 인희를 불행에 빠뜨린 외적 요인은 타락한 가부장들이다. 인희가 미처 의식하지 못했지만, 아버지 최진구도 이성태와 마찬가지로 타락한 가부장이다. 인희의 어머니가 살아 있을 때부터 장연실과 불륜을 벌였으며, 장연실을 후처로 맞이한 뒤에도 판단력을 잃고 그의 농간에 놀아난다. 하지만 인희는 아버지의 타락은 탓하지 않고, 모든 책임을 장연실에게 돌린다. 대학생 인희는 전근대적 통념을 가진 '할멈'처럼 아버지에 대해서는 절대적인 사랑과 신뢰를 느끼며 스스로 아버지 사업의 희생양이 된다. 다시 말해, 인희는 서울에서 대학을 다니는 지성인이지만, 가부장제나 결혼 제도에 대해선 보수적이다. 주체적 판단으로 그런다기보다 견고한 가부장제 사회에 길들여진 무의식적 태도라고 할 수 있다. 작가는 타락한 가부장들을 가차 없이 무너뜨림으로써 인희의 희생이 얼마나 무의미한지 드러낸다. 아버지 사업은 망하고, 아버지도 곧 죽으며, 죽기보다 싫은 이성태 부인 노릇도 이성태의 타락으로 더 이상 할 수 없게 된다.

인희와 갈등하는 여성들은 계모 장연실, 강진호의 약혼자 성자, 이성태의 딸 선자이다. 그들은 모두 인희를 시기하고 질투하여 괴롭힌다. 그중에서도 가장 격렬하게 갈등하는 여성은 장연실이다. 하지만 그의 악행도 근본적으로는 타락한 가부장제에 기인한다. 가부장이 전권을 행사할 수 있는 사회에서 여성이 돈과 권력을 손쉽게 얻는 길은 바로 가부장에 기생하고, 나아가 그를 조종하는 수밖에 없기 때문이다. 성자와 선자는 강진호와 인희의 사랑을 가로막는 방해꾼 역할을 하는데 그렇게 심각하지도 않고, 단편적으로 제시된다. 요컨대 인희와 다른 여성들과의 갈등은 요란스럽지만, 중심 갈등을 형성하기 위한 장식적 기능이 강하다. 무엇보다 주인공 인희가 그 여성들 문제로 오래,

깊게 고민하지 않는다. 이러한 점도 유사한 갈등을 그린 통속소설들과 다른 점이다.

3. 미숙한 자아의 자기 학대

『은하』에서 인희는 별로 말이 없고, 다른 사람들과 잘 다투지 않는다. 그렇다고 남의 말을 고분고분 따른다거나 양보하거나 배포 좋게 수용하는 것은 아니다. 누가 시비를 걸거나 분쟁 상황이 생기면 그 자리를 피하는 편이다. 인희의 태도는 한마디로 무시와 외면이다. 자존심이 센 인희는 남들과 뒤엉켜 자기 내면을 적나라하게 드러내는 상황을 극도로 혐오한다. 밖으로 미처 내뱉지 못한 말들은 내적 독백으로 서술된다. 그런 인희가 이성태와 결혼하여 스스로 시궁창에 빠지는 선택을 한 점은 아이러니하다. 인희는 송건수에게 배신당하기 전까지는 누구에게든 사랑을 받고 칭송을 들으며 어려움 없이 살아왔다. 운이 좋았던 편인데, 그만큼 인생 경험이 짧고 오만하며 미숙하다. 예컨대 인희는 송건수의 결혼 소식을 듣고, 상실감보다 패배감을 느낀다. 송건수가 먼저 인희에게 호감을 보여 시작한 연애이고, 사귀는 기간에도 인희보다 적극적인 애정을 표해왔기에 인희의 충격은 더 크다.

사실 인희는 자기 앞날에 대하여 희망도 기대도 갖고 있지 않았
다. 반드시 아버지에 대한 동정만으로 시집가겠다고 한 것은 아
니다. 그는 운명이라는 말을 했는데 그 운명에 대한 일종의 자포
적인 맹종이었는지도 몰랐다. (63쪽)

위의 인용문에서 서술자가 말한 '자포적인 맹종'은 일종의 자
기 학대로 볼 수 있다. 애인이 배신했다고 인생의 실패자인 것처
럼 절망하고, 잘못된 선택인 줄 알면서 그것을 운명으로 합리화
하는 것은 지성인답지 못하다. 이런 극단적인 반응은 인희의 결
벽증적 성격과도 관련 있다. 인희는 송건수가 배신하자, 자신을
쓸모없는 존재로 느끼고, 이성태에게 능욕을 당하고부터는 아
주 더럽혀진 존재라고 여긴다. 그런 불행이 닥치기 전부터 애정
과 애욕을 구분하며 미숙한 사랑관을 갖고 있던 인희는 자기혐
오가 더 심해진다. 이러한 장면에서 인희가 여성에게 강요된 순
수와 정결의 굴레로부터 자유롭지 못함을 알 수 있다. 조선시대
처럼 열녀문을 세우진 않지만, 여전히 '순결'을 여성의 아름다움
과 가치로 중시하는 시대에 인희는 그 허위의 덫에 걸린 것이다.

위선자! 제법 초연한 듯 남을 위해 주는 듯 결혼을 하구 이렇게
첫날부터 감당할 수 없는 일을 나는 저지르고 말았다. 나에게 무
관심하다는 것은 그것은 순전히 자기기만이다. 나는 나를 속였
다. 나는 나도 모르게 나를 속였다. 못난이, 죽어 없어져라! 차라

리! (158~159쪽)

하지만 인희는 신혼 여행지에서부터 자기가 '허위와 기만'에 차 있었음을 깨닫는다. 즉 자기가 처한 불행의 원인이 운명 때문이 아니라 자기기만에 의한 잘못된 선택임을 인정하게 된 것이다. 결혼이나 남성의 욕정에 대하여 무지했던 인희는 실제 그 상황에 맞닥뜨리고 나서야 문제의 심각성을 인식하게 되었다고도 볼 수 있다. 그래서 매우 혹독한 대가를 치르긴 하였지만, 인희가 고통을 통해 성장하고 있음을 알 수 있는 이 발견은 소중하다.

4. 세계와의 대결을 포기하지 않는 용기

이 소설은 마침내 행복한 결말로 맺지만, 그 과정이 환상적이지도 않고 뻔하지도 않다. 인희가 의지와 용기로 행복한 상황을 만들었기 때문이다.

인희의 삶을 획기적으로 바꾼 계기는 두 번의 탈출이다. 인희는 남편 이성태가 법적으로 장모인 장연실과 패륜적 행각을 벌이자, 앞뒤 가리지 않고 이성태 집을 나온다. 그리고 이성태에게 납치를 당하자, 목숨을 걸고 달리는 차에서 뛰어내린다. 이두 번의 탈출은 그 전까지 문제 상황 앞에서 주로 도망쳐 왔던 인희의 모습과 대조된다. 또 이성태와 결혼할 때 아무 의지도, 의욕도 없이 끌려다니던 모습과도 대비된다. 인희는 온갖 풍파를 겪으며 더 이상 자기를 속이지 않을 뿐 아니라, 이성태와 장연실의 덫에 걸리지 않겠다는 굳은 결심과 용기를 얻게 된 것이다. 인희의 이런 변화는 친구 김은옥과 강진호의 조력에 힘입은 바 크다.

> 넌 인력으로 자꾸만 자기의 운명을 막는단 말이야. (중략) 지나간 일 얘기한들 별 수 없는 노릇이지만 아무튼 이번만은 너 마음에 충실해 봐. 만일 실패를 하더라도 후회는 없을 거야. (중략) 강진호 씨가 좋거든 같이 사는 거야. 싫어서 헤어지면 그만이구, 넌 한 번 결혼한 걸 갖고 영원히 결혼이란 못 할 사람으로 규정 짓고 있지만 말이야. 요즘은 옛날과 달라요. 외국에선 얼마든지 있는 일이고 조금도 이상한 일은 아니야. (288~289쪽)

인희가 강진호를 좋아하면서도 자기 과거 때문에 용기를 내지 못하자, 김은옥은 위와 같은 조언을 한다. 인희와 성격이 반대인 김은옥은 인희의 허위의식을 반성케 하며 작가의 주제 의식을 전달한다. 결국 자기 의지로 불행한 상황에서 벗어난 인희는 강진호의 청혼을 받아들인다. 그리고 더 이상 "송건수의 이름을 들어도 마음이 아프지 않"을 만큼 성장한다.

1960년대의 20대 여대생 최인희의 파란만장한 성장 이야기는 오늘날 청년 여성들에게도 시사하는 바가 크다. 인희를 불행에 빠뜨린 가부장제의 폭압, 허위의식과 자기기만 등은 인희 개인의 문제라기보다 당대 여성을 둘러싼 사회문화를 반영하는 것이며 오늘날에도 여전히 존재하기 때문이다. 그래서 방황하는 오늘날의 청년 여성들에게 세계와의 대결을 포기하지 않고 자기 삶을 개척한 인희의 용기는 큰 위안을 줄 것이다.

2014년에 『은하』가 처음 발간되었을 때 이 작품의 선정적인 묘사에 주목하며 박경리 작가가 왜 이런 작품을 썼는지 의아해하는 몇몇 기사가 보도되었다. 하지만 주인공 최인희의 변화에 주목해 읽으면 『은하』의 가치와 의의는 일부 그런 묘사가 아니라 바로 청년 여성의 성장에 있음을 발견할 수 있을 것이다.